全国计算机
职称考试
专用教程

全国专业技术人员计算机应用能力考试命题研究中心　编著

全国专业技术人员
计算机应用能力考试
专用教程

Internet
应用

人民邮电出版社
北　京

图书在版编目（CIP）数据

Internet应用 / 全国专业技术人员计算机应用能力
考试命题研究中心编著. -- 北京 ：人民邮电出版社，
2011.9（2011.10 重印）
　全国专业技术人员计算机应用能力考试专用教程
　ISBN 978-7-115-25324-8

　Ⅰ．①I… Ⅱ．①全… Ⅲ．①互联网络－资格考试－
自学参考资料 Ⅳ．①TP393.4

　中国版本图书馆CIP数据核字(2011)第077135号

内 容 提 要

　　本书以国家人力资源和社会保障部人事考试中心 2010 年颁布的《全国专业技术人员计算机应用能力考试考试大纲》为依据，在多年研究该考试命题特点及解题规律的基础上编写而成。

　　本书共 10 章。第 0 章在深入研究考试大纲和考试环境的基础上，总结提炼出考试内容的重点及命题方式，为考生提供全面的复习和应试策略。第 1 章～第 9 章根据"Internet 应用"科目的考试大纲要求，分类归纳了 9 个方面的知识内容，主要包括如何接入 Internet、使用 IE 浏览器、电子邮件的收发、上传与下载文件、使用 MSN 进行即时通信、局域网的应用、Windows 安全设置、杀毒软件的使用和防火墙的使用等。各章节在讲解前均对本章内容进行了考点分析，并在各小节结尾部分提供模拟练习题，供考生上机练习。

　　本书的配套光盘不仅提供上机考试仿真环境及 12 套试题（共 480 道题），还提供考试指南、模拟练习及试题精解等内容，供考生复习时使用。

　　本书适合报考全国专业技术人员计算机应用能力考试"Internet 应用"科目的考生选用，也可作为大、中专院校相关专业的教学辅导书或各类相关培训班的教材。

全国专业技术人员计算机应用能力考试专用教程——
Internet 应用

◆　编　　著　全国专业技术人员计算机应用能力考试命题研究中心
　　责任编辑　李　莎

◆　人民邮电出版社出版发行　　北京市崇文区夕照寺街 14 号
　　邮编　100061　电子邮件　315@ptpress.com.cn
　　网址　http://www.ptpress.com.cn
　北京艺辉印刷有限公司印刷

◆　开本：800×1000　1/16
　　印张：17
　　字数：396 千字　　　　　　　　2011 年 9 月第 1 版
　　印数：5 001 –8 000 册　　　　　2011 年 10 月北京第 2 次印刷
ISBN 978-7-115-25324-8
定价：39.80 元（附光盘）
读者服务热线：(010)67132692　印装质量热线：(010)67129223
反盗版热线：(010)67171154
广告经营许可证：京崇工商广字第 0021 号

▦ 前　　言 ▦

　　全国专业技术人员计算机应用能力考试（又称全国职称计算机考试或全国计算机职称考试）是由国家人力资源和社会保障部组织的针对非计算机专业人员的考试，是各企事业单位在评聘相应专业技术职务时要求通过的考试。

　　"Internet 应用"科目考查的是考生网络应用能力。该科目的考试大纲与题库由国家人力资源和社会保障部人事考试中心于 2010 年 7 月做了更新，在命题方向上更注重实际应用，题目难度略有增大。

　　由于该考试是针对非计算机专业技术人员的无纸化考试，不少考生从未接触过计算机，面对分布广泛的知识点难以把握考试重点，加上缺少对上机考试环境的认识与了解，往往不知如何应对考试，应考压力大。

　　为了引导广大考生掌握复习要点与复习方法，熟悉考试环境，提高应试能力，编者对大量考题进行了深入研究与剖析，并依据考试大纲和多年的教学经验编写了本书。

▶ 本书能给考生带来的帮助 ◀

　　1．紧扣考试大纲，明确复习要点，减少复习时间

　　本书以最新的考试大纲为依据，并深入研究了近几年的考试真题，在全面覆盖考试大纲知识点的基础上合理地划分学习模块，并对知识点进行重新归纳，使考生既能掌握具体的知识点，又能较好地把握整个知识体系，而不会感到内容零散和跳跃性大。同时，在讲解各章之前均结合考试大纲罗列出考点要求，并在讲解各小节知识之前通过考点分析和学习建议两个小板块指出复习的重点，帮助考生提高复习效率。

　　2．按题型举例讲解，考生可反复练习，易于记忆

　　为帮助考生顺利掌握大量的知识点，书中以清晰的标题级别对各知识点进行分门别类的讲解。同时，对于有多种操作方法的知识点，则通过方法 1、方法 2……的方式进行详细介绍，对一些重点和难点还会结合考试题型举例介绍，也就是说书中的大部分操作步骤实际上对应的是考题的详细解题步骤。考生可结合书中的操作步骤反复进行上机练习，以巩固所学知识。

　　3．讲解浅显易懂、易于操作，让初学者一学就会

　　由于考生是非计算机专业人员，对计算机的操作不太熟悉，因此本书结合新手学习计算机的特点，尽量做到语言描述清楚、浅显，使考生一看就懂，操作步骤明确、一步一图，并通过在图中配上操作提示的方式，帮助考生通过读图就能掌握操作方法。此外，书中还提供"提示"和"考场点拨"两个小栏目，帮助刚刚接触计算机的考生轻松上手。

　　4．每章的各小节后都提供模拟练习题，突出上机操作，帮助考生举一反三

　　模拟练习题类似于真题，是根据其对应小节的知识点在考试题库中的命题类型及方式精心设计的。考生通过模拟练习不仅可以巩固所学知识点，还可进一步掌握考试重点，并能对其他相似操作举一反三。

5. 配套模拟考试光盘，帮助考生熟悉考试环境，做到心中有数

本书的配套光盘中提供模拟考试系统，使考生提前熟悉上机考试环境及方式，其中的480道模拟考试题及其试题精解演示，可供考生模拟演练并通过解答获知答题思路及具体操作方法，进一步突破复习难点，取得事半功倍的学习效果。

▶ 怎样使用本书 ◀

◆ 充分了解考试要求，明确复习思路。建议考生先仔细阅读第0章的考纲分析与应考策略，充分了解考哪些知识点，弄清考试重点，掌握复习方法，了解考试过程中应注意的问题及解题技巧。

◆ 抓住考试重点，有的放矢。不主张考生采用题海战术，因为并不是练习做得越多就越好，考试是随机抽题的，而考题的要求也是千变万化的，但考查的重点与方式基本不变。因而考生应注意对各种知识点进行归纳总结，这样在复习时才能抓住重点，掌握其操作要领，以不变应万变。

◆ 善用配套光盘，勤于练习。建议考生将复习时间和大部分精力放在考试大纲中要求掌握的基础知识和重点知识上，然后通过配套光盘提供的模拟考试系统进行反复练习，不仅能熟悉考试环境，还能检测自己对知识的掌握情况，及时查漏补缺。

▶ 联系我们 ◀

尽管在图书的编写与出版过程中编者力求做到精益求精，但由于水平有限，书中难免有疏漏和不足之处，恳请广大读者批评指正。本书责任编辑的联系邮箱为：lisha@ptpress.com.cn。

编　者

2011 年 7 月

❖ 光盘使用说明 ❖

将光盘放入光驱中,光盘会自动开始运行,并进入演示主界面。若不能自动运行,可在"我的电脑"窗口中双击光盘盘符,或在光盘的根目录下双击"autorun.exe"文件图标运行光盘。

在光盘演示主界面上方有"考试简介"、"应试指南"、"同步练习"、"试题精解"、"仿真考试"以及"退出系统"等选项卡,单击某个选项卡,即可进入对应模块。下面分别介绍各个模块的功能。

1."考试简介"模块

该模块主要是介绍全国专业技术人员计算机应用能力考试的考试形式、考试时间和考试科目等内容,单击右侧窗格中的按钮即可查看相应内容,如图1所示。

图1 "考试简介"模块的主界面

2."应试指南"模块

该模块主要介绍关于"全国专业技术人员计算机应用能力考试"的考试系统的使用方法,单击其右侧窗格中的按钮即可查看相应的内容,如图2所示。

图2 "应试指南"模块

3."同步练习"模块

在该模块中可以按照图书中的章节、有计划地练习本光盘题库中的每一道题。在图3右侧窗格中单击章节标题可以显示出该章节下的所有题目,再单击题目名称即可在该窗格的右下方显示具体的题目要求,并可在左侧窗格中进行练习。如果不知道该怎样操作,可以单击右侧窗格下方的"怎么继续做这道题"按钮查看提示信息,也可以单击"看看本题完整解答"按钮观看本题的完整操作演示。若要返回"同步练习"的界面可单击右侧窗格底部的"返回本板块主界面"按钮。

图3 "同步练习"模块

4. "试题精解"模块

该模块以视频演示的方式，展示了本光盘题库中每一道题的解题方法及操作过程。在图4右侧窗格中单击章节标题可以显示该章节下的所有题目，再单击题目名称即可在右下方显示具体的题目要求。此时单击"看看本题怎么做"按钮，即可观看该题的解答演示。

图4 "试题精解"模块

5. "仿真考试"模块

该模块提供了12套共480道试题供读者

进行模拟考试，其界面如图5所示。在右侧窗格中可以通过"第1套题"～"第12套题"按钮选择相应的试题，也可以通过"随机生成一套试题"按钮随机抽题。

图5 "仿真考试"模块

（1）在单击图5所示的右侧窗格的任一按钮选题后即可进入登录界面，在此输入考生的身份证号（模拟练习时可以输入15位数字或者18位数字）和座位号，如图6所示。

图6 模拟考试的登录界面

（2）单击"登录"按钮进入提示界面，此时应仔细阅读其中的"操作提示"信息，并等待进入考试界面，如图7所示。

图7 操作提示界面

（3）进入考试界面，可以看到右下角有一个对话框，如图8所示。在该对话框的中间窗格显示的是该题的"操作要求"，单击"上一题"和"下一题"按钮可以跳转题目，单击"重做本题"按钮可以重做该题，单击"标识本题"按钮可对当前题目进行标识，单击"选题"按钮可以在弹出的对话框中任意选择要做的题目。如果要选择输入法可以单击右下角的 **CH** 按钮，在弹出的菜单中选择所需的输入法即可。

图8 试题解答界面

说明：在单击"选题"按钮后弹出的对话框中，曾被"标识"过的题目号将以红色呈现，此时可以方便地识别与选择被标识的题目。

（4）答题结束后单击"考试结束"按钮，在打开的对话框中连续单击"交卷"按钮可以结束考试，并显示本次考试的得分，如图9所示。其中以绿色显示做对的题目，以红色显示做错的题目，单击相应的题号，可以查看该题目的操作演示。单击"返回重做"按钮可以返回考试界面重新解答做错的题目。单击"查看错题演示"按钮可以查看做错题目的完整解答演示。单击"返回主界面"按钮可以直接返回光盘主界面。

图9 结束考试界面

6."退出系统"模块

在图1所示的光盘界面中单击"退出系统"选项卡将直接退出系统。

❖ 目 录 ❖

第 0 章 ▸考纲分析与应试策略◂

0.1 考试介绍

全国专业技术人员计算机应用能力考试（又称"全国职称计算机考试"或"全国计算机职称考试"）是由国家人力资源和社会保障部人事考试中心组织的针对非计算机专业人员的考试，主要考核考生在计算机和网络方面的实际应用能力，考试重点不是计算机构造、原理和理论等方面的知识，而是注重应试人员在从事某一方面应用时所应具备的能力。考试合格，可获得国家人力资源和社会保障部统一印制的《全国专业技术人员计算机应用能力考试合格证》，此证书作为评聘相应专业技术职务时对计算机应用能力要求的凭证，在全国范围内有效。

0.1.1 考试形式

考试科目采取模块化设计，每一科目单独考试。考试全部采用实际操作的考核形式，由 40 道上机操作题构成，每科考试时间为50 分钟。

在考试过程中，考试系统会截取某一操作过程让应试人员进行操作，通过对应试人员实际操作过程的评价，判断其是否达到操作要求以及是否符合操作规范，进而测量出应试人员的实际应用能力。

0.1.2 考试时间

全国职称计算机考试不设定全国统一的考试时间，各省市的考试时间由相应的人事部门确定，一般一年有多次考试的机会，报考前可以查阅当地人事部门的相关通知。如果考生在某一考试中未能通过，可以多次重复报考该科目，多次参加考试，直到通过考试。

0.1.3 考试科目

从 2010 年 7 月 1 日起，该考试淘汰了"中文 Windows 98 操作系统"、"Word 97中文字处理"、"Excel 97 中文电子表格"、"PowerPoint 97 中文演示文稿"、"计算机网络应用基础"和"AutoCAD（R14）制图软件"等 6 个科目，新增了"FrontPage 2003 网页设计与制作"、"Photoshop CS4图像处理"和"用友（T3）会计信息化软件"等 3 个科目，对"中文 Windows XP操作系统"、"Word 2003 中文字处理"、"Excel 2003 中文电子表格"、"PowerPoint 2003 中文演示文稿"和"Internet 应用"等 5 个科目修改了考试大纲，进行了知识升级和题库更新。现在有 22 个科目可供报考，其详细情况可参考随书光盘的"考试简介"模块。

报考时选择最为常用、最为熟悉或者与平常应用有一定相关性的科目有利于顺利通过考试。如 Word 2003 是我们平常工作和生活中接触较多的软件，而 PowerPoint 2003 又与 Word 2003 有一定相关性，很多基本操作方法都相同或相似。

0.2　考试内容

"Internet 应用"（2010 新大纲）考试要求的内容如下。

1．Internet 接入方式

（1）考试要求掌握的内容。
◆ TCP/IP 的安装过程、TCP/IP 的属性设置；
◆ 创建拨号连接的方法；
◆ 设置拨号连接属性、启动拨号连接；
◆ DHCP 的设置，DNS 服务的设置方法。

（2）考试要求熟悉的内容。
◆ 调制解调器的设置和网络适配器的安装步骤。

（3）考试要求了解的内容。
◆ 调制解调器驱动程序的安装过程。

2．局域网应用

（1）考试要求掌握的内容。
◆ 能在局域网上熟练使用网络共享的资源，熟练掌握访问共享文件夹的方法；
◆ 共享文件夹共享权限和本地权限的作用和设置方法；
◆ 查找网上计算机和共享文件资源；
◆ 网络打印机的安装、设置和使用。

（2）考试要求熟悉的内容。
◆ 网络驱动器的设置和使用。

（3）考试要求了解的内容。
◆ 用户与组的管理，主要指用户账号和组的创建与管理。

3．IE 浏览器的使用

（1）考试要求掌握的内容。
◆ 使用IE浏览器浏览、查询和检索的方法；
◆ 在当前页查找信息的方法；
◆ 保存、打印指定的网页和图片；
◆ 设置 IE 浏览器的常规选项；
◆ 收藏夹的使用与整理方法；
◆ 历史记录的设定；
◆ Internet 选项中连接的设置；
◆ 利用 Google 和百度搜索引擎、地址栏等搜索网上资源的方法。

（2）考试要求熟悉的内容。
◆ Web 页的超媒体结构，统一资源定位器 URL；
◆ 会查看用不同语言编写的网页。

（3）考试要求了解的内容。
◆ 利用 IE 浏览器使用 FTP 资源的方法；
◆ IE中Internet选项中的不同站点安全等级、分级审查程序和 Internet 程序的设置；
◆ Internet 高级选项的设置；
◆ 收藏夹的导入和导出；
◆ 如何更改工具栏的外观、网页的字体和背景颜色以及与如何加快网页的显示速度等有关的设置和配置。

4．电子邮件收发管理软件的使用

（1）考试要求掌握的内容。
◆ Outlook Express 的启动方法；
◆ Outlook Express 常规选项的设置、阅读、

撰写和发送等选项的设置；
◈ 电子邮件账号管理；
◈ 运用邮件规则对邮件进行管理；
◈ 电子邮件的导入与导出；
◈ 接收、查看和保存电子邮件，撰写和发送新邮件，为电子邮件添加附件和签名，答复电子邮件以及对邮件进行复制、移动、删除、恢复和邮件文件夹的管理；
◈ 使用通讯簿添加联系人和组的方法。

（2）考试要求熟悉的内容。
◈ 改变 Outlook Express 窗口布局；
◈ 电子邮件的转发和群发；
◈ 草稿的保存和续写；
◈ 邮件文字大小与编码的设置；
◈ 从通讯簿中选择收件人的方法；
◈ 对邮件的安全和拼写检查等选项的设置；
◈ HTML 邮件的制作方法。

（3）考试要求了解的内容。
◈ 如何设置电子邮件的预览窗格和邮件视图的显示方式；
◈ Outlook Express 回执选项和维护选项的设置方法；
◈ 通讯簿的导入和导出；
◈ 电子邮件和联系人的查找。

5．FTP 客户端软件的使用

（1）考试要求掌握的内容。
◈ FTP 协议的概念和文件传输中用到的常用术语；
◈ 使用 FTP 客户端软件上传和下载文件和文件夹；
◈ 管理本机和 FTP 站点上的文件和文件夹；
◈ FTP 客户端软件中工具栏和快速连接栏的设置与使用。

（2）考试要求熟悉的内容。

◈ 连接和断开 FTP 站点；
◈ FTP 站点的管理，包括添加、删除 FTP 站点和修改 FTP 站点的属性；
◈ 文件的管理。

（3）考试要求了解的内容。
◈ 常用相关属性的设置；
◈ 菜单选项的简单设置。

6．Internet 即时通信工具的使用

（1）考试要求掌握的内容。
◈ 利用 MSN 进行消息的传递；
◈ 使用语音和视频进行聊天及其相关设置；
◈ 设置用户的状态和与收发消息相关的设置；
◈ 设置两用户对话与多用户会话；
◈ 查找和添加联系人。

（2）考试要求熟悉的内容。
◈ 下载、安装和设置 MSN；
◈ 成为合法的 MSN 用户；
◈ MSN 其余参数的设置；
◈ 利用 MSN 传送文件和邮件；
◈ 利用 MSN 在用户之间进行文件共享。

（3）考试要求了解的内容。
◈ MSN 的隐私设置。

7．Windows 安全设置

（1）考试要求掌握的内容。
◈ Internet 安全选项的设置；
◈ Windows 防火墙的设置。

（2）考试要求熟悉的内容。
◈ 自动更新的设置与使用。

（3）考试要求了解的内容。
◈ 密码策略和账户锁定策略的设置。

8．杀毒软件的使用

（1）考试要求掌握的内容。
"金山毒霸"软件；

◈ 手动杀毒、右键杀毒、在线杀毒及手动查杀指定范围内病毒木马的操作方法；

◈ 手动杀毒、定时杀毒、文件实时防毒、高级防御、邮件监控、网页防挂马、升级及主动漏洞修补的综合设置；

◈ 邮件监控的设置方法，即反垃圾邮件设置中的常规设置。

"金山清理专家"软件：

◈ 为系统打分，得出系统的健康指数；

◈ 扫描并修补系统软件的安全漏洞；

◈ 安全百宝箱内文件粉碎器、垃圾文件清理和历史痕迹清理3个安全工具的使用方法。

(2) 考试要求熟悉的内容。

"金山毒霸"软件：

◈ 应急U盘的创建方法，可疑文件扫描及病毒隔离系统的应用方法；

◈ 监控的设置方法，即反垃圾邮件设置中的安全发件人、禁止的地址；

◈ 反垃圾邮件的备份、恢复及其他设置。

"金山清理专家"软件：

◈ 恶意软件查杀的方法；

◈ 安全百宝箱内U盘病毒免疫工具的使用方法。

(3) 考试要求了解的内容。

"金山毒霸"软件：

◈ 屏保杀毒和毒霸精灵的操作方法；

◈ 日志查看器的操作方法；

◈ 综合设置中的屏保杀毒设置、嵌入式

◈ 防毒设置、隐私保护设置及其他设置的操作方法；

◈ 使用邮件监控的设置方法，即反垃圾邮件设置中的关键字过滤与语言过滤。

"金山清理专家"软件：

◈ 在线系统诊断的操作方法。

9. 防火墙的使用（金山网镖2008）

(1) 考试要求掌握的内容。

◈ 监控状态下的安全级别设置；

◈ 综合设置中的常规设置、木马防火墙设置、区域级别设置的操作方法。

(2) 考试要求熟悉的内容。

◈ 查看应用程序规则与更改应用程序规则的方法；

◈ 规则列表的管理，包括添加、删除和清空规则列表。

(3) 考试要求了解的内容。

◈ 安全状态的查看方法，包括当前网络活动状态和网络活动日志的查看方法；

◈ 查看当前网络状态及打开程序所在目录、结束可疑进程（即关闭程序）的操作方法；

◈ 自定义IP规则编辑器的开启方法（即监控状态中的详细设置）及自定义IP规则编辑器的使用；

◈ 端口过滤设置（即综合设置-高级）的开启方法及操作应用。

0.3 复习方法

　　掌握一些合理的复习方法可以使考生在面对考试的时候能够得心应手、游刃有余。

0.3.1 熟悉考试形式

　　全国职称计算机考试是无纸化考试，考试全部在计算机上操作，侧重考查考生的实际操作能力。因此，在复习时考生除了要选购一本合适的教材外，还应有一张包含仿真试题系统的光盘来时常做模拟练习或仿真考试，这样可以提前熟悉考试系统，感受考试气氛，对考试的形式做到心中有数。实际考试时，有些没使用过仿真考试软件的考生由于不熟悉考试规则和操作而不知所措，最终不能通过考试，十分可惜。

仿真试题系统中的题目在出题方式和考查的知识点方面都应该类似于题库中的考题，并且能够基本涵盖考试大纲所要求的知识点。通过练习，考生在考试时就会发现自己做的大部分题都似曾相识，从而轻松地通过考试。

0.3.2　全面细致复习，注重上机操作

全国职称计算机考试的复习应该以教材为主，教材中一般都包含了考试大纲，考试中考查的所有知识都在考试大纲内。考试时侧重基本操作，考查的知识点多而全，很可能会考到很多考生平时根本没用过的东西，因此复习时应对照考试大纲对相关知识点进行全面细致的复习。

由于考试采取机试的方式，考查考生的实际操作能力，因此在复习过程中，考生应根据教材的讲解，尽量边学习边上机操作，将考试大纲要求的每一个知识点均在计算机上操作，重要知识点甚至可以多次反复练习。在掌握所有知识点基本操作的基础上，可以有针对性地使用仿真试题系统进行测试以巩固所学知识，并找出自己的薄弱点，重点加以复习。

有的考生在复习时喜欢去购买大量的仿真题来做，认为只有这样才可以保证顺利通过考试。其实复习时没有必要去过多地购买各种各样的仿真试题来做，这些试题都是根据考试大纲的知识点来设计的，只要复习时多研究考试大纲，多上机操作，即可轻松应对考试。很多仿真试题考查的知识点是相同的，复习时关键在于掌握解题方法，而不在于能记忆多少道试题的具体操作步骤。

在熟悉考试大纲要求的各知识点基本操作的基础上，建议使用本书附带光盘中的"模拟练习"和"仿真考试"功能进行练习和模拟考试，该系统中包含 12 套共 480 道完整试题，并有详尽的解题演示，这对于掌握绝大部分知识点的基本操作和熟悉考试环境便以足够。

对于另外购买或收集的模拟试题，考生可以着重了解题目的内容，注重操作方法的多样性，最好在解题的过程中注意分析各部分知识点的分值分布，以便于对考试中知识点考核有一个全面的了解。

0.3.3　归纳整理，适当记忆

复习过程中进行一定的归纳整理，可以使复习渐渐变得轻松。譬如，在 Internet 中操作要达到同一目的往往有很多种方法，但总结起来往往都是以下几种：执行某项菜单命令、单击某工具栏按钮、执行某右键菜单命令、按某快捷键。考试时如果题目中没有明确地要求或暗示使用某种方法，而自己使用常用的方法又无法解题时，则应考虑使用其他几种方法。

对于一些常用或重要的快捷键，应适当加以记忆，否则如果考试时考查该知识点，则会不知所措。

0.3.4　战略上藐视，战术上重视

全国职称计算机考试面对的对象大部分是社会上不是从事计算机专业的人员，所以它的考试难度较低，可把握性较强，因此没有必要把考试看得非常困难，只要自己拿出一定的精力，掌握一定的复习方法，要顺利通过考试不是什么难事，毕竟该项考试只需做对 24 道题得到 60 分即可通过。

当然，在战略上藐视的同时，考生也

应重视考试前的复习，特别是一些平时自以为对计算机或应考科目很熟悉的考生，不要因一时疏忽，没有根据教材仔细复习，不注意考试规定考查的知识点，而没有通过考试。全国职称计算机考试考查的软件虽然一般都是一些常见软件，但其考查的知识点比较广，和我们平时的操作有很多不同，有可能是我们平时根本就没有接触到的，比如Internet应用考试时要求配置网络，考查不再常见的拨号上网的连接方式和设置方法等。

因此，即使考生在平时应用中操作比较熟练，也应多看看教材，尤其是大纲中列出的知识点，对自己不知道的知识点一定要弄明白。

0.4 应试经验与技巧

掌握一些从实践中总结出来的经验和技巧，可以在考试时充分发挥出自己的实际水平，从而取得较为理想的成绩。

0.4.1 考试细节先知晓

全国职称计算机考试采取网络报名、上机考试的方式，因此应注意考试前、考试中的一些细节。

（1）不要弄错考试的时间和地点。异地参考尤其不要晚到，考试前应清楚考点的具体地址，最好能提前摸清从居住地到考点的路线、交通方式以及路上大致花费的时间，以免错过考试时间。

（2）仔细阅读准考证上的考试须知。计算机考试有别于其他考试，千万不要犯经验错误。入场时间一般在考前30分钟，具体见准考证。千万不能忘了带准考证和身份证，以免进不了考场。

（3）考试采取网上报名，现场照相的方式。该照片不仅用于识别应试人员的身份，还在应试人员考试合格后被打印到应试人员的考试证书上，这样能够有效地预防应试人员替考，保证考试的公平与公正。照相后应按照考场中的计算机编号对号入座。双击考试工具输入准考证上的身份证号和座位号，

单击"登录"按钮，进入待考界面。如果准考证上的身份证号有误，考后应联系监考老师更正。

（4）考试系统只允许登录一次，一旦退出系统便认为是交卷，不能再次登录。这一点与本书配套光盘中提供的能多次登录的模拟考试系统有所不同，真正考试时不能像模拟考试系统那样现场查看成绩，而是单击"考试结束"按钮并确认交卷后就不能再答题了。考生答完题即使不单击"考试结束"按钮，考试时间结束后，计算机会自动交卷。

（5）考试过程中如果出现死机、突然断电等情况，不必紧张，请告知监考老师并同监考老师处理。考试中如果出现鼠标单击什么地方都没有反应，如单击"上一题"、"下一题"时没有出现题目的变化等情况，就可判断为死机。无论出现什么情况，考生之前做过的题都保存在系统中，不会因为故障而丢失。等监考老师排除故障后可以继续考试，时间也会续算，不会因此而减少。

（6）每个考生的试卷都是在考前临时随机生成的，无规律可言。不同考生所生成的试卷也不同，这样能够有效地预防考生之间的抄袭行为，保证考试的公平与公正。

0.4.2　做题方法技巧多

全国职称计算机考试采用上机考试的方式，为了考查考生各方面知识点的应用能力，其试题系统有一些特别的地方，因此在做题时也有一些特殊的技巧。

（1）掌握"先易后难"的做题总原则。考试的基本要求是合格，也就是说只需要答对 24 道题目就能通过考试。如果要在 50 分钟内做 40 道操作题，这就要求考生应快速地做题。当阅读一道题时，如果不能第一时间看出该题的做法，或者即使能看出该题的做法，但是已经知道这道题在做的时候非常麻烦，需要的步骤多、时间长，可以先不做该题，用鼠标单击一下"标识本题"按钮，继续做下一题。

第一轮做完，再来做标识的题目，以增加通过考试的几率，甚至获取高分。单击一下"选题"按钮，那些标识为红色的题目就是自己标识的未做的题，用鼠标单击题号切换到相应的题目，继续做该题。如果经过较长时间仍然不能解出该题，就继续标识该题，再去做其他未做的题目。用这种方法，可以保证考生在规定时间内能做完易做的题目，不致因为时间分配不当而丢掉自己有把握做对的题目的分数。

在使用这种方法时，应注意将只要没做完或没想出解决方法的题目都做标识，如果第二轮、第三轮没有做出经过标识的题目时，更应该再一次地标识该题，否则以后就不知道自己还有哪些题目没有做出来了。

（2）注意理解领会题目的考查意图。在平常应用中，完成一个操作可能有多种方法，但是由于考试的试题是被设计在特定的试题环境下，有的题目设计时只想考查考生使用某一种方法的能力，因此，考生必须注意判断命题者的考查意图，分析出题目要求用哪种具体操作才能做对，而不能只用自己习惯的方式去操作。

例如，有一个题目为：已知计算机 flower 上有 epson 共享打印机，添加该共享打印。一般来说，最为大家所熟悉的、也是最方便的添加网络打印的方法为：进入网络打印机所在的用户文件夹，双击进行安装。但是试题要考查的是通过"打印机和传真"窗口，一步步查找网络打印机再进行添加。为了完成此题，考生就必须按照其考查意图，使用"打印机和传真"窗口完成。

这种限制考生解题只能用一种方法的题目在考试中经常出现。比如，当使用菜单命令或者单击工具栏中的常用工具按钮都不能完成试题时，应考虑单击鼠标右键，试试能否调出快捷菜单，很多试题就是专门考查考生使用鼠标右键调用快捷菜单功能的。因此，这就要求考生在练习时要注意一题多解，即在练习时要多注意这一道题有哪几种做法，并逐一尝试，当然在考试时用其中的一种做法就可以了。

（3）善于利用考试系统的仿真环境。全国职称计算机考试采用仿真环境来进行考试，也就是说如果考生参加"Internet 应用"的考试，考试时并不是真正连接到 Internet 的，而只是使用了一个仿真的平台。在这种平台上，考生在答题的时候只有采用了正确的操作方式，界面才会有变化，才能继续下一步操作，否则考试程序没有响应。一般来说，试题解答完毕，对试题界面执行任何操作都不会再有响应，也就是说最后的结果是一幅静止的图片（一般软件的菜单栏可以在任何时候单击弹出，但选择命令时不会再有响应）。

如果这一道试题的界面依然可以操作，说明这道题目做得还不完整，或者根本没有做对，这也提醒考生需要重做本题。

（4）大胆解题、细心观察。由于考试环境是一个仿真环境，与当前题目无关的菜单、工具按钮等都被屏蔽了，因此只有选对了菜单命令，或单击了正确的工具按钮，才会打开相应的对话框继续下面的操作，或者界面才会有相应的变化。所以当考生大致确定使用哪一种方式解题时，便可大胆地去尝试，同时须进行仔细的观察，如果方法不正确是不会有响应的，这样可以提高自己的做题速度。

另外，如果要找的选项在对话框中的内容较多时，不需要逐项去找，也不需要去认真思考，只要拖动滚动条到相应的位置，如果正确的选项在这一区域，系统就会停止于这一区域，再拖动滚动条也拖不动了，在这一区域中再单击各选项，能够选中的选项就是题目所要求的选项。

因此，考试时应大胆地执行相应的命令，细心地观察操作的效果，直到操作的结果是一幅静止的图片为止。

（5）掌握解答复杂要求题目的技巧。2010年7月题库升级以后，总体上来说试题难度有所增加，考查的知识点综合性、连贯性更强，因此在考试中很可能会碰到一些题目的题干文字比较多、比较复杂的情况。对于这类长、难题目，可以不用一次性将题目要求读完再去考虑题目的解答方法，而是可以边读题目要求边按已想到的方法去解题。如果前面的操作能顺利执行下去，说明已经找到了正确的解题方法，可以继续读下面的题目要求并解答。如果操作不能执行，则可再多读一些题目要求。这样可以大大提高做题的速度。

0.4.3　操作注意事项

参加全国职称计算机考试时，应注意一些操作效果和方法问题，以免出现误解或失误。

（1）在考试系统中操作的效果可能与在真实的软件环境中的操作效果有些小差别，比如格式化磁盘时，进度条不能像真正格式化时那样逐渐进行到最后，但只要操作正确、操作完整，最后的界面类似于一幅静止的图片，便能够得分了。

（2）记住软件的常用快捷键。有些题目限定考生只能使用快捷键的功能，比如有一道题目为：当前光标插入点在一篇文章第2页的一行中，要求将光标快速拖动到文章行首。如果考生使用鼠标拖动，无法到达第1页页面，显然这是考查使用键盘上的【Ctrl+Home】组合键定位到文章首页首行的行首的功能。

（3）注意切换英文字母的大小写以及中文字符的半角、全角状态。在 Windows 操作系统中，有时需要区分字母的大小写。比如，一道题目为：将文档的打开密码设为 DDEE。解答这个题目时如果不注意将密码的几个字母大写，则无论怎么操作，题目都还处在编辑状态而不能继续下去。如果在输入汉字时，发现输入的是大写英文字母，则是【Caps Lock】键处于启用状态所致，需要按一下该键取消其启用状态，才能正常使用输入法输入汉字。

另外，适时切换中文输入法状态下字符的半角、全角状态，可以解答不同的题目。

（4）在试题界面中，"复制"、"粘贴"的组合键【Ctrl + C】和【Ctrl + V】一般是无效的，当试题中要求输入文字时，需要用输入法手动输入。考试中最好使用鼠标单击试题界面右下角的输入法图标切换输入法，而不要使用键盘切换，因为使用键盘切换可能会造成要答下一题时题目面板丢失，且在屏幕上找不到的情况。

一旦发生这种情况，可以要求监考老师对考试系统进行重置。重置后可以继续答题，不需要重新解答前面的题目，但由于需要重新输入座位号和身份证号，会浪费时间。

第**1**章 ▸ 接入Internet ◂

Internet 又称因特网或国际计算机互联网，它连接着全世界数不胜数的计算机和计算机网络。在使用 Internet 之前，必须首先接入 Internet。接入 Internet 的方式主要有通过调制解调器（Modem）电话拨号接入、局域网接入和 ADSL 接入，本章主要介绍第 1 种接入方式。

本章考点

☑ **要求掌握的知识**
- 🔲 创建拨号连接的方法
- 🔲 设置拨号连接属性
- 🔲 启动拨号连接

☑ **要求熟悉的知识**
- 🔲 调制解调器的设置

☑ **要求了解的知识**
- 🔲 调制解调器驱动程序的安装过程

1.1 Internet基础

考点分析：本节内容是 Internet 应用的基础知识，在考试时不会直接考查，但在后面的学习和操作中会应用到相应的名称和术语，所以考生还是要对 IP 地址、Internet 使用的主要协议和域名系统有一定了解。

学习建议：稍作了解，打下基础。

1.1.1 Internet简介

用通信线路将若干计算机连接起来，并配以适当的软件与硬件，达到在计算机之间相互交换信息的目的，这样便形成了网络。政府机构、企业、学校等组织将机构内部的计算机连接起来组成网络，在计算机之间进行通信，形成了局域网。将多个这样的局域网通过各种方法相互连接起来实现地区间、国际间的信息传递，从而形成一个世界性的网络，这就是当今的 Internet。

Internet 最初起源于美国，在 20 世纪 50 年代初，出于军事上的需要，美国科学家们将远程雷达和其他设备同一台 IBM 的计算机连接起来，用于对远程雷达等设备测量到的防空信息数据进行处理，从而形成了具有通信功能的终端计算机网络系统。随着科研的不断发展与军事的需要，美国国防部远景研究规划局于 1968 年提出研制 ARPANET 的计划，并在 1971 年 2 月建成该网，用以帮助美军研究人员进行信息交流，这为 Internet 的发展奠定了基础。20 世纪 80 年代中期，由于 ARPANET 的成功建立，美国国家科学基金会为鼓励各大学校与研究机构共享主机资源，决定建立计算机科学网（NSFNET），该网络与 ARPANET 构成了美国的两个主干网。后来，随着社会的进步和计算机事业的不断发展，便逐渐形成了 Internet。

由于 Internet 能给人们带来诸多的帮助与

便利，因此世界上许多国家的机构相继加入，使得利用 Internet 在国际之间相互传递信息成为现实，Internet 也因此快速遍布全球。

1.1.2 计算机网络分类

计算机网络分类的标准很多，如根据拓扑结构、应用协议等分类，但是这些标准只能反映网络某一方面的特征。最能反映网络技术本质特征的分类标准是分布距离，计算机网络按分布距离可以分为局域网（LAN）、城域网（MAN）和广域网（WAN）3 类。

1．局域网（LAN）

局域网（LAN，Local Area Network）是在有限的地域范围内把分散在一定范围内的计算机、终端、大容量存储器的外围设备、控制器、显示器以及用于连接其他网络而使用的网间连接器等相互连接起来，进行高速数据通信的计算机网络。局域网是在小型机、微型机大量推广后发展起来的，配置容易、传输速率高，一般可达 4Mbit/s ～ 2Gbit/s。

2．城域网（MAN）

城域网（MAN，Metropolitan Area Network）一般是以一个城市为单位，采用光纤作为主干，在整个城市中分布的计算机网络。这类网络内的计算机距离为 10 ～ 100km，采用 IEEE 802.6 标准，传输速率较高，一般可达 50 ～ 100kbit/s。现在已有主干带宽为 Gbit/s 的光纤宽带城域网，可提供 10/100/1 000Mbit/s 的高速连接。

3．广域网（WAN）

广域网（WAN，Wide Area Network）在物理空间上跨越很大，联网计算机之间的距离一般在几万米以上，跨省、跨国甚至跨洲。局域网之间也可通过特定方式进行互连，实现局域网资源共享与广域网资源共享相结合，形成了地域广大的远程处理和局域处理相结合的广域网系统，其速率为 9.6kbit/s ～ 45Mbit/s。人们日常所说的 Internet（因特网）就是一个广域网。

1.1.3 IP地址

IP（Internet Protocol）地址是分配给主机的一个 32 位的二进制地址，由 4 个十进制字段组成，中间用小圆点隔开，如 202.210.0.8。IP 地址由一个被称为 InterNIC 的专门组织进行分配，InterNIC 组织在各个地区都设立有地区网络信息中心，其所做的工作就是为加入 Internet 的用户分配一个唯一的网络标识地址，以便 Internet 上的其他用户访问。

IP 地址被划分为 5 类，划分规则如下。

◆ A 类：第 1 个字段的值为 0 ～ 127，通常用于大型网络。

◆ B 类：第 1 个字段的值为 128 ～ 191，通常用于中型网络或网络管理器。

◆ C 类：第 1 个字段的值为 192 ～ 223，通常用于小型网络。

◆ D 类：第 1 个字段的值为 224 ～ 239，通常用于多点广播。

◆ E 类：第 1 个字段的值为 240 ～ 255，通常用于扩充备用。

注意：在 Internet 中，一个主机可以拥有一个或多个 IP 地址，但不能将同一个 IP 地址分配给多个主机，否则会出现通信错误。

1.1.4 Internet使用的主要协议

协议（Protocol）是指网络设备用来通信的一套规则，这套规则可以理解为一种彼此都能听懂的公共语言，它专门负责计算机之间的相互通信。Internet 使用的主要协议有：TCP/IP

和 HTTP。

1．TCP/IP

TCP/IP Transmission Control Protocol/Internet Protocol，传输控制协议 / 网际协议）是目前最常用到的一种通信协议。在局域网中，TCP/IP 最早出现在 UNIX 操作系统中，现在几乎所有的厂商和操作系统都开始支持它。同时，TCP/IP 也是 Internet 的基础协议。

TCP/IP 最初是由美国国防部高级研究计划局开发并用于有关国防项目的。由于它能够用在一个异构网络环境中（也就是说可以在各种广泛的硬件和操作系统上实现），因此得到了广泛的应用支持，它既可以用于局域网，也可以用于广域网。

2．HTTP

HTTP（HyperText Transfer Protocol，超文本传输协议）是因特网上应用最为广泛的一种网络协议，所有的 WWW 文件都必须遵守这个标准。

HTTP 是一个客户端和服务器端请求和应答的标准（TCP），客户端是终端用户，服务器端是网站。通过使用 Web 浏览器、网络爬虫或者其他工具，客户端发起一个到服务器上指定端口（默认端口为 80）的 HTTP 请求。我们称这个客户端为用户代理（User Agent）。应答的服务器上存储着一些资源，比如 HTML 文件和图像。我们称这个应答服务器为源服务器（Origin Server）。在用户代理和源服务器中间可能存在多个中间层，比如代理、网关或者隧道（Tunnels）。

1.1.5　域名系统

与 IP 地址相比，人们更喜欢使用具有一定含义的字符串来标识 Internet 上的计算机，

因此，在 Internet 中用户可以用各种各样的方式来命名自己的计算机。然而这样就可能在 Internet 网上出现重名，如提供 WWW 服务的主机都命名为 WWW，提供 E-mail 服务的主机都命名为 MAIL 等，这样就不能唯一地标识 Internet 网的主机位置。为了避免这种现象的发生，Internet 协会采取了在主机名后加上后缀名的方法，这个后缀名称为域名，用来标识主机的区域位置。

Internet 上 的 主 机 就 可 以 用 "主 机名．域名"的方式进行唯一标识，如 www.tongji.edu.cn，其中 www 为主机名，tongji.edu.cn 为域名，由服务器管理员申请后即可使用。域名具有一定的区域层次隶属关系，一般结构形式为 "区域层次名．机构名．国别名"，如 www.tongji.edu.cn 就表示中国教育机构同济大学的 www 主机，其中 tongji 表示同济大学，edu 表示国家教育机构部门，cn 表示中国。

Internet 协会规定机构性域名有 7 类，分别如下。

◆ com：商业机构组织。

◆ edu：教育机构组织。

◆ int：国际机构组织。

◆ gov：政府机构组织。

◆ mil：军事机构组织。

◆ net：网络机构组织。

◆ org：非营利机构组织。

地理性国别域名，对于不同的国家有不同的名称。

◆ cn：中国

◆ us：美国

◆ jp：日本

◆ fr：法国

◆ au：澳大利亚

◆ ca：加拿大

◆ uk：英国

1.2 接入Internet的方式

考点分析：本节主要介绍接入 Internet 的几种方式，该知识点在考试时不会直接考查，稍作了解，以保证知识的系统性。

学习建议：看一遍，知道通过哪些方式可以接入 Internet 即可。

1.2.1 通过电话拨号接入Internet

通过调制解调器（Modem）拨号上网是前几年相当普及的一种上网方式，目前，由于拨号上网的网速较慢，其使用率已经很低，但由于它具有连入方式简单等特点，因此仍被部分用户采用，适合于上网时间较少的个人用户。

要想享用 Internet 的诸多功能，首先必须将计算机接入 Internet，这需要相关软硬件的支持。

因为计算机接收的信息是数字信号，而电话线只能传递模拟信号，所以要通过电话线传递数字信息，就必须在发送前将数字信号转换成模拟信号，而计算机接收时再将模拟信号转换成数字信号，这个工作过程必须通过调制解调器来完成。通过拨号上网的连接示意图如图 1-1 所示。

图 1-1　通过电话拨号接入 Internet

电话拨号接入的硬件需求包括：一台计算机、一个调制解调器和一根电话线。调制解调器有内置和外置两种，内置调制解调器的形状与显卡、声卡相似，直接插入到计算机主板插槽中；外置调制解调器置于机箱外面，通过通信线与计算机主机的串行通信口（com1、com2 和 USB）相连。调制解调器还有一个与电话线连接的接口。

电话拨号接入的软件需求是在安装好 Windows 操作系统的计算机上，安装调制解调器的驱动程序并设置 TCP/IP。

通过调制解调器接入 Internet 还需要一个可以拨入 Internt 的服务供应商（ISP）的电话号码以及账号。现在接入 Internet 最常用的电话号码有 16900 和 16300，而账号又分为注册用户和非注册用户。成为注册用户需要到当地电信公司办理注册手续，注册手续办完后电信公司会分配给用户一个用户账号（包括用户名和密码）；而非注册用户账号的用户名和密码是公开的，比如在北京地区，北京电信公司 16300 非注册用户拨号接入互联网的用户名和密码均是 16300。

1.2.2 通过ADSL宽带接入Internet

ADSL（Asymmetric Digital Subscriber Line，非对称或数字用户线路）是 DSL 的一种非对称版本，它利用数字编码技术从现有铜质电话线上获取最大数据传输容量，同时又不干扰在同一条线上进行的常规话音服务。用户可以在上网"冲浪"的同时打电话或发送传真，而不会影响通话质量或降低下载 Internet 内容的速度。它是一个常用的 Internet 接入模式。

ADSL 可实现高速数据通信和交互视频两个功能。数据通信功能可为因特网访问、公司远程计算机或专用的网络应用，交互视频包括需要高速网络视频通信的视频点播 (VOD)、电影、游戏等。

ADSL 主要有传输速率较高、上网和打电话互不干扰、安装使用方便快捷并提供多种先进服务等特点。

1．具有很高的传输速率

ADSL 在普通电话线上支持的上传速率为 640kbit/s ～ 1Mbit/s，下载速率为 8 ～ 18Mbit/s，有效传输距离为 3 ～ 5km。

2．上网和打电话互不干扰

ADSL 可以与普通电话共存在一条电话线上，在一条普通电话线上接听电话、拨打电话的同时可进行 ADSL 传输，而又互不影响。

3．安装使用方便快捷

ADSL 安装包括局端线路调整和用户端设备安装。在局端方面由服务商将用户原有的电话线接入 ADSL 局端设备，操作极其简单。用户端的 ADSL 安装也非常简易方便，只要将电话线接上滤波器，滤波器与 ADSL Modem 之间用一条 2 芯电话线连接，ADSL Modem 与计算机网卡之间用一条双绞线连接即可完成硬件安装，再将 TCP/IP 中的 IP、DNS 和网关参数项设置好，便完成了安装工作。

4．提供多种先进服务

ADSL 线路提供 Internet 高速宽带接入的服务，用户只要通过 ADSL 接入，访问相应的站点便可免费享受多种宽带多媒体服务。

ADSL 接入 Internet 有虚拟拨号和专线接入两种方式。采用虚拟拨号方式的用户采用相应的拨号程序连入 Internet，采用专线接入的用户只要开机即可接入 Internet。

所谓虚拟拨号是指用 ADSL 接入 Internet 时需要输入用户名与密码，但 ADSL 连接的并不是具体的接入号码，如 163 等，而是所谓的虚拟专网 VPN 的 ADSL 接入的 IP 地址。

1.2.3　通过ISDN专线接入Internet

ISDN（Integrated Services Digital Network，综合业务数字网）在中国出现的时间不长，它线路稳定、不易掉线，这使得它的普及速度相当快。

ISDN 分为宽带和窄带两种。宽带 ISDN 主要提供 150Mbit/s 以上速率接口的业务，窄带 ISDN 主要包括 2Mbit/s 基群速率接口和 2B+D 基本速率接口。中国电信将其窄带业务中的基本速率接口（BRI）称为"一线通"。所以，我们称"一线通"为 ISDN 是不正确的说法，因为这只是它提供的一种最低速率。

"一线通"是基于电话网设置的，其用户线路就是普通的电话线，使用方法也类似于普通电话，它可以在电话线路上实现 2B+D（一共有 144kbit/s 的速率）的多信道通信。其中两个 B 信道可以独立作通信用，每一个 B 信道有 64kbit/s 的速率，也就是说用户可以一边打电话一边上网。

ISDN 的优点主要有终端多、传输速度快、传输效果好等。

1．终端多

"一线通"可使一对电话线连接多达 8 个不同的终端，目前可允许两个终端同时进行通信，使用户可以一边上网，一边打电话。

2．传输速度快

"一线通"连接速度快的特点是原有的电话线路不能比拟的。通过 2B+D 端口的一个 B 通道上网的速率高达 64kbit/s，是拨号上网方式的 2 倍，如果以两个 B 通道同时上网，则传输速率达到普通拨号上网的 4 倍。

3．传输质量好

ISDN 线路的抗干扰性好，信号质量高。虽然使用和原来电话同样的线路，但因为采用了数字传输技术，误码率在百万分之一以下，远低于模拟线路，不再出现"断线"和误码现象。

ISDN 的申请过程和普通拨号上网基本上类似，即带上身份证和身份证复印件到能够提供 ISDN 服务的 ISP 服务商填写申请表格，并交纳申请和安装费用。现在能够提供 ISDN 服务的 ISP 服务商很多，基本上能够提供普通拨号上网的 ISP 服务商都能够提供 ISDN 服务，如中国联通、中国电信等。至于申请的费用，不同城市和地区略有不同。

1.2.4　其他接入Internet方式

现在，通过有线电视、电力线和无线网络也可以实现接入 Internet 的目的。

1．通过有线电视接入 Internet

电缆调制解调器（CM，Cable Modem）主要用于有线电视网进行数据传输。它是一种广（播）电（视）部门在有线电视（CATV）网上开发的宽带接入技术，已经成熟并进入市场。Cable Modem 在原理上也是将数据进行调制后在 Cable（电缆）的一个频率范围内传输，接收时进行解调，传输机理与使用普通调制解调器相同，不同之处在于它是通过有线电视 CATV 的某个传输频带进行调制解调的。有线电视公司一般从 42 ～ 750MHz 之间电视频道中分离出一条 6MHz 的信道用于下行传送数据。通常下行数据采用 64QAM（正交调幅）调制方式，最高速率可达 27Mbit/s，如果采用

256QAM，最高速率可达 36Mbit/s。上行数据一般通过 5 ～ 42MHz 之间的一段频谱进行传送，为了有效抑制上行噪声积累，一般选用 QPSK 调制。QPSK 比 64QAM 更适合噪声环境，但速率较低，上行速率最高可达 10Mbit/s。

2．通过电力线接入 Internet

Power Line Communication 即利用电力线来进行网络数据的传输。目前只需通过连接在计算机上的"电力猫"，再插入家中任何一个电源插座，就可以实现最高 14Mbit/s 的速度上网冲浪，而且使用成本低廉。

电力线通信技术是利用电力线传输数据和话音信号的一种通信方式。该技术是把载有信息的高频加载于电流，然后用电线传输，接收信息的调制解调器再把高频从电流中分离出来，并传送给计算机或电话，以实现信息传递。

3．通过无线网络接入 Internet

无线上网分两种，一种是通过手机开通数据功能，以计算机通过手机或无线上网卡来达到无线上网，速度则由使用的技术、终端支持速度和信号强度共同决定。另一种无线上网方式即无线网络设备，它是以传统局域网为基础，以无线 AP 和无线网卡来构建的无线上网方式。

无线上网主要有以下几种方式。

◈ 802.1X：通过无线网卡和 AP 的连接，进入局域网通过网关上网。现在一般用 802.1G，54Mbit/s 连接速度，一般酒店、公司会做这方面的无线覆盖。

◈ GPRS：通过 GPRS 手机或者卡件 +SIM 卡直接拨号登录 CMNET 或者 WAP 上网，连接速度为 115kbit/s，很方便，手机有信号的地方就可以接入。

◆ CDMA：和 GPRS 差不多，大多是通过卡件上网，连接速度是 230kbit/s，但是实际速度要低很多。

◆ 3G 网络：也就是移动的 TD-SCDMA，电信的 CDMA2000，或者联通的 WCDMA。其连接速度已经和宽带相媲美了，尤其是电信的 3G-CDMA2000（EVDO），下载速度达到 175kbit/s。

1.3　安装调制解调器

考点分析：这一考点是常考内容，一般有 1～3 题。主要考查的内容是安装调制解调器的驱动程序和设置调制解调器，其中设置调制解调器这一知识点出题可能性很大。

学习建议：重点掌握通过光盘或没有光盘安装调制解调器驱动程序的两种操作，以及设置调制解调器的扬声器声音、最大端口速度，禁用和删除调制解调器的操作。

1.3.1　连接硬件

无论内置还是外置调制解调器（Modem），都有 Line 和 Phone 端口，只需正确连接这些端口即可。外置调制解调器的连接端口如图 1-2 所示。

图 1-2　外置调制解调器的连接端口

☀ **操作提示**

图中的调制解调器通过并行接口连接到计算机主板的并行接口中，但由于现在很多主板取消了并行接口，一般通过 USB 接口连接计算机。

下面以外置调制解调器为例讲解其连接方法，具体操作如下。

1 在关机状态下用调制解调器附带的数据线将 Modem 和计算机主机串口连接起来。

2 将连接到电信局一端的电话线插到调制解调器的 Line 端口。

3 将连接电话机一端的电话线插到调制解调器的 Phone 端口。

4 连接调制解调器的电源线。

5 接通电源后，启动计算机，调制解调器即可正常运行。

1.3.2　安装调制解调器驱动程序

连接好调制解调器后，还必须安装相应的驱动程序，调制解调器才能被操作系统识别并正常使用。内置调制解调器和外置调制解调器驱动程序的安装方法基本相同，主要有两种方法。

方法 1：通过"电话和调制解调器"安装。

这是一种常用的安装调制解调器驱动程序的方法，通过打开"控制面板"窗口，单击"电话和调制解调器"超级链接，然后在打开的窗口中安装调制解调器驱动程序。

1 单击 开始 按钮，在弹出的"开始"菜单中选择【控制面板】菜单命令，如图 1-3 所示。

2 在打开的"控制面板"窗口中，单击"打印机和其它硬件"超级链接，如图 1-4 所示。

图 1-3　选择命令

图 1-4　单击"打印机和其它设置"超级链接

3 在打开的"打印机和其它硬件"窗口中，单击"电话和调制解调器选项"超级链接，如图 1-5 所示。

图 1-5　单击"电话和调制解调器选项"超级链接

4 在打开的"位置信息"对话框中按提示选择自己所在的国家或地区，输入自己所在城市的区号与拨外线时要拨打的号码，并在"本地电话系统使用"选项组中选择本地通信系统所使用的拨号方法。现在一般都使用音频电话，所以选中"音频拨号"单选按钮，单击 确定 按钮，如图 1-6 所示。

图 1-6　输入位置信息

5 打开"电话和调制解调器选项"对话框，单击"调制解调器"选项卡，单击 添加(D)... 按钮，如图 1-7 所示。

图 1-7　"电话和调制解调器选项"对话框

6 打开"安装新调制解调器"对话框，选中"不要检测我的调制解调器：我将从列表中选择"复选框，单击 下一步(N) > 按钮，如图1-8所示。

图1-8 "安装新调制解调器"对话框

☼ **操作提示**

如果不知道自己所使用的是什么品牌与型号的调制解调器，则不选中该复选框，直接单击 下一步(N) > 按钮，系统将自动进行检测，并选择与之对应的驱动程序，询问用户是否需要安装；如果驱动程序库中没有该调制解调器的驱动程序，则会提示用户从磁盘安装。

⑦ 打开"安装新调制解调器"对话框，选择Modem的型号，这里在"型号"栏中选择"标准56000 bps 调制解调器"选项，单击 下一步(N) > 按钮，如图1-9所示。

图1-9 选择调制解调器型号

☼ **操作提示**

如果"型号"列表框中未列出所使用的调制解调器的型号，可将购买调制解调器时商家提供的安装光盘放入光盘驱动器中，然后单击 从磁盘安装(H)... 按钮，再在打开的对话框中选择光盘中驱动程序所在的位置。

⑧ 打开"安装新调制解调器"对话框，选中"选定的端口"单选按钮，然后在下面的列表框中选择连接的端口"COM1"，单击 下一步(N) > 按钮，如图1-10所示。

图1-10 选择端口

⑨ 系统自动安装选择的驱动程序，安装完毕，打开如图1-11所示的对话框，单击 完成 按钮返回"电话和调制解调器选项"对话框，再次单击 确定 按钮完成Modem驱动程序的安装。

图1-11 完成安装

方法2：通过"添加硬件"安装。

打开"控制面板"窗口，切换到"经典"视图，双击"添加硬件"图标来安装调制解调器驱动程序。这时首先打开"添加硬件向导"对话框，然后单击 下一步(N)> 按钮，此时系统自动搜索与计算机相连且没有安装驱动程序的硬件，再在打开的向导对话框中根据提示选择驱动程序安装即可。

1.3.3 设置调制解调器

安装完成调制解调器驱动程序后，为了满足上网的需要，通常需要对调制解调器进行设置，其具体操作如下。

1 通过"控制面板"窗口打开"电话和调制解调器选项"对话框，单击"调制解调器"选项卡，选择安装好的调制解调器，单击 属性(P) 按钮，如图1-12所示。

图1-12 "电话和调制解调器选项"对话框

2 单击"常规"选项卡，单击"设备用法"下拉列表框右侧的 ⌄ 按钮，在弹出的下拉列表中选择"使用这个设备（启用）"选项，如图1-13所示。

图1-13 调制解调器属性设置之一

☀ **操作提示**

如果要禁止使用调制解调器，则需要在"设备用法"下拉列表框中选择"不要使用这个设备（停用）"选项。

3 单击"调制解调器"选项卡，用鼠标拖动"扬声器音量"栏中的滑块调整调制解调器扬声器音量；在"最大端口速度"下拉列表框中选择"115200"选项设置端口连接速度，单击 确定 按钮完成设置，如图1-14所示。

图1-14 调制解调器属性设置之二

考场点拨

删除调制解调器的方法有多种，但考试中经常考到的只有以下两种：一种是从控制面板中打开"电话和调制解调器选项"对话框，然后单击"调制解调器"选项卡，选择安装好的调制解调器，单击 删除(R) 按钮，再单击 确定 按钮，即可完成删除操作；还有一种是从控制面板中打开系统的"设备管理器"窗口，从中选择调制解调器，单击鼠标右键，在弹出的快捷菜单中选择【卸载】菜单命令删除，如图1-15所示。

图 1-15　删除调制解调器

操作小结：设置调制解调器即设置调制解调器的属性，其方法是选择需设置的调制解调器后，单击 属性(P) 按钮，然后在打开的对话框中根据要求进行各项设置。

1.4　建立拨号连接

考点分析：这一考点是常考内容，而且是基础考点，建议考生要非常熟悉这一操作。考试时，考题通常会提供拨号的电话号码、用户名和密码，需要考生按要求输入。除此之外，拨号设置的可考内容更多，是常考知识点，往年几乎都考到过，考生应熟练掌握。

学习建议：熟悉最常用的拨号连接创建操作，重点掌握对拨号的设置。

1.3.4　自测练习及解题思路

1．测试题目

　　第 1 题　利用操作系统默认方式安装调制解调器的驱动程序。

　　第 2 题　设置调制解调器的最大端口速度到 57600。

　　第 3 题　调节调制解调器的扬声器声音到最大。

　　第 4 题　在"电话和调制解调器选项"中，停止当前调制解调器这个设备的使用。

　　第 5 题　删除调制解调器。

2．解题思路

　　第 1 题　按照 1.3.2 小节介绍的方法操作。

　　第 2 题　打开调制解调器属性对话框，单击"调制解调器"选项卡，再进行设置。

　　第 3 题　同上题。

　　第 4 题　同上题。

　　第 5 题　未指明操作方法，可逐一尝试两种删除方法。

1.4.1　创建一个拨号连接

　　连接好调制解调器并安装驱动程序后，还必须创建一个拨号连接，才能将电脑连入Internet。下面以创建一个电信 16300 的拨号连接为例，其具体操作如下。

　　❶ 打开"新建连接向导"对话框，准备创建拨号连接，其方法有如下几种。

　　◆ 通过"开始"菜单：选择【开始】→【所

有程序】→【附件】→【通讯】→【新建连接向导】菜单命令，如图1-16所示。

图1-16 通过"开始"菜单打开

◈ 通过"网上邻居"图标：在桌面上的"网上邻居"图标🖥上单击鼠标右键，在弹出的快捷菜单中选择【属性】菜单命令，打开"网络连接"窗口，单击左侧窗格中的"创建一个新的连接"超级链接，如图1-17所示。

图1-17 通过"网上邻居"图标

◈ 通过"控制面板"窗口：选择【开始】→【控制面板】菜单命令，打开"控制面板"窗口，单击"网络和Internet连接"超级链接，在打开的窗口中单击"网络连接"超级链接，如图1-18所示，打开"网络连接"窗口，选择【文件】→【新建连接】菜单命令。

图1-18 通过"控制面板"窗口

2 打开"新建连接向导"对话框，单击下一步(N)按钮，如图1-19所示。

图1-19 "新建连接向导"对话框

3 在打开的"网络连接类型"对话框中选择网络连接类型。由于是直接连接Internet，因此这里选中"连接到Internet"单选按钮，单击下一步(N)按钮，如图1-20所示。

4 在打开的"准备好"对话框中选择连接到Internet的方式，这里选中"手动设置我的连接"单选按钮，单击下一步(N)按钮，如图1-21所示。

图 1-20　选择网络连接类型

图 1-21　选择连接方式

![操作提示图标] **操作提示**
ISP 是提供 Internet 接入服务和信息增值服务的服
务商,使用调制解调器方式上网必须通过 ISP 才能
够连入 Internet。如果经常上网,并希望获得高质量
的服务,需选择 ISP 服务商并申请上网账号。这里
使用的 16300 拨号上网是将上网费用记入拨号电话
的电话费中,一般比申请账号的上网方式稍贵,但
十分便捷。

⑤ 在打开的"Internet 连接"对话框中选
择连接的设备,这里选中"用拨号调制解调器连
接"单选按钮,单击 下一步(N) > 按钮,如图 1-22
所示。

图 1-22　选择用于连接的设备

⑥ 在打开的"连接名"对话框中输入网
络连接的名称,这里在"ISP 名称"文本框中
输入"电信 163",单击 下一步(N) > 按钮,如图
1-23 所示。

图 1-23　输入 ISP 名称

⑦ 在打开的"要拨的电话号码"对话框
中输入 ISP 提供的上网账号。由于是中国电
信,因此这里在"电话号码"文本框中输入
"16300",单击 下一步(N) > 按钮,如图 1-24 所示。

⑧ 在打开的"Internet 账户信息"对话框
中输入 ISP 提供的免费上网用户名和密码。由
于这里使用的是电信 16300 的上网账号的拨号

方式，因此只需在"用户名"、"密码"、"确认密码"文本框中均输入电信 163 提供的免费账号与密码"16300"，单击 下一步(N) 按钮，如图 1-25 所示。

图 1-24　输入电话号码

图 1-25　输入用户名与密码

⑨ 打开"正在完成新建连接向导"对话框，选中"在我的桌面上添加一个到此连接的快捷方式"复选框，在桌面上创建一个该连接的快捷方式，方便以后的操作。单击 完成 按钮完成拨号连接的建立，如图 1-26 所示。

创建拨号连接后即可在桌面上看到该连接的快捷方式，如图 1-27 所示。

图 1-26　完成新建连接

图 1-27　桌面上拨号连接的快捷方式

操作小结：使用不同后 创建拨号连接的方法，均会打开"新建连接向导"对话框，其中最快速、最常考到的方法是选择【开始】→【所有程序】→【附件】→【通讯】→【新建连接向导】菜单命令。

1.4.2　对拨号连接进行设置

拨号连接建立好之后，可根据需要对其属性进行一些设置，以使其更好地为用户服务。可以进行设置的属性非常多，如更改连接的名称、启用或禁止连接防火墙、设置拨号连接的安全性、设置拨号连接的相关网络协议、设置拨号连接的备用号码、设置拨号连接的重拨选项、连接后是否在通知区域显示图标和允许自己访问别人共享资源或允许别人访问自己的共享资源等。

1. 更改拨号连接的名称

更改拨号连接的名称有以下 3 种方法。

方法1：利用右键菜单更改。

打开"网络连接"窗口，用鼠标右键单击该拨号连接，在弹出的菜单中选择【重命名】菜单命令。

方法2：利用菜单命令更改。

打开"网络连接"窗口，选择拨号连接，在窗口中选择【文件】→【重命名】菜单命令，如图1-28所示。

图1-28　选择【文件】→【重命名】菜单命令

方法3：利用窗口操作更改。

打开"网络连接"窗口，选择拨号连接，在窗口左侧的"网络任务"窗格中单击"重命名此连接"命令，如图1-29所示。

图1-29　单击"重命名此连接"命令

2．打开拨号连接的属性设置界面

打开拨号连接的属性设置界面有以下3种方法。

方法1：利用菜单命令打开。

打开"网络连接"窗口，选择拨号连接，在窗口中选择【文件】→【属性】菜单命令，如图1-30所示。

图1-30　选择【文件】→【属性】菜单命令

方法2：利用窗口操作打开。

打开"网络连接"窗口，选择拨号连接，在窗口左侧的"网络任务"窗格中单击"更改此连接的设置"命令，如图1-31所示。

图1-31　单击"更改此连接的设置"命令

方法3：利用右键菜单打开。

打开"网络连接"窗口，用鼠标右键单击该拨号连接，在弹出的菜单中选择【属性】菜单命令。

3．设置拨号连接的"常规"选项

拨号连接的"常规"选项中主要包括设置重拨选项和连接后是否在通知区域显示图标等。下面设置连接后不在通知区域显示图标，其具体操作如下。

1 打开"网络连接"窗口，用鼠标右键单击"电信163"拨号连接，在弹出的菜单中选择【属性】菜单命令，如图1-32所示。

图1-32 选择【属性】菜单命令

2 打开"电信163属性"对话框，在"常规"选项卡中，取消选中"连接后在通知区域显示图标"复选框，单击 确定 按钮，如图1-33所示。以后在拨号接入Internet后将不会有图标显示在通知区域。

图1-33 设置常规选项

4．设置拨号连接的"选项"选项

拨号连接的"选项"选项中可以设置与拨号相关的一些设置，比如连接时显示连接进度，提示名称、密码和证书等，包括含Windows登录域和提示电话号码。另外还可以在拨号网络连接出现故障时设置系统自动重拨

的次数和重拨的间隔；如果系统长时间出现连接空闲可以让系统自己挂断拨号连接，挂断前的空闲时间也可以根据自己的需要设置；此外在拨号网络断线时还可以让系统断线自动重拨。

下面以设置重拨次数为"5"，重拨时间间隔为"30秒"为例具体讲解。

1 打开"电信163属性"对话框，单击"选项"选项卡，在"重拨次数"数值框中单击右侧的微调按钮，设置为"5"，如图1-34所示。

图1-34 设置重拨次数

2 用鼠标单击"重拨间隔"下拉列表框右侧的 ∨ 按钮，在弹出的列表中选择"30秒"选项，单击 确定 按钮，如图1-35所示。

图1-35 设置重拨间隔时间

☀ **操作提示**

设置重拨次数时，也可以将鼠标指针定位到"重拨次数"数值框中，删除默认的数值，然后重新输入需要的数值。

5．设置拨号连接的"安全"选项

拨号连接的"安全"选项中，既可以选择"典型"设置，也可以选择"高级"设置，通常情况下对网络安全协议方面的知识比较精通的用户可以选择"高级"设置。

而在"典型"设置中，主要是用户登录拨号网络验证身份时对密码的要求，下面设置连接登录时需要有安全措施的安全密码，其具体操作如下。

1 打开"电信163 属性"对话框，单击"安全"选项卡，在"安全选项"栏中选中"典型（推荐设置）"单选按钮。

2 用鼠标单击"验证我的身份为"下拉列表框右侧的 ∨ 按钮，在弹出的列表中选择"需要有安全措施的密码"选项，单击 确定 按钮，如图 1-36 所示。

图 1-36　选择"需要有安全措施的密码"选项

6．设置拨号连接的"网络"选项

在拨号连接的网络选项中可以设置宽带的连接类型和安装该网络需要的网络协议等，如图 1-37 所示。

图 1-37　设置网络选项

在"此连接使用下列项目"列表框中有与用户使用拨号连接的网络关系比较密切的 4 个选项，分别如下。

◆ "Internet 协议（TCP/IP）"复选框：拨号连接所使用的默认协议，只有选中该协议才能接入 Internet。

◆ "QoS 数据包计划程序"复选框：网络连接后，与数据传输的质量和效率相关的属性。

◆ "Microsoft 网络的文件和打印机共享"复选框：确定是否允许网络中的其他计算机使用本机上的打印机和共享资源。

◆ "Microsoft 网络客户端"复选框：是否允许本机访问 Microsoft 网络中的资源。

7．设置拨号连接的"高级"选项

在拨号连接的"高级"选项中主要涉及是否启用 Internet 连接防火墙和 Internet 连接共

享。下面设置共享 Internet 连接并启用 Internet 连接防火墙，其具体操作如下。

1 打开"电信 163 属性"对话框，单击"高级"选项卡，在"Internet 连接共享"栏中选中"允许其他网络用户通过此计算机的 Internet 连接来连接"复选框。

2 在"Windows 防火墙"栏中单击 设置(E)... 按钮，如图 1-38 所示。

图 1-38　单击"高级"选项卡

3 打开"Windows 防火墙"对话框，选中"启用（推荐）"单选按钮，单击 确定 按钮返回"电信 163 属性"对话框，继续单击 确定 按钮完成操作，如图 1-39 所示。

图 1-39　选中"启用（推荐）"单选按钮

☀ **操作提示**

启用 Internet 连接防火墙可以对上网的计算机增加一道防护，在一定程度上避免黑客的攻击。

1.4.3　自测练习及解题思路

1．测试题目

第 1 题　添加一个拨号连接，要求所拨电话号码为"16900"，将拨号连接的名称设为 Leo，用户名为 Leo，密码为 123456，其余均遵循默认设置。

第 2 题　设置拨号连接，接通后禁止在右下角的任务栏通知区域显示连接图标。

第 3 题　设置拨号连接属性，使得拨号网络连接出现故障时自动重拨 10 次。

第 4 题　设置拨号连接属性，使得拨号网络连接出现故障时自动重拨间隔为 2 分钟。

第 5 题　为拨号连接启用 Internet 防火墙。

2．解题思路

第 1 题　按照 1.4.1 小节介绍的方法操作。

第 2 题　打开属性对话框，在"常规"选项卡中，取消选中"连接后在通知区域显示图标"复选框。

第 3 题　打开属性对话框，单击"选项"选项卡，在"重拨次数"数值框中输入"10"。

第 4 题　打开属性对话框，单击"选项"选项卡，在"重拨间隔"下拉列表框中选择"2分钟"。

第 5 题　打开属性对话框，单击"高级"选项卡，在"Windows 防火墙"栏中单击 设置(E)... 按钮，选中"启用（推荐）"单选按钮。

1.5 接入与断开Internet

考点分析：接入与断开 Internet 是 Internet 应用的基础，但在考试中考查这一知识点的次数并不多，相对来说，考查断开 Internet 的几率要大些。

学习建议：熟练掌握各种接入与断开 Internet 的方式，以及如何用内部电话拨号上网。

1.5.1 拨号

建立了拨号连接后即可开始拨号接入 Internet 了，其具体操作如下。

【1】打开拨号连接对话框准备拨号，其方法有如下几种。

◆利用右键菜单拨号：在桌面上的拨号连接图标上单击鼠标右键，在弹出的快捷菜单中选择【连接】菜单命令，如图 1-40 所示。

图 1-40 利用右键菜单拨号

◆双击桌面快捷图标：双击桌面上创建的拨号连接图标拨号。
◆利用"网上邻居"图标拨号：在桌面上的"网上邻居"图标上单击鼠标右键，在弹出的快捷菜单中选择【属性】命令，然后在打开的"网络连接"窗口中双击建立的拨号连接图标，如图 1-41 所示。

图 1-41 利用"网上邻居"图标拨号

◆利用"开始"菜单拨号：选择【开 始】→【连接到】菜单命令，在弹出的菜单中选择创建的拨号连接。

【2】打开如图 1-42 所示的拨号连接对话框，在"用户名"和"密码"文本框中输入对应的内容，单击 拨号(D) 按钮。

图 1-42 打开拨号连接对话框

【3】打开如图 1-43 所示的"正在连接"对话框。连接成功后系统将自动关闭该对话框，并在任务栏的通知区域中出现不断闪烁的 图标，此时即可畅游 Internet 了。

图 1-43　正在拨号

对于进行了注册的用户，其用户名和密码由 ISP 服务商提供，不是"16300"。对于非注册用户，用户名和密码都为"16300"。如果使用内部电话拨号上网，拨打外线时首先拨"0"，即在"拨号"下拉列表框中输入"0，16300"，如图 1-44 所示。

图 1-44　使用内部电话拨号上网

1.5.2　断开网络

如果使用计时收费的网络，当不再需要上网时，应断开网络连接，否则会继续支付上网费用，而且在没断开网络之前不能拨打电话。断开网络连接的方法主要有如下两种。

方法 1：利用任务栏提示区中的图标。

双击任务栏提示区中的图标，在打开的如图 1-45 所示的连接状态对话框中单击 断开① 按钮。

图 1-45　通过对话框断开网络

方法 2：利用右键菜单。

在任务栏通知区域的图标上单击鼠标右键，在弹出的快捷菜单中选择【断开】菜单命令，如图 1-46 所示。

图 1-46　通过菜单命令断开网络

1.5.3　自测练习及解题思路

1．测试题目

第 1 题　通过右键菜单启动拨号连接，其中用户名和密码均为"16300"。

第 2 题　利用内部电话拨号上网。

第 3 题　断开网络。

2．解题思路

第 1 题　注意指定使用右键菜单启动。

第 2 题　注意拨号时输入的号码。

第 3 题　若题目未特别指明使用何种方式，应逐一尝试两种方法。

第 2 章 ▸IE浏览器的使用◂

浏览器是一种能够接收用户的请求信息，并到相应网站获取网页内容的专用软件。常见的浏览器有 Internet Explorer（以下简称 IE 浏览器）和 Netscape 等。由于 IE 浏览器集成于 Windows 操作系统中，因此 IE 浏览器是"Internet 应用"考试科目中唯一要考查的浏览器。本章将讲解使用 IE 浏览器浏览网页和设置 IE 浏览器的方法。

2.1　IE浏览器的启动与退出

考点分析：启动与退出 IE 浏览器是经常会考查到的考点。考题大部分会明确要求以哪种方式启动或退出，若没有具体 要求，则应先使用常用的方式进行操作，如果常用方式不行，再试试其他方式。

学习建议：熟练掌握各种启动与退出 IE 浏览器的方式。

2.1.1　启动IE浏览器

接入 Internet 后，启动 IE 浏览器主要有如下几种方式。

方法 1：通过桌面快捷方式启动。

若已在系统桌面上创建了 IE 浏览器的快捷方式，则双击桌面上的 Internet Explorer 快捷方式图标，如图 2-1 所示。

图 2-1　通过桌面快捷方式图标启动 IE 浏览器

方法 2：通过快速启动栏启动。

单击桌面底部任务栏左侧"快速启动"栏中的 IE 浏览器图标，如图 2-2 所示。

图 2-2　通过"快速启动"栏启动 IE 浏览器

方法 3：通过"开始"菜单直接启动。

单击 开始 按钮，在弹出的菜单中选择其顶部的【Internet】菜单命令，如图 2-3 所示。

图 2-3　通过"开始"菜单启动 IE 浏览器

方法 4：通过"运行"对话框启动。

在操作系统的"运行"对话框中输入"iexplore.exe"或者 Internet 资源的 URL。

下面通过"运行"对话框，输入新华网的 URL "www.xinhuanet.com" 来启动 IE 浏览器。

1 单击 开始 按钮，在弹出的菜单中选择【运行】菜单命令，如图 2-4 所示。

图 2-4　选择菜单命令

2 打开"运行"对话框，在其中的"打开"下拉列表框中输入"www.xinhuanet.com"，单击 确定 按钮，如图 2-5 所示。

图 2-5　打开"运行"对话框

⒊ 系统将启动 IE 浏览器，并进入新华网的主页，如图 2-6 所示。

图 2-6　启动 IE 浏览器

方法 5：通过"开始"菜单的"所有程序"启动。

打开 Windows XP 的"开始"菜单，选择【所有程序】→【Internet Explorer】菜单命令，如图 2-7 所示。

图 2-7　通过"所有程序"菜单启动 IE 浏览器

2.1.2　退出IE浏览器

当不需要浏览网页时，可以退出 IE 浏览器，以释放更多的资源。退出 IE 浏览器主要有以下几种常用的方法。

方法 1：在打开的 IE 浏览器窗口中，用鼠标单击其右上角的 ⊠ 按钮。

方法 2：在打开的 IE 浏览器窗口中，用鼠标双击其左上角的 图标。

方法 3：在打开的 IE 浏览器窗口中，用鼠标单击其左上角的 图标，在弹出的快捷菜单中选择【关闭】菜单命令，如图 2-8 所示。

图 2-8　关闭 IE 浏览器

方法 4：在打开的 IE 浏览器窗口中，按【Alt+F4】组合键。

方法 5：在打开的 IE 浏览器窗口中，选择【文件】→【关闭】菜单命令，如图 2-9 所示。

图 2-9　关闭 IE 浏览器

2.1.3 自测练习及解题思路

1. 测试题目

第 1 题　启动 IE 浏览器。
第 2 题　退出 IE 浏览器。
第 3 题　用桌面快捷方式启动 IE 浏览器。
第 4 题　通过快捷键退出 IE 浏览器。

2. 解题思路

第 1 题　题目没有明确要求用何方法，应从最常用的方法开始，一一尝试。
第 2 题　解题思路同第 1 题。
第 3 题　双击桌面快捷方式启动。
第 4 题　按【Alt+F4】组合键。

2.2　认识IE浏览器工作界面

考点分析：认识工作界面只是操作 IE 浏览器的基础，在考试当中一般不会直接考查其组成部分，但应认识工作界面的各个部分，这样有利于学习以后的各种操作。

学习建议：熟悉工作窗口中各组成部分的名称及其作用。

启动 IE 浏览器后，将打开网址为 http://cn.msn.com 的默认主页，如图 2-10 所示。IE 浏览器的工作界面主要由标题栏、菜单栏、工具栏、地址栏、链接栏、网页显示窗口和状态栏等部分组成，各部分的功能简介如下。

2.2.1　标题栏

标题栏位于 IE 浏览器最上侧，其左侧显示的是网页名称，右侧分别为"最小化" 、"最大化" /"还原" 和"关闭" 3 个控制按钮，如图 2-11 所示。当 IE 浏览器窗口没有处于最大化的状态下，使用鼠标拖动标题栏，可以在系统桌面上移动 IE 浏览器窗口的位置。

图 2-10　IE 浏览器的工作界面

图 2-11　IE 浏览器的标题栏

2.2.2　菜单栏

　　菜单栏中包括"文件"、"编辑"、"查看"、"收藏"、"工具"和"帮助"6 个菜单项，通过选择各菜单项下的命令可实现对 Web 文档的编辑、保存、复制等操作，还可设置 IE 浏览器或获得帮助信息，如图 2-12 所示。

图 2-12　IE 浏览器的菜单栏

2.2.3　工具栏

　　工具栏中包括"后退"、"前进"、"停止"、"刷新"、"主页"、"搜索"、"历史"等按钮，通过单击这些按钮可以实现相应的功能，如图 2-13 所示。

图 2-13　IE 浏览器的工具栏

　　工具栏中的快捷按钮数量和种类可以由用户自己定制，默认显示且常用的按钮如下。

◆"后退"按钮：单击该按钮，可以浏览以前浏览过的某一网页。单击该按钮右侧的·按钮，将弹出一个浏览过网页的标题列表，选择其中某个标题，就可以重新打开该网页进行浏览。

◆"前进"按钮：单击该按钮，可以跳转到使用"后退"按钮浏览网页之前访问过的网页进行浏览。同样，单击该按钮右侧的·按钮，将弹出一个浏览过网页的标题列表，选择其中某

个标题，就可以重新打开该网页进行浏览。

◆"停止"按钮：单击该按钮，可以中止 IE 浏览器下载并显示当前网页的剩余信息。通常情况下，如果所浏览的网页需要经过一段时间才能完全显示时，单击该按钮就可以帮助尽快取消对这一网页的浏览。

◆"刷新"按钮：单击该按钮，可以使 IE 浏览器重新下载并显示当前网页的信息。通常情况下，如果所浏览的网页显示不完整或浏览期间该网页的内容发生了变化，就需要使用这个按钮。需要注意的是，对于动态网页和有时间限制的网页，单击该按钮可能导致出错。

◆"主页"按钮：单击该按钮，IE 浏览器将打开默认的、初次打开 IE 浏览器时浏览的网页。

◆"搜索"按钮：单击该按钮，可以通过 IE 浏览器内置的搜索引擎在 Internet 中进行搜索。

◆"收藏夹"按钮：单击该按钮，将打开 IE 浏览器的"收藏夹"窗格，在其中保存了 IE 浏览器内置和用户保存的网页超级链接。利用这些超级链接，可以快速定位到想要浏览的网页。

◆"历史"按钮：单击该按钮，将打开 IE 浏览器的"历史记录"窗格，其中按照浏览网页的时间，保存了 IE 浏览器访问过的网页超级链接。利用这些超级链接，可以快速定位到过去浏览过的网页。

◆"邮件"按钮：该按钮是 IE 浏览器启动默认的邮件处理程序的按钮。单击该按钮，将打开选择处理方式的菜单，

通过该菜单可以发送与接收邮件，还可以将当前浏览的网页甚至其对应的超级链接发送出去。

◈ "打印"按钮🖶：该按钮是启动打印机设置程序，完成当前网页打印的按钮。

2.2.4 地址栏

地址栏主要用于输入要浏览的网页的地址。打开一个网页后，也会在地址栏中显示当前页的 URL 地址，如图 2-14 所示。在默认条件下，IE 浏览器的自动填充功能会对地址栏中的地址起作用，因此，输入不完整的 URL 地址或单击其右侧的 ▾ 按钮，在弹出的下拉列表框中选择曾经输入的网址，也可以打开对应的网页。

图 2-14　IE 浏览器的地址栏

2.2.5 链接栏

链接栏中是 Microsoft 公司推荐站点的快捷方式图标，单击某个快捷方式图标可以快速在 IE 浏览器中打开相应的网站。如链接栏中的图标过多，可单击 » 图标，在弹出的下拉列表中选择所需的快捷站点，如图 2-15 所示。

图 2-15　IE 浏览器的链接栏

用户也可自行在其中创建或删除快捷方式图标，其方法有如下几种。

方法 1：将网页的图标从地址栏拖到链接栏。

方法 2：将超级链接从网页拖到链接栏。

方法 3：在收藏夹列表中将超级链接拖到链接文件夹中。

2.2.6 网页显示窗口

网页显示窗口位于地址栏下面，显示所浏览网页的内容，也是浏览器最主要的部分，如图 2-16 所示。

图 2-16　IE 浏览器的网页显示窗口

2.2.7 状态栏

状态栏主要显示浏览器当前操作状态的相关信息，如图 2-17 所示。当输入或者选择了某一网页的地址后，状态栏中将显示"正在连接站点"，表示正在查找需要连接的主机；当找到指定的主机时，则会显示"已找到站点"；开始连接 Web 服务器主机时则显示"正在打开网页"，以及表示连接情况的进度条等信息；当连接成功后，在状态栏中则会显示"完成"信息。

图 2-17　IE 浏览器的状态栏

2.3 使用IE浏览器浏览网页

考点分析：这一考点是常考内容，而且是基础考点，建议考生要非常熟悉这些操作，保证能得到这类题目的分数。考试题目经常会要求考生连续执行两个以上操作，如打开网页后再保存等。

学习建议：熟练掌握各种打开网页、在新窗口浏览、脱机浏览、保存网页信息、发送和打印网页的方法。本节基础知识点较多，出题频率很高，考生应认真掌握所有操作。

2.3.1 打开指定网页

在 IE 浏览器中打开指定网页有多种方法，根据不同情况采用不同方法可提高效率。

方法 1：通过输入 URL 地址打开。

在 IE 浏览器的地址栏中输入需要浏览网页的 URL 地址，再按回车键或单击地址栏右侧的"转到"按钮➡，如图 2-18 所示。

图 2-18 单击 URL 地址打开指定网页

方法 2：通过菜单命令打开。

在 IE 浏览器窗口中，选择【文件】→【打开】菜单命令，打开"打开"对话框，在"打开"下拉列表框中输入需要浏览网页的 URL 地址，

按回车键或单击 确定 按钮，如图 2-19 所示。

图 2-19 通过"打开"对话框打开指定网页

方法 3：通过超级链接打开。

单击网页中的超级链接，将鼠标指针移到网页中的某一段文字或某一幅图片上时，鼠标指针将变为⛏形状。单击该段文字或图像便可链接到其他网页或网页中的另一个位置上，这样的文字或图像便是超级链接的载体。通过单击网页中的这些超级链接，便可浏览相关的信息。

下面通过超级链接浏览新华网的军事网页，其具体操作如下。

❶ 启动 IE 浏览器，将打开默认的网页，在地址栏中输入新华网的 URL 地址"www.xinhuanet.com"，再按回车键，如图 2-20 所示。

图 2-20 输入网址

2 在打开的新华网主页面中显示了很多超级链接，在其中单击需要浏览的"军事"超级链接，如图2-21所示。

图 2-21　单击超级链接

3 在打开的如图2-22所示的"军事"页面中也显示了很多超级链接，在其中单击需要查阅信息的超级链接将打开该信息页面，即可浏览所感兴趣的信息了。

图 2-22　打开的网页

操作提示

在很多情况下，单击网页中的超级链接时，新的网页并不是显示在当前的浏览器窗口中，而是另外打开了一个浏览器窗口进行显示，这是网页设计人员的刻意设计。

2.3.2　在新窗口中浏览新的网页

如果希望保留当前窗口中浏览的网页，在新窗口中浏览新的网页，可以通过以下几种方法来实现。

方法1：通过菜单命令浏览。

在IE浏览器窗口中，选择【文件】→【新建】→【窗口】菜单命令，如图2-23所示。

图 2-23　选择菜单命令

方法2：通过快捷键浏览。

使用快捷键【Ctrl+N】重新打开一个浏览器窗口，然后输入网址。

方法3：通过右键菜单浏览。

用鼠标右键单击网页中的某个超级链接，在弹出的快捷菜单中选择【在新窗口中打开】菜单命令，如图2-24所示。

图 2-24　使用鼠标右键打开新窗口

下面以使用右键菜单在新的窗口中浏览新华网的汽车网页为例进行讲解，其操作方法如下。

1 启动 IE 浏览器，在打开网页的地址栏中输入新华网的 URL 地址，打开其主页。

2 用鼠标右键单击网页中的"汽车"超级链接，在弹出的快捷菜单中选择【在新窗口中打开】菜单命令，如图 2-25 所示。

图 2-25 使用鼠标右键选择菜单命令

3 IE 浏览器将重新打开一个如图 2-26 所示的窗口，显示"汽车频道"页面的相关信息和内容。可以看到，在该窗口的后面，新华网主页的窗口同样存在。

图 2-26 在新窗口中浏览新的网页

方法 4：通过重启浏览器浏览。

重新启动一次 IE 浏览器，在 IE 浏览器的地址栏中输入需要浏览网页的 URL 地址，再按回车键或单击地址栏右侧的"转到"按钮。或者重新启动一次 IE 浏览器，选择【文件】→【打开】菜单命令，在弹出的"打开"对话框的"打开"下拉列表框中输入需要浏览网页的 URL 地址，按回车键或单击 确定 按钮。

2.3.3 打开浏览过的网页

如果要在 IE 浏览器中打开浏览过的网页，可以通过以下几种方法来实现。

方法 1：通过工具按钮打开。

在 IE 浏览器窗口中，通过"前进"和"后退"按钮，可以方便地查看刚刚访问过的网页，如图 2-27 所示。

图 2-27 "后退"下拉列表

方法 2：通过"收藏夹"按钮打开。

在工具栏中单击"收藏夹"按钮，将打开 IE 浏览器的"收藏夹"窗格，在其中保存了 IE 浏览器内置和用户保存的网页超级链接。单击这些超级链接也可快速定位到浏览过并进行保存的网页，如图 2-28 所示。

图 2-28 打开收藏夹窗格

方法 3：通过地址栏右侧的 ⌄ 按钮打开。

单击地址栏右侧的 ⌄ 按钮，在弹出的下拉列表中将显示最近浏览过的网址列表，选择所需的网址即可，如图 2-29 所示。

图 2-29　最近访问过的网址

如果曾经访问过，但不是最近访问过的网页，可以在地址栏中输入该网址的前一个或几个字符，此时地址栏的下拉列表中将自动显示曾访问过，且与输入内容前面部分相同的网址，如图 2-30 所示。

图 2-30　输入部分网址

方法 4：通过"历史"按钮打开。

在工具栏中单击"历史"按钮，将打开 IE 浏览器的"历史记录"窗格，在其中按照浏览网页的时间保存了使用 IE 浏览器访问

过的网页超级链接。单击相应超级链接，可以快速定位到过去浏览过的网页，如图 2-31 所示。

图 2-31　打开历史记录窗格

下面以通过使用上面介绍的方法浏览腾讯网的 NBA 体育网页为例进行具体讲解。

① 启动 IE 浏览器，单击"历史"按钮，将打开 IE 浏览器的"历史记录"窗格。

② 单击需要打开的"sports qq"超级链接，如图 2-32 所示。

图 2-32　打开 IE 浏览器的"历史记录"窗格

③ 在弹出的选项中单击"NBA_ 体育频道 _ 腾讯网"超级链接，打开浏览过的腾讯网 NBA 体育频道网页，如图 2-33 所示。

图 2-33　打开浏览过的网页

图 2-35　脱机浏览的网页

2.3.4　脱机浏览网页

连接网络并打开所需网页后，由于上网时间或费用的限制，可将当前打开的网页设置为脱机工作，从而在不连接网络的情况下显示网页。

1．设置脱机浏览网页

设置脱机浏览网页的具体操作如下。

❶ 启动 IE 浏览器，选择【文件】→【脱机工作】菜单命令，如图 2-34 所示。

图 2-34　选择菜单命令

❷ 这时，在 IE 浏览器标题栏中将显示"[脱机工作]"的字样，如图 2-35 所示，该网页就能被脱机浏览。

☀ **操作提示**

重复一次上面的操作即可将 IE 浏览器恢复到与 Internet 连接状态。

2．脱机浏览网页的特点

通常情况下，脱机浏览网页需要与"收藏夹"和"历史记录"窗格配合使用。与"打开浏览过的网页"一节中叙述的方法相比，脱机浏览网页的最大特点是："脱机浏览"浏览的是已经下载到 IE 历史记录中的"旧"内容，而"打开浏览过的网页"则是使用历史记录中的超级链接重新下载新的内容。

2.3.5　保存网页

对于网络中有用的信息，可以将其保存下来以便日后参考或者脱机浏览。保存网络信息主要有保存整个网页、保存超级链接对应的网页、保存网页中的图片、保存网页中的文字和保存网页中的快捷方式等操作。

1．保存当前网页

保存当前网页的具体操作如下。

① 启动 IE 浏览器，选择【文件】→【另存为】菜单命令，如图 2-36 所示。

图 2-36　选择菜单命令

② 在打开的"保存网页"对话框中的"保存在"下拉列表框中选择网页的保存位置，在"文件名"下拉列表框中输入文件名（也可保持默认名称），在"保存类型"下拉列表框中选择文件的类型，然后单击 保存(S) 按钮，如图 2-37 所示。

图 2-37　设置保存

③ 网页中将打开对话框，显示保存进度，如图 2-38 所示，稍等片刻所需网页就被保存到选择的位置。

④ 保存完毕，打开保存网页的文件夹，可以看到 .htm 格式的文件和一个同名的文件夹，如图 2-39 所示，双击 .htm 格式的网页文件即可

打开 IE 浏览器窗口并显示网页内容。

图 2-38　显示保存进度

图 2-39　完成保存

保存文件的类型是指准备保存的文件的类型，IE 浏览器可将网页保存为多种格式，分别适用不同的场合，主要有以下几种。

◈ 网页，全部（*.htm，*.html）：该种文件类型用于保存打开网页中的全部信息（包括文字、图像、框架和样式表等，甚至一些音视频文件），保存后的网页除了有一个 htm 或 html 格式的文件外，还会存在一个与文件同名的文件夹，用来保存网页中的其他信息。

◈ Web 档案，单一文件（*.mht）：该种文件类型主要用于将打开网页的全部信息保存在一个 MIME 编码的文件中，

并将保存当前网页的可见信息，但只有安装 Outlook Express 5 以上版本后才能使用该格式。

◆ 网页，仅 HTML (*.htm，*.html)：该种文件类型只保存 HTML 页的信息（除图像、声音或其他文件外）。

◆ 文本文件：该种文件类型可以将当前网页以纯文本格式保存。

考场点拨

考题有时会要求考生先打开网页，再保存，所以考生在做题前，应先理解题意。一般考题的界面中已显示网页，则无需打开；如没有显示网页，多半需要通过地址栏输入网址打开网页后，再进行保存操作。

2．保存超级链接对应的网页

保存超级链接对应的网页主要有以下两种方法。

方法 1：通过打开网页保存。

单击该超级链接，打开对应的网页，使用保存当前网页的方法进行保存。

方法 2：通过右键菜单保存。

用鼠标右键单击该超级链接，在弹出的快捷菜单中选择【目标另存为】菜单命令，然后在打开的对话框中进行保存设置，其具体操作如下。

■1 启动IE浏览器，用鼠标右键单击"汽车"超级链接，在弹出的快捷菜单中选择【目标另存为】菜单命令，如图2-40所示。

■2 在打开的"另存为"对话框的"保存在"下拉列表框中选择网页的保存位置，在"文件名"下拉列表框中输入文件名（也可保持默认名称），在"保存类型"下拉列表框中选择文件的类型，然后单击 保存(S) 按钮，如图2-41所示。

图 2-40　选择菜单命令

图 2-41　设置保存

■3 网页中将打开对话框，显示保存进度，如图 2-42 所示，稍等片刻后所需网页就可被保存到选择的位置。

图 2-42　显示保存进度

■4 保存完毕，打开保存网页的文件夹，可以看到保存的文件，双击 .htm 格式的网页文件即可打开

IE 浏览器窗口并显示网页内容，如图 2-43 所示。

图 2-43　打开保存超级链接对应的网页

3．保存网页中的图片

保存网页中的图片主要有以下两种方法。

方法 1：通过下载工具保存。

使用专业的下载工具，将图片下载到硬盘中。

方法 2：通过右键菜单保存。

用鼠标右键单击该图片，在弹出的快捷菜单中选择【图片另存为】菜单命令，然后在打开的对话框中设置保存位置、文件名和类型，单击 保存(S) 按钮，其具体操作如下。

① 启动 IE 浏览器，在网页中选择一张图片，单击该图片，如图 2-44 所示。

图 2-44　单击图片

② IE 浏览器将打开该图片单独的网页，用鼠标右键在图片上单击，在弹出的快捷菜单中选

择【图片另存为】菜单命令，如图 2-45 所示。

图 2-45　选择菜单命令

③ 在打开的"保存图片"对话框中的"保存在"下拉列表框中选择图片的保存位置，在"文件名"下拉列表框中输入文件名（也可保持默认名称），在"保存类型"下拉列表框中选择图片的类型，然后单击 保存(S) 按钮，如图 2-46 所示。

图 2-46　设置保存

④ 保存完毕，打开保存图片的文件夹，可以看到保存的图片，双击该图片文件即可进行浏览，如图 2-47 所示。

图 2-47　打开保存的图片

图 2-48　"图像"工具栏

4．保存网页中的文字

保存网页中的文字主要有以下几种方法。

方法 1：通过菜单命令保存。

在网页上按住鼠标左键不放并拖动，选择需要保存的文字，选择【编辑】→【复制】菜单命令，如图 2-49 所示，打开文字处理软件，如 Word、记事本或写字板等，将复制的内容粘贴到文档中并进行保存。

图 2-49　选择【编辑】→【复制】菜单命令

方法 2：通过另存为方式保存。

在需要保存文字的网页上选择【文件】→【另存为】菜单命令，如图 2-50 所示，在打开的"保存网页"对话框中的"保存类型"下拉列表框中选择"文本文件"选项，然后单击 保存(S) 按钮。

图 2-50　选择【另存为】菜单命令

方法 3：通过快捷键保存。

在网页上按住鼠标左键不放并拖动，选择需要保存的文字，按【Ctrl+C】组合键，打开文字处理软件，将复制的内容粘贴到文档中并进行保存。

方法 4：通过 Word 编辑命令保存。

在需要保存文字的网页上选择【文件】→【使用 Microsoft Office Word 编辑】菜单命令，如图 2-51 所示，启动 Word 并显示该网页的所有内容，删除不需要保存的信息，将剩余的部分以 Word 文档的形式进行保存即可。

图 2-51　选择【使用 Microsoft Office Word 编辑】菜单命令

方法 5：通过右键菜单保存。

下面以使用右键菜单的方式将某网页中的文字保存到 Word 中为例具体讲解保存网页中文字的方法。

1 打开网页，按住鼠标左键不放并拖动，选择需要保存的文字，在选择区域内单击鼠标右键，在弹出的快捷菜单中选择【复制】菜单命令，如图 2-52 所示。

图 2-52　复制文本

2 启动文字处理软件 Word，按【Ctrl+V】组合键将复制的内容粘贴到 Word 文档中，如图 2-53 所示。

图 2-53　粘贴文本

3 选择【文件】→【保存】菜单命令，如图 2-54 所示。

4 在打开的"另存为"对话框的"保存位置"下拉列表框中选择文档的保存位置，在"文件名"

下拉列表框中输入文件名（也可保持默认名称），在"保存类型"下拉列表框中选择文件的类型，然后单击 保存(S) 按钮，如图 2-55 所示。

图 2-54　选择保存

图 2-55　设置保存

5 保存完毕，打开保存文档的文件夹，可以看到保存为 Word 文档类型的网页中的文字，如图 2-56 所示。

图 2-56　完成保存

操作提示

执行了网页的复制操作后，在文字处理软件中，通过右键菜单选择【粘贴】命令，通过菜单执行【粘贴】命令，或按【Ctrl+V】组合键均可将复制的网页文本粘贴到其中。

5．保存网页的快捷方式

保存网页的快捷方式主要有以下3种方法。

方法1：通过右键菜单保存。

用鼠标右键单击当前网页的空白区域（对于要保存的当前网页），在弹出的快捷菜单中选择【创建快捷方式】菜单命令，如图2-57所示，即可将访问该网页的快捷方式保存到桌面上。

图 2-57 选择【创建快捷方式】菜单命令

方法2：通过右键单击超级链接保存。

用鼠标右键单击当前网页中的包含超级链接的对象（对于要保存所链接的网页），在弹出的快捷菜单中选择【复制快捷方式】菜单命令，如图2-58所示，即可将访问该网页的快捷方式保存到桌面上。

方法3：通过菜单命令保存。

在当前页中选择【文件】→【发送】→【桌面快捷方式】菜单命令，如图2-59所示，也可将当前网页的快捷方式保存到桌面上。

图 2-58 选择【复制快捷方式】菜单命令

图 2-59 选择 IE 菜单命令

下面通过菜单命令保存网页的快捷方式。

1 打开需要保存的网页，在当前页中选择【文件】→【发送】→【桌面快捷方式】菜单命令，如图2-60所示。

图 2-60 选择 IE 菜单命令

2 在系统桌面上即可看到保存的网页快捷方式，如图 2-61 所示，直接双击即可打开该网页。

图 2-61　保存的网页快捷方式

图 2-63　系统提示信息

2.3.6　发送网页

通过 IE 浏览器发送网页主要通过 IE 浏览器的菜单进行操作，选择【文件】→【发送】→【电子邮件页面】菜单命令或者【文件】→【发送】→【电子邮件链接】菜单命令，如图 2-62 所示，在打开的邮件窗口中填写相关的内容，就可以将包含网页信息的邮件发送出去。

图 2-62　发送网页

2.3.7　打印网页

IE 浏览器允许使用不同方式打印网页，如按照屏幕显示打印当前网页，打印出网页的一部分，以及指定打印网页标题、日期、时间、页码、页眉和页脚等附加信息。

1. 打印当前浏览页面

打印当前浏览页面的具体操作如下。

1 打开需要打印的网页，使用以下任意一种操作打开"打印"对话框。

◆ 通过菜单命令：在当前页中选择【文件】→【打印】菜单命令，如图 2-64 所示。

图 2-64　选择【文件】→【打印】菜单命令

◆ 通过右键菜单：在当前页中单击鼠标右键，在弹出的快捷菜单中选择【打印】命令，如图 2-65 所示。

操作提示

通常情况下，必须在计算机中设置了电子邮件账户和电子邮件程序才能使用电子邮件发送网页，否则计算机将提示用户没有进行配置，如图 2-63 所示。

图 2-65　选择右键菜单命令

2 在打开的"打印"对话框的"份数"数值框中输入打印份数，如输入"2"，如图 2-66 所示。

图 2-66　设置打印份数

3 单击 首选项(R) 按钮，打开"打印首选项"对话框的"页面"选项卡，在"页面大小"栏的下拉列表框中设置页面大小，这里选择"A4"选项，在"方向"栏中设置页面方向，这里选中"纵向"单选按钮，单击 确定 按钮，如图 2-67 所示。

图 2-67　设置打印首选项

4 返回"打印"对话框，单击"选项"选项卡，选中"打印链接列表"复选框，设置只打印当前网页中的链接，单击 打印(P) 按钮，如图 2-68 所示即可开始打印当前浏览的页面。

图 2-68　完成打印

操作提示

如果在"选项"选项卡选中"打印链接的所有文档"复选框，打印时会将当前浏览网页链接到的所有网页一起进行打印。

2．打印框架网页的指定内容

在打印使用框架进行布局的网页时，可以只打印其中一个目标框架内的内容，不需要将全部内容都进行打印。

如果要打印框架网页内指定的内容，则需要在目标框架内单击鼠标右键，在弹出的快捷菜单中选择【打印目标】菜单命令，IE 浏览器会打开设置对话框，在其中对项目进行设置后，单击 打印(P) 按钮即可打印。

3．更改网页打印时的外观

如果需要打印网页中一些相关信息，或者调整打印版心的尺寸，则需要在打印之前对打印页面进行设置。

在需要打印的网页中，选择【文件】→【页面设置】菜单命令即可打开"页面设置"对话框，如图 2-69 所示。

图 2-69 "页面设置"对话框

在"页面设置"对话框中可以进行打印使用的纸张大小、纸张方向、页眉和页脚、纸张来源以及页边距等的设置。其中页眉和页脚使用特定的符号表示不同的含义，如表 2-1 所示。

表 2-1 打印页眉页脚使用的符号

打 印 内 容	需要输入的符号
窗口标题	&W
当前页码	&p
网页总数	&P
单个与号（&）	&&
网页地址（URL）	u
右对齐的文本（后跟 &b）	&b
居中对齐的文本（介于 &b 和 &b 之间）	&b&b
24 小时格式的时间	&T
时间（格式与"控制面板"中的"区域和语言选项"中设定一致）	&t
长格式时间（格式与"控制面板"中的"区域和语言选项"设定一致）	&D
短格式时间（格式与"控制面板"中的"区域和语言选项"设定一致）	&d

2.3.8 自测练习及解题思路

1. 测试题目

第 1 题 通过"开始"菜单的"所有程序"启动 IE 浏览器并打开新浪网网页。

第 2 题 重新访问昨天打开的某个主页。

第 3 题 从连接浏览改成脱机浏览新华网页面，然后再回到连接状态。

第 4 题 保存当前浏览的新华网的网页到"D:\ 网页保存"文件夹，保存名称是新华网页文字版，保存类型是 txt。

第 5 题 保存新华网首页中"新闻"超级链接对应的网页。

第 6 题 使用右键菜单保存新华网中的一张图片到"图片收藏"文件夹中，并重命名为"图片 1.jpg"。

第 7 题 从新浪主页中进入新浪新闻中心，然后把网页信息复制到 Word 文档中。

第 8 题 在桌面上创建一个新华网新闻网页的快捷方式。

第 9 题 打印新华网军事网页，要求打印 3 份，并打印全部的页面。

第 10 题 以两页打印预览的方式查看当前网页的打印效果并打印。

2. 解题思路

第 1 题 本题指定通过"开始"菜单的"所有程序"启动，启动程序后输入网址"www.sina.com"。

第 2 题 用"历史"按钮的方式。

第 3 题 使用菜单命令。

第 4 题 使用菜单命令。

第 5 题 右键单击保存。

第 6 题 右键单击保存。

第7题　使用菜单命令保存。

第8题　题目没有指定要求用何方法，应从最常用的方法开始，一一尝试。

第9题　使用菜单命令打印。

第10题　选择【文件】→【打印预览】菜单命令，在打开的"打印预览"窗口的"显示多页"下拉列表框中选择"2页视图"选项，然后按【Alt+P】组合键打印网页。

2.4 收藏网页

考点分析：这是常考的基础知识点，命题数量在一套试题中为1～3道，操作比较简单，因此得分比较容易。

学习建议：熟练掌握如何将网页添加到收藏夹、如何访问收藏夹以及如何设置收藏夹。

2.4.1 将网址添加到收藏夹

将网址添加到收藏夹的方法有很多种，常用的有以下一些。

1. 将当前网页添加到收藏夹

将当前网页添加到收藏夹是最常用的收藏夹操作，下面将新浪网的NBA_NIKE新浪竞技风暴网页添加到收藏夹的"体育世界"文件夹中，其操作方法如下。

❶ 打开新浪网的NBA_NIKE新浪竞技风暴网页，执行以下任意一种操作，打开"添加到收藏夹"对话框。

◇ 通过右键菜单添加：用鼠标右键在该网页空白处单击，在弹出的快捷菜单中选择【添加到收藏夹】菜单命令，如图2-70所示。

◇ 通过工具栏按钮添加：在IE浏览器窗口的工具栏中单击☆收藏夹按钮，在打开的"收藏夹"窗格中单击🖼添加...按钮，如图2-71所示。

◇ 通过菜单命令添加：在IE浏览器窗口中选择【收藏】→【添加到收藏夹】菜单命令，如图2-72所示。

图 2-70　使用右键快捷菜单

图 2-71　使用工具按钮

图 2-72　通过菜单命令

② 打开"添加到收藏夹"对话框，选中"允许脱机使用"复选框，在"名称"文本框中保持网页默认的名称，单击 创建到(C) >> 按钮，如图2-73所示。

图2-73 "添加到收藏夹"对话框

☀ 操作提示

选中"允许脱机使用"复选框，可以脱机浏览收藏的网页，并且可以利用IE浏览器的同步机制（启动该机制需要在IE浏览器窗口中选择【工具】→【同步】菜单命令）来保持收藏网页与源网页的同步。

③ 在"添加到收藏夹"对话框下侧自动展开被折叠的部分，单击 新建文件夹(W)... 按钮，如图2-74所示。

图2-74 展开对话框

④ 打开"新建文件夹"对话框，在"文件夹名"文本框中输入新建收藏文件夹的名称，这里输入"体育世界"，单击 确定 按钮，如图2-75所示。

图2-75 新建文件夹

⑤ 返回"添加到收藏夹"对话框，可以看到在收藏夹中已经创建了一个"体育世界"文件夹，当前网页将被添加到这个文件夹中，单击 确定 按钮，如图2-76所示。

图2-76 返回"添加到收藏夹"对话框

⑥ IE浏览器会将当前网页添加到收藏夹中，并同步显示进度，如图2-77所示。

图2-77 添加进度

⑦ 完成后在IE浏览器窗口的工具栏中单击 ☆收藏夹按钮，在打开的"收藏夹"窗格中单击展开"体育世界"文件夹，单击其中"NBA_NIKE新浪竞技风暴_新浪网"超级链接即可浏览收藏的网页，如图2-78所示。

图2-78 浏览收藏的网页

操作小结：通过菜单命令将网址添加到收藏夹的方法是最常用的方法。在操作过程中需要注意，如果在"添加到收藏夹"对话框中不展开折叠的部分，而是直接单击 确定 按钮，所收藏的网页链接将直接创建在默认位置（"收藏夹"文件夹内），如图2-79所示。

图2-79　将当前网页添加到"收藏夹"文件夹

考场点拨

本例操作的步骤较多，但实际考试时，其步骤相对较少，如不会要求将网页添加到收藏夹的同时新建文件夹，一般直接保存在收藏夹中或保存在收藏夹已建立好的文件夹中。

2．将网页中的链接网页添加到收藏夹

将网页中的链接网页添加到收藏夹通常有以下两种方法。

方法1：通过鼠标拖动添加。

用IE浏览器打开网页，将需要添加的超级链接用鼠标拖动到IE浏览器窗口工具栏的 ☆收藏夹按钮上，如图2-80所示。

操作提示

用鼠标直接拖动超级链接到 ☆收藏夹按钮上，该超级链接将被添加到默认位置（"收藏夹"文件夹内），如图2-81所示。如果打开"收藏夹"窗格，则可以拖动到任何一个文件夹中。

图2-80　拖动超级链接添加到收藏夹

图2-81　默认收藏夹位置

方法2：通过右键菜单添加。

用IE浏览器打开该链接所在的网页，在需要添加的超级链接上单击鼠标右键，在弹出的快捷菜单中选择【添加到收藏夹】菜单命令，如图2-82所示。在打开的"添加到收藏夹"对话框中进行相应的设置后，单击 确定 按钮可完成当前网页的收藏。

图2-82　用右键菜单将超级链接添加到收藏夹

下面以将新浪网的 NBA_NIKE 新浪竞技风暴网页中的"电视表"超级链接添加到收藏夹中为例进行具体讲解，其操作如下。

❶ 打开新浪网的 NBA_NIKE 新浪竞技风暴网页，在"电视表"超级链接上单击鼠标右键，在弹出的快捷菜单中选择【添加到收藏夹】菜单命令，如图 2-83 所示。

图 2-83　选择菜单命令

❷ 打开"添加到收藏夹"对话框，选中"允许脱机使用"复选框，在"名称"文本框中保持网页默认的名称，单击 确定 按钮，如图 2-84 所示。

图 2-84　"添加到收藏夹"对话框

❸ 完成后在 IE 浏览器窗口的工具栏中单击 ☆ 收藏夹 按钮，在打开的"收藏夹"窗格中通过单击"电视表"超级链接即可浏览收藏的网页，如图 2-85 所示。

图 2-85　浏览收藏的网页

2.4.2　访问收藏夹中的网址

访问保存在收藏夹中的网址可以通过以下两种方法来实现。

方法 1：通过菜单命令访问。

对于保存在收藏夹中的网址超级链接，IE 浏览器也将它们添加到窗口的"收藏"菜单下，在 IE 浏览器窗口中打开"收藏"菜单，选择需要访问网址对应的菜单命令即可，如图 2-86 所示。

图 2-86　选择菜单命令

方法 2：通过"收藏夹"窗格访问。

单击 IE 浏览器窗口中工具栏的 ☆ 收藏夹 按钮，或者选择【查看】→【浏览器栏】→【收藏夹】菜单命令，即可打开"收藏夹"窗格，在其中单击收藏的网址，就可以在右侧的窗格中显示对应的网页。

访问保存在收藏夹中的汽车之家网站。

❶ 打开 IE 浏览器，选择【查看】→【浏览器栏】→【收藏夹】菜单命令，如图 2-87 所示。

❷ 打开"收藏夹"窗格，在其中单击"汽车之家_我的汽车网站，我的汽车之家"超级链接，就可以在右侧的窗格中显示对应的网页，如图 2-88 所示。

图 2-87　选择菜单命令

图 2-88　访问收藏的网站

考场点拨

在考试时，如要求访问收藏夹中的网址，多半是通过"收藏夹"窗格来访问，可先尝试此种方法。

2.4.3　整理收藏夹

用户可以随时对收藏夹进行整理，整理后可以使收藏夹看起来更加井然有序。整理收藏夹常用的方法有以下几种。

1. 利用"整理收藏夹"对话框整理

这是最常见的整理收藏夹的方法，在这个对话框中可以进行如下一些操作。

◇ 新建文件夹。

◇ 移动保存的网址。

◇ 删除保存的网址。

◇ 重命名保存的网址。

下面就以新建两个文件夹，将保存的网址移动到这两个文件夹中，并进行删除和重命名操作为例，讲解如何利用"整理收藏夹"对话框整理收藏夹，其具体操作如下。

1 打开 IE 浏览器，选择【收藏】→【整理收藏夹】菜单命令，如图 2-89 所示。

图 2-89　选择菜单命令

2 打开"整理收藏夹"对话框，在其中单击 创建文件夹(C) 按钮，在右侧列表框中创建文件夹，并将其命名为"娱乐"，如图 2-90 所示。

图 2-90　新建文件夹

3 按回车键完成操作，用相同方法创建另一个文件夹，并将其命名为"新闻"。

4 在网址列表框中选择"汽车之家_我的汽车网站，我的汽车之家"选项，单击 重命名(R) 按钮，将其重命名为"汽车网站"，如图2-91所示，按回车键。

图 2-91　重命名保存的网址

⑤ 用相同的方法将列表框中的其他网址进行重命名，如图2-92所示。

图 2-92　重命名后的结果

⑥ 在网址列表框中选择"搜刮音乐"选项，单击 移至文件夹(M)... 按钮，如图2-93所示。

图 2-93　单击按钮

⑦ 打开"浏览文件夹"对话框，在其中选择"娱乐"选项，单击 确定 按钮，把"搜刮音乐"网址移动到"娱乐"文件夹中，如图2-94所示。

图 2-94　移动保存的网址

⑧ 用同样的方法将其他网址分别移动到"娱乐"和"新闻"文件夹中，在列表框中选择"新闻"选项，即可看到其中保存的网址，如图2-95所示。

图 2-95　查看保存的网址

⑨ 在列表框中单击"娱乐"选项，在展开的网址列表中选择"国际足球"选项，单击 删除(D) 按钮，在打开的提示框中单击 是(Y) 按钮，即可将该网址从收藏夹中删除，如图2-96所示。

⑩ 单击 关闭(L) 按钮，关闭"整理收

藏夹"对话框，在IE浏览器窗口的工具栏中单击☆^{收藏夹}按钮，可以看到整理过后的收藏夹，如图2-97所示。

图 2-96　删除保存的网址

图 2-97　整理后的收藏夹

图 2-98　允许脱机使用

图 2-99　设置网页同步

2．利用"收藏夹"窗格整理

利用"收藏夹"窗格整理需要先打开"收藏夹"窗格，用鼠标拖动需要移动的超级链接到新的位置即可实现移动保存的网址。对于其他操作，如重命名、删除等则需要借助于选择超级链接或文件夹对应的快捷菜单进行。

☀️ **操作提示**

在"收藏夹"窗格中单击 📇 整理...按钮，也可以打开"整理收藏夹"对话框。

☀️ **操作提示**

在"整理收藏夹"对话框中，如果需要将选择的超级链接设置成脱机浏览状态，只需要在左下角的列表框中选中"允许脱机使用"复选框，然后列表框下侧会显示一个 属性(P) 按钮，如图2-98所示。这时，应该单击该按钮，在打开的该网址属性对话框中单击"计划"选项卡，选中"仅在执行'工具'菜单的'同步'命令时同步"单选按钮，单击 确定 按钮，如图2-99所示，然后IE会进行一次网页同步。

3．利用"收藏"菜单整理

在 IE 浏览器窗口中打开"收藏"菜单，其中有与"收藏夹"窗格的显示项目类似的菜单项，利用鼠标拖动的方法，同样也可以实现移动保存的网址的操作。对于其他操作，则需要借助于选择超级链接或文件夹对应的快捷菜单进行。

4．利用快捷菜单整理

无论是"整理收藏夹"对话框中的项目，还是"收藏夹"窗格中的项目，或者"收藏"菜单中的项目，用鼠标右键单击它们都会打开一个快捷菜单，如图 2-100 所示，利用菜单中的命令，可以完成在"整理收藏夹"对话框中能够完成的所有操作，具体操作方法这里不再赘述，读者可以自己实践一下。

图 2-100　快捷菜单

2.4.4　导入与导出收藏夹

导入与导出收藏夹的目的是为了实现多台计算机之间的信息共享，主要是通过导入与导出收藏夹项目和 Cookie 项目实现的。

❶ 打开 IE 浏览器，选择【文件】→【导入和导出】菜单命令，如图 2-101 所示。

❷ 打开"导入／导出向导"对话框，单击 下一步(N) > 按钮，如图 2-102 所示。

图 2-101　选择菜单命令

图 2-102　"导入／导出向导"对话框

❸ 打开"导入／导出选择"对话框，在列表框中选择"导出收藏夹"选项，单击 下一步(N) > 按钮，如图 2-103 所示。

图 2-103　导入／导出选择

❹ 打开"导出收藏夹源文件夹"对话框，选择要导出的文件夹，这里选择"娱乐"选项，单击 下一步(N) > 按钮，如图 2-104 所示。

图 2-104　导出收藏夹源文件夹

⑤ 打开"导出收藏夹目标"对话框，单击 浏览(R)... 按钮选择保存的目标位置后，单击 下一步(N) 按钮，如图 2-105 所示。

图 2-105　导出收藏夹目标

⑥ 在打开的对话框中依次单击 确定 按钮和 完成 按钮完成操作，如图 2-106 所示。

图 2-106　完成操作

考场点拨

IE 导出的收藏夹项目是一个标准的 HTML 格式的文件，一旦考试时出现导入的考题，只需在"导入 / 导出选择"对话框的列表框中选择"导入收藏夹"选项，然后按照提示进行操作即可。

2.4.5　自测练习及解题思路

1．测试题目

第1题　将新华网首页添加到收藏夹的默认位置。

第2题　将新浪首页中的体育链接直接添加到收藏夹中。

第3题　使用鼠标拖动方式将新华网军事网页存放到收藏夹的"我的最爱"子文件夹中。

第4题　将收藏夹中"我的最爱"子文件夹改名为"删除"，并将其删除。

第5题　通过"收藏夹"窗格访问新华网新闻中心。

第6题　将 IE 收藏夹中的所有信息导出到文件"收藏夹 .htm"中（文件存储在 E 盘）。

第7题　将新浪竞技风暴的主页（网址为 http://sports.sina.com.cn/）添加到收藏夹的"新浪网"文件夹中并命名为"新浪体育"。

2．解题思路

第1题　分别尝试使用不同的方式进行操作。

第2题　右键单击的方法。

第3题　先创建"我的最爱"子文件夹，再执行拖动操作。

第4题 在"整理收藏夹"对话框中进行。

第5题 打开窗格，单击网页超级链接。

第6题 按照2.4.4小节中的方法进行操作。

第7题 分别尝试2.4.1小节中的方法进行操作。

2.5 搜索网上资源

考点分析：这是一个重要的基础考点，命题也很简单，一般是使用不同的方式搜索某个资源，对于各搜索引擎的作用可以只作了解。

学习建议：记住各种搜索的效果，以及实现该效果的方法。

2.5.1 通过"搜索"窗格搜索资源

"搜索"窗格是IE浏览器自带的、用于搜索网络资源的场所。

下面以搜索与"金庸"相关的信息为例进行讲解。

1 使用如下任意一种方法打开"搜索"窗格。

◇ **通过菜单命令打开**：在IE浏览器窗口中，选择【查看】→【浏览器栏】→【搜索】菜单命令，如图2-107所示。

图 2-107 选择菜单命令

◇ **通过工具按钮打开**：在IE浏览器窗口的工具栏中，单击 🔍搜索 按钮，或者按【Ctrl+E】组合键，如图2-108所示。

图 2-108 单击工具按钮

2 在窗口左侧显示"搜索"窗格，在"查找包含下列内容的网页"文本框中输入要搜索的信息"金庸"，单击 搜索 按钮，如图2-109所示。

图 2-109 输入搜索信息

3 稍后"搜索"窗格中会显示出搜索结果列表，如图2-110所示。

图 2-110 搜索结果

④ 单击搜索结果列表中的"金庸小说"超级链接，在右侧的网页浏览区中即可显示该网页所包含的内容，如图 2-111 所示。

图 2-111 浏览网页

操作提示

搜索时，可以自定义搜索的方式，选择使用哪些搜索类别，以及可在哪些搜索提供商中进行搜索。如果需要自定义搜索，单击"搜索"窗格中的"按钮，在弹出的菜单中选择"自定义"命令，然后进行设置即可，如图 2-112 所示。

图 2-112 设置自定义

操作小结：通过"搜索"窗格搜索资源最快捷也是最常用的方法就是单击 IE 浏览器工具栏中的 🔍搜索 按钮，在窗口左侧"搜索"窗格的"查找包含以下内容的网页"文本框中输入要搜索的信息，单击 搜索 按钮进行搜索。

2.5.2 通过地址栏搜索资源

直接在 IE 浏览器窗口"地址"栏中输入需要浏览的网站或网页的中文名称，甚至可以只输入部分关键字，按回车键或者单击 ➡转到 按钮，即可搜索相关的网站或网页。下面以通过地址栏搜索打开中央电视台网站为例进行具体讲解，其操作方法如下。

① 打开IE 浏览器，在"地址"栏中输入"中央电视台"，如图 2-113 所示。

图 2-113 输入搜索关键字

2 单击 →转到 按钮，即可看到搜索到的网页列表，如图 2-114 所示。

图 2-114　搜索结果

3 单击搜索结果列表中的"CCTV-中央电视台"超级链接，即可打开中央电视台的网站，如图 2-115 所示。

图 2-115　浏览网页

 操作提示

利用地址栏搜索时，IE 浏览器可以自动显示与搜索关键字最匹配的网页，同时也将列出其他一些相似的站点。

2.5.3　搜索当前网页中的文本

搜索当前网页中的文本实际上就是查找当前打开网页中的某处文本，这对于网页内容较多时比较适合。下面在打开的网页中搜索"车展"文本。

1 打开 IE 浏览器，选择【编辑】→【查找（在当前页）】菜单命令，如图 2-116 所示。

图 2-116　选择菜单命令

2 打开"查找"对话框，在其中的"查找内容"文本框中输入需查找的内容"车展"，单击 查找下一个(F) 按钮，如图 2-117 所示。

图 2-117　输入查找内容

3 IE 开始在当前网页上查找符合条件的文本，如图 2-118 所示。

图 2-118　查找到的内容

■ 单击 查找下一个(F) 按钮，IE 将继续查找，当查找完成，将打开提示框，提示文档搜索完毕，如图 2-119 所示。

图 2-119　搜索完毕

操作小结：在 IE 浏览器中搜索当前网页中文本的方法与在 Word 中查找文本方法相似。在 IE 浏览器窗口中选择【编辑】→【查找（在当前页）】菜单命令，打开"查找"对话框，在"查找内容"文本框中输入查找内容，单击 查找下一个(F) 按钮即可进行搜索。

📖 考场点拨

由于搜索到符合条件的文本后，IE 浏览器将该文本以蓝底白字的形式显示出来，因此在考试时，考生进行搜索操作后，只需通过查看是否有以蓝底白字形式显示出来的文本或该文本与搜索文本是否一致来判断操作的正确性。

2.5.4　常见搜索引擎的使用

搜索引擎（Search Engine）是一种用于帮助用户在 Internet 上查找信息的搜索工具，它能以一种特殊方式对 Internet 中的信息进行解释、处理、提取和组织，并为用户提供检索功能，从而达到搜索信息的目的。使用专业的搜索引擎可以在更短的时间内查找到更具体、更全面的信息。下面主要介绍在中文搜索领域比较有影响力的两个搜索网站 Google（http://www.google.cn/）和百度（http://www.baidu.com/）。

1．使用 Google 搜索引擎

Google 网站是一个相当专业的搜索引擎网站，它的网站目录中记录了 10 亿多个网址，在同类搜索引擎中首屈一指。其搜索主页面如图 2-120 所示。

Google 搜索引擎提供了"网页"、"图片"、"视频"、"地图"、"咨询"、"音乐"和"财经"等搜索模块，选择不同的选项卡即可只搜索该范围内的信息，在使用关键字搜索时还可以通过选中"所有网页"、"中文网页"、"简体中文网页"或"中国的网页"单选按钮来缩小搜索范围，从而得到更为精确的搜索结果。

图 2-120　Google 主页面

另外，Google 搜索引擎还具有一些特殊功能，其主要功能如下。

◆ **快速搜索公司主页**：如果输入关键字后直接单击 手气不错 按钮，打开网页中第一项列出的将会是与输入关键字相同的网站超级链接。图 2-121 所示为输入"海尔集团"，单击 手气不错 按钮后打开的网页效果。

图 2-121　搜索公司主页

◆ 查询手机号码归属地：Google 能自动将以 13 开头的 11 位数字识别为手机号码，因此用 Google 可以查询手机号码的归属地，如图 2-122 所示。

图 2-122　查询手机号码的归属地

◆ 查询天气：用 Google 查询中国城市的天气或天气预报时，只需输入一个关键字"天气"、"tq"或T"Q"和要查询的城市名称，中间以空格隔开，然后进行搜索即可。Google 返回的网站链接会提供当地最新的天气状况和天气预报，如图 2-123 所示。

◆ 查询邮政编码：用 Google 根据城市查询邮政编码或根据邮政编码查询城市时，只需输入关键字"邮编"、"yb"或

"YB"和要查询的城市地名或邮政编码，中间以空格隔开，然后进行搜索即可，如图 2-124 所示。

图 2-123　查询中国城市的天气

图 2-124　根据邮编查询中国城市

◆ 搜索文件：Google 可以支持 13 种非 HTML 文件的搜索，包括 pdf、doc、ppt、xls、rtf、swf、ps 等文件类型。如果只需查找某类型的文件而不需一般的网页，可以"filetype:"开头，后跟文件类型。例如查找 Flash 文件，只需以"filetype:swf"为关键字进行搜索。

◆ 查询电话区号：用 Google 根据城市查询长途电话区号或根据长途电话区号查询城市，只需输入关键字"qh"或"QH"和要查询的城市或电话区号，中间以空格隔开，然后进行搜索。

◆ 中英互译：Google 给中英文单词互译带来了极大的方便。单击网页下方的"翻译"图标，在打开的网页中输入需翻译的中文或英文单词、句子，单击 翻译 按钮，即可进行翻译。在 Google 搜索引擎主页面中单击右侧的"语言工具"超级链接，在打开的如图 2-125 所示的页面中可以对其他多个国家的语言进行翻译，还可在"翻译网页"文本框中输入某个网页的网址，对该网页进行翻译。

图 2-125 "语言工具"页面

◆ 高级搜索：在 Google 搜索引擎主页面中单击右侧的"高级搜索"超级链接，在打开的页面中可以根据需要设置多个搜索条件来缩小搜索范围。如利用 Google 的高级搜索功能，搜索有关 2009 年春夏巴黎时装周一个月之内的信息，其具体操作步骤如下。

１ 启动 IE 浏览器，并打开 Google 网站，单击其右侧的"高级搜索"超级链接，如图 2-126 所示。

图 2-126 打开 Google 首页

２ 在打开的"高级搜索"界面的"包含全部字词"文本框中输入"2009 年春夏"，在"包含完整字句"文本框中输入"巴黎时装周"，在"不包括字词"文本框中输入"秋冬"，在"日期"下拉列表框中选择"过去一个月内"选项，在"语言"下拉列表框中选择"简体中文"选项，其他保持默认，单击 Google 搜索 按钮搜索，如图 2-127 所示。

图 2-127 设置搜索信息

３ 在打开的页面中列出搜索结果，单击超级链接可打开相应网页，如图 2-128 所示。

☀ **操作提示**

经常使用 Google 搜索引擎，可单击主页面右侧的"使用偏好"超级链接，在如图 2-129 所示的页面中进行设置，再单击 储存使用偏好 按钮保存。以后使用 Google 搜索引擎进行搜索时就会遵循该设置。

图 2-128　搜索结果

图 2-129　使用偏好设置

2．使用百度搜索引擎

百度是一个非常优秀的搜索引擎网站，它的搜索功能十分强大，它可以根据 Internet 本身的链接结构对搜索到的所有网站自动进行分类，并能为每一次搜索迅速提供准确的结果，如图 2-130 所示。

图 2-130　百度首页

"百度"搜索引擎的主页面提供了"新闻"、"网页"、MP3、"图片"、"贴吧"、"视频"和"知道" 7 大快速搜索模块，单击所需类型的超级链接即可进入相应的搜索模块。"百度"搜索引擎也提供了高级搜索功能，在主页中单击"高级搜索"超级链接便可进入如图 2-131 所示的高级搜索页面。

图 2-131　百度高级设置页面

利用百度的"图片"搜索模块搜索一张回锅肉的图片，其具体操作步骤如下。

1 启动 IE 浏览器，并打开百度网站，单击"图片"超级链接切换到"图片"模块，在文本框中输入要搜索的内容"回锅肉"，然后选择图片类别，如选中"大图"单选按钮，单击 百度一下 按钮，如图 2-132 所示。

图 2-132　设置搜索信息

② 打开搜索页面，在该页面中显示了搜索到的图片列表，如图2-133所示。

图2-133　搜索结果

③ 单击第8张图片超级链接，即可重新启动一个 IE 浏览器窗口并打开该图片，如图2-134 所示。

图2-134　打开图片

2.5.5　自测练习及解题思路

1．测试题目

第1题　利用IE"搜索"窗格搜索"鲁除"

的简介。

第2题　在 Google 搜索引擎中搜索多个关键字"北京"、"高校"。

第3题　在百度中搜索"Q7"图片。

第4题　利用 Google 计算数学式 $\pi \times 5^2$ 的值。

第5题　利用 Google 搜索引擎的高级搜索功能，以关键语句"计算机应用能力考试"为检索句，搜索过去1个月发布的简体中文信息。

第6题　利用 IE 的搜索功能，以"考试"为关键字进行搜索，从搜索结果中访问"新浪教育"网站。

2．解题思路

第1题　打开"搜索"窗格搜索。

第2题　在两个关键字之间用空格隔开。

第3题　切换到"图片"搜索模块下搜索。

第4题　在文本框中输入"pi*5^2"。

第5题　在 Google 高级搜索界面中设置搜索信息。

第6题　分别尝试使用不同的方式进行操作。

2.6　设置IE浏览器

考点分析：这是一个常考知识点，题量较大，知识点也较多，涉及 IE 浏览器常规设置、安全设置、外观设置、Internet 连接设置和高级设置等内容。

学习建议：仔细学习本节内容，掌握所有知识点。

设置 IE 浏览器通常通过"Internet 选项"对话框来设置，在 IE 浏览器窗口中选择【工具】→【Internet 选项】菜单命令，可打开"Internet 选项"对话框，在其中有"常规"、"安全"、"隐私"、"内容"、"连接"、"程序"和"高级" 7 个选项卡，单击打开可以进行相应的设置，如图 2-135 所示。

图 2-135 "Internet 选项"对话框

2.6.1 IE浏览器常规设置

IE 浏览器允许用户对其起始主页、历史记录和临时文件等多方面进行设置，以满足用户的需要及个人习惯。

1. 设置默认主页

默认情况下，每次启动 IE 浏览器时都会自动打开一个网页，这个网页就是 IE 浏览器的默认起始主页。设置默认主页主要有以下 4 种方法。

方法 1：设置主页为空白页。

打开"Internet 选项"对话框，在"常规"选项卡的"主页"栏中单击 使用空白页(B) 按钮，单击 确定 按钮即可将默认主页设置为空白页。

方法 2：设置主页为默认页。

打开"Internet 选项"对话框，在"常规"选项卡的"主页"栏中单击 使用默认页(D) 按钮，单击 确定 按钮即可将系统默认的 http://www.microsoft.com/isapi/redir.dll?prd=ie&pver=6&ar=m-snhome 设置为默认主页，如图 2-136 所示。

图 2-136 设置默认主页

方法 3：直接输入主页。

打开"Internet 选项"对话框，在"常规"选项卡"主页"栏的"地址"文本框中输入需要设置为默认主页的网址，单击 确定 按钮即可将其设置为默认主页，如图 2-137 所示。

图 2-137 输入默认主页

方法 4：设置主页为当前页。

设置主页为当前页是指将当前打开并显示的网页设置为主页。

下面将已打开的新华网的主页设置为默认主页为例进行讲解，其具体操作如下。

1 启动 IE 浏览器，并打开新华网网站，选择【工具】→【Internet 选项】菜单命令，如图 2-138 所示。

图 2-138　选择菜单命令

2 打开"Internet 选项"对话框的"常规"选项卡，单击 使用当前页(C) 按钮，当前网页的网址便自动出现在"地址"文本框中，如图 2-139 所示。

图 2-139　将当前网页设为默认主页

3 单击 确定 按钮关闭对话框。下次启动 IE 浏览器时就会自动打开设为默认主页的新华网网页。

考场点拨

在考试中考查该知识点时，有时要求考生先打开需设置的网页，再设置主页；有时默认已打开网页，考生只需执行设置操作即可，所以在考试时考生应先分辨是否要求打开网页。

2. 设置 Internet 临时文件

在 IE 浏览器中访问网页时，浏览器会自动将访问过的网页内容保存在本地磁盘的 IE 临时文件夹中，这些保存的文件就被称为临时文件。设置临时文件主要有以下 3 个方面的内容。

◈ 删除 Cookie：Cookie 是一种网站以小文本形式存储在计算机上的文件，它们也被 IE 保存在临时文件夹中，通常利用"Internet 选项"对话框的"隐私"选项卡进行设置。在"常规"选项卡的"Internet 临时文件"栏中单击 删除 Cookies(I)... 按钮即可删除这些 Cookie。

◈ 删除文件：要删除 IE 临时文件夹中的所有网页信息，单击"常规"选项卡的"Internet 临时文件"栏中的 删除文件(F)... 按钮，打开"删除文件"对话框，如图 2-140 所示。如果要删除所有的脱机浏览网页，需要选中"删除所有脱机内容"复选框，否则删除的仅仅是临时文件夹中的网页信息。

图 2-140　"删除文件"对话框

◆ 设置临时文件夹：在 "Internet 选项"
对话框中，单击 "Internet 临时文件"
栏中的 设置(S)... 按钮，打开 "设置"
对话框，在其中可以进行设置临时文件
夹的位置、调整保存临时文件的磁盘
空间大小、查看保存的网页文件信息、
查看和调整 ActiveX 控件等操作，如
图 2-141 所示。

图 2-141 "设置"对话框

下面通过 "设置" 对话框设置临时文件夹
为 20MB，临时文件夹的位置是 D 盘，其具体
操作如下。

1 启动 IE 浏览器，选择【工具】→
【Internet 选项】菜单命令，打开 "Internet 选项"
对话框的 "常规" 选项卡，单击 "Internet 临时
文件" 栏中的 设置(S)... 按钮，如图 2-142 所示。

图 2-142 设置临时文件

2 在打开的 "设置" 对话框中拖动 "使用
的磁盘空间" 栏中的滑块，调整临时文件夹大
小为 "20"，完成后单击 移动文件夹(M)... 按钮，如
图 2-143 所示。

图 2-143 调整临时文件夹大小

3 在打开的 "浏览文件夹" 对话框的列表
框中选择 Internet 临时文件夹的新位置，如 D
盘，单击 确定 按钮，如图 2-144 所示。

图 2-144 调整临时文件夹的位置

4 返回 "设置" 对话框，单击 查看文件(V)...
按钮，在 IE 浏览器窗口中打开 "Temporary
Internet Files" 文件夹，查看保存的网页文件信
息，如图 2-145 所示。

5 返回 "设置" 对话框，在该对话框中单
击 确定 按钮，应用对 Internet 临时文件夹大
小的设置及位置的更改。打开 "注销" 提示框，
单击 是(Y) 按钮，重新启动计算机使设置生
效，如图 2-146 所示。

图 2-145　查看保存的网页文件信息

图 2-146　"注销"对话框

3．设置历史记录

IE 浏览器可记录一定时间内用户浏览过的网页地址，就是历史记录。

下面通过"设置"对话框设置保存历史记录的天数为 20 天，然后删除已访问的历史记录。

1 启动 IE 浏览器，选择【工具】→【Internet 选项】菜单命令，打开"Internet 选项"对话框的"常规"选项卡。在"网页保存在历史记录中的天数"数值框中输入"20"，如图 2-147 所示。

图 2-147　设置网页保存在历史记录中的天数

2 单击 清除历史记录(H) 按钮，在打开的提示框中单击 是(Y) 按钮，如图 2-148 所示。

图 2-148　确认删除历史记录

3 单击 确定 按钮应用设置，完成历史记录的设置。

操作提示

在"网页保存在历史记录中的天数"文本框中可设置要保存多少天的历史记录，但最多只能设置为 99 天。

考场点拨

在实际考试中，一般删除历史记录和更改历史记录的考题分别存在，很少联合起来出题。

2.6.2　设置Internet安全选项

随着 Internet 的广泛应用，安全问题成为重中之重，IE 主要通过"安全"选项卡进行安全设置，如图 2-149 所示。安全设置主要包括设置安全级别、自定义安全级别、设置隐私级别和将指定网站指派到安全区域等操作。

图 2-149　"安全"选项卡

IE 浏览器将 Internet 世界按区域划分为 Internet 区域、本地 Intranet 区域、受信任的站点区域和受限制的站点区域 4 类,不同区域的默认安全级别各不一样,具体如下。

◆ "Internet" 区域:默认情况下,该区域包含非本站点和未划归其他任何区域的局域网内所有站点,该区域的默认安全级别为 "中"。还可以通过 "隐私" 选项卡更改该区域的隐私设置。

◆ "本地 Intranet" 区域:该区域通常包含按照网络系统管理员的定义,不需要代理服务器的所有地址,包括在 "连接" 选项卡上指定的站点、网络路径和本地 Intranet 站点。该区域默认安全级别为 "中"。因此,IE 允许该区域中的网站在计算机上保存 Cookie,并由创建 Cookie 的网站读取。

◆ "受信任的站点" 区域:该区域通常包含信任的站点,也就是说相信可以直接从这里下载或运行文件,而不用担心危害计算机或数据。该区域默认安全级别为 "低"。因此,IE 允许该区域中的网站在计算机上保存 Cookie,并由创建 Cookie 的网站读取。

◆ "受限制的站点" 区域:该区域通常包含不信任的站点,也就是说不能肯定是否可以直接从这里下载或运行文件,而不危害计算机或数据。该区域默认安全级别为 "高"。因此 IE 将阻止来自该区域中的网站的所有 Cookie。

1. 设置默认安全级别

下面以设置 Internet 区域的安全为例讲解设置计算机默认安全级别的方法。

1 打开 "Internet 选项" 对话框,单击 "安全" 选项卡,在 "请为不同区域的 Web 内容指定安

全设置" 列表框中选择要进行设置的区域,这里选择 "Internet" 区域,单击 默认级别(D) 按钮,如图 2-150 所示。

图 2-150　选择要进行设置的区域

2 展开 "该区域的安全级别" 栏,在其中拖动滑块,设置安全级别为 "高",单击 确定 按钮,如图 2-151 所示。

图 2-151　调整安全级别

2. 自定义安全级别

自定义安全级别的目的是通过对 Internet 安全选项的设置,阻止一些程序或项目在 IE 浏览器中运行,比如弹出式广告,嵌入网页中的 Flash 动画、声音、视频或图片等。下面就

通过自定义安全级别来阻止广告的运行。

1 在 IE 浏览器窗口中打开"Internet 选项"对话框，单击"安全"选项卡，在"请为不同区域的 Web 内容指定安全设置"列表框中选择要进行设置的区域，这里选择"Internet"区域，单击 自定义级别(C)... 按钮，如图 2-152 所示。

图 2-152　选择要进行设置的区域

2 打开"安全设置"对话框，拖动"设置"列表框右侧的滚动条，滚动到如图 2-153 所示的位置处，在"活动脚本"选项下面选中"禁用"单选按钮。

图 2-153　"安全设置"对话框

3 单击 确定 按钮返回"Internet 选项"对话框，弹出式广告即被禁止。

操作提示

采用这种方法禁止弹出式广告也会让一些特殊网页不能正常打开，如在进入一些聊天室等无地址栏的弹出式窗口网页时会受到妨碍。

3．将指定网站指派到安全区域

自定义安全级别后，某些本来安全的网站功能也被禁用，此时可将这些网站设置为受信任的站点，从而可以完整使用该网站的功能。其具体操作如下。

1 打开"Internet 选项"对话框，单击"安全"选项卡，在"请为不同区域的 Web 内容指定安全设置"列表框中选择"受信任的站点"区域，单击 站点(S)... 按钮，如图 2-154 所示。

图 2-154　选择要进行设置的区域

2 在"将该网站添加到区域中"文本框中输入新华网网址，单击 添加(A)... 按钮，将其添加到下面的"网站"列表框中，单击 确定 按钮完成设置，如图 2-155 所示。

图 2-155　将指定网站指派到安全区域

操作提示

在添加受信任的站点时，不能添加本地网站，一般添加 Internet 中的网站。如果需要禁止访问某些站点，可选择"受限制的站点"区域，再单击 站点(S)... 按钮，使用相同的方法输入站点地址并禁止用户访问。

2.6.3　设置Internet隐私

　　浏览网页时，网站服务器会将记录用户个人信息的 Cookie 文件保存到本地计算机中。设置隐私级别就是为了保护这些信息。下面为设置隐私级别为"高"的具体操作。

　　① 打开"Internet 选项"对话框，单击"隐私"选项卡。

　　② 拖动"设置"栏中的滑块将隐私级别设置为"高"，单击 确定 按钮应用设置，如图 2-156 所示。

图 2-156　设置隐私级别

2.6.4　设置Internet连接方式

　　由于计算机接入 Internet 的方法很多，通常情况下，必须指定 IE 浏览器选择一种接入方式来访问 Internet，这就需要在"Internet 选项"对话框的"连接"选项卡中进行设置。在其中有"拨号和虚拟专用网络设置"和"局域网（LAN）设置"两个区域，分别设置 IE 的两种连接方式，如图 2-157 所示。

图 2-157　"连接"选项卡

1．拨号和虚拟专用网络设置

　　采用这种方式接入 Internet 的用户，如果还没有建立相应的连接，或者还想添加新的连接，应该首先单击 建立连接(U)... 按钮，或者单击 添加(D)... 按钮，打开"新建连接向导"对话框，建立相应的连接（具体操作参考前一章）。对于已建立的连接，可以通过单击 删除(R) 按钮将其删除，或者单击 设置(S)... 按钮，在打开的对话框中进行设置（具体操作参考前一章），如图 2-158 所示。

图 2-158　设置拨号连接

这里需要特别提醒的是，如果使用拨号或虚拟专用网络接入 Internet，就应该选中"无论网络连接是否存在都进行拨号"或"始终拨默认连接"两个单选按钮中的一个，并将建立的连接中的一个设置成"默认"（选择需要设置成默认的连接名，单击 设置默认值(E) 按钮即可）。

2. 局域网（LAN）设置

下面设置计算机通过局域网连接 Internet，其具体操作如下。

1 打开"Internet 选项"对话框，单击"连接"选项卡，在"局域网（LAN）设置"栏中单击 局域网设置(L)... 按钮，如图 2-159 所示。

操作提示

对于普通的局域网，设置代理服务器只需要在"局域网（LAN）设置"对话框的"代理服务器"栏中输入服务器地址和端口号即可。如果对不同的协议使用不同的代理服务器，则需要打开"代理服务器设置"对话框，对代理服务器进行详细设置。

图 2-159　"连接"选项卡

2 打开"局域网（LAN）设置"对话框，在"代理服务器"栏中选中"为 LAN 使用地理服务器"复选框，单击 高级(C)... 按钮，如图 2-160 所示。

图 2-160　"局域网（LAN）设置"对话框

3 打开"代理服务器设置"对话框，对代理服务器进行设置，设置完毕后，单击 确定 按钮，如图 2-161 所示。

图 2-161　设置代理服务器

2.6.5 设置Internet默认程序

在 IE 浏览器中可以设置管理电子邮件、新闻组、日历和 Internet 呼叫的程序很多，但在网页上单击相应的超级链接时，IE 浏览器打开的程序就是该类别程序中的默认程序。设置默认程序时，只需打开"Internet 选项"对话框的"程序"选项卡，在相应下拉列表框中选择即可，如图 2-162 所示。

图 2-162 "程序"选项卡

在"程序"选项卡中单击 重置 Web 设置(R)... 按钮，可以将安装了 IE 和 Internet 工具之后又安装了其他 Web 浏览器后修改的某些 IE 设置还原为默认设置。

在"程序"选项卡中单击 管理加载项(M)... 按钮，可以对 IE 当前安装的浏览器加载项进行管理（可以启用、禁用、更新和报告）。

2.6.6 Internet高级设置

Internet 高级选项的设置多涉及 IE 浏览器的显示效果控制、安全设置、插件程序的控制等方面。修改这些高级设置需要具备较高的计算机使用能力，否则可能会影响 IE 浏览器的正常工作与安全。

设置 Internet 高级选项，需要打开"Internet 选项"对话框的"高级"选项卡，在其中的"设置"列表框中列出了"http 1.1 设置"、"安全"、"从地址栏中搜索"、"打印"、"多媒体"、"浏览"、"辅助功能"等多个复选框设置区域，选中复选框完成设置后，单击 确定 按钮可使设置生效。下面取消网络中 Flash 动画、视频和图片的显示，其具体操作如下。

❶ 打开"Internet 选项"对话框，单击"高级"选项卡。

❷ 在"设置"列表框的"多媒体"选项中取消选中"播放网页中的动画"、"播放网页中的声音"和"播放网页中的视频"复选框，单击 确定 按钮使设置生效，如图 2-163 所示。

图 2-163 "高级"选项卡

☀ **操作提示**

取消 Flash 动画、视频和图片的显示后，网页中的 Flash 动画、视频和图片将全部显示为 🖼 符号，如果要观看某一动画、视频或图片，可在 🖼 符号上单击鼠标右键，在弹出的快捷菜单中选择"显示图片"命令将其显示出来。

2.6.7 设置IE浏览器外观

IE 浏览器中的工具栏外观、字体样式、

背景颜色和语言编码等显示效果也可以通过设置进行更改，以达到个性化显示效果。

1．设置工具栏的外观

设置工具栏的外观主要有以下一些操作。

◈ 通过向上、向下、向左或向右拖动，可以移动或调整地址栏和链接栏的大小，甚至可以将它们移动到菜单栏。

◈ 在IE浏览器窗口中选择【查看】→【工具栏】菜单命令或用鼠标右键单击工具栏，在弹出的菜单中通过选择命令，清除项目前的✔标记，可以隐藏工具栏(或其中的按钮)、地址栏或链接栏。

◈ 从地址栏中拖动图标或从网页中拖动超级链接到链接栏，可将该项目添加到链接栏。

◈ 要在链接栏中重新排列项目，只需要把它拖动到链接栏的新位置。

◈ 在收藏夹中将链接拖动到链接文件夹中也可以将收藏的链接添加到链接栏。

◈ 在IE浏览器窗口中选择【查看】→【工具栏】→【自定义】菜单命令或用鼠标右键单击工具栏，在弹出的快捷菜单中选择【自定义】菜单命令，如图2-164所示，都可以打开"自定义工具栏"对话框，在其中可以对工具栏的外观进行设置。

图 2-164　选择菜单命令

下面在工具栏中删除"信息检索"按钮，并添加"字体"和"编码"按钮。

1 在IE浏览器窗口中选择【查看】→【工具栏】→【自定义】菜单命令，如图2-165所示。

图 2-165　选择菜单命令

2 打开"自定义工具栏"对话框，在"当前工具栏按钮"列表框中选择"信息检索"选项，单击 ← 删除(R) 按钮，将其删除，如图2-166所示。

图 2-166　删除按钮

3 在"可用工具栏按钮"列表框中选择"字体"选项，单击 添加(A) → 按钮，将其添加到工具栏中，在"当前工具栏按钮"列表框中将会显示添加的"字体"选项，如图2-167所示。

4 用相同的方法添加"编码"按钮到工具栏中。

5 完成后，单击 关闭(C) 按钮，在IE浏览器窗口的工具栏中即可显示设置后的按钮，如

图 2-168 所示。

图 2-167　添加按钮

图 2-168　设置后的外观

2．设置网页文件和背景颜色

IE 浏览器可以首先为所有未使用样式表的网页指定字体和颜色首选项，然后再通过指定是否在使用样式表的网页中部分或全部使用首选项来控制使用样式表的网页的显示风格。其具体操作如下。

① 在 IE 浏览器窗口中选择【工具】→【Internet 选项】菜单命令，打开"Internet 选项"对话框的"常规"选项卡，单击 颜色(O)... 按钮，如图 2-169 所示。

② 打开"颜色"对话框，取消选中"使用 Windows 颜色"复选框，在"颜色"栏中单击"文字"按钮 �，如图 2-170 所示。

③ 在打开的对话框中选择一种颜色，单击 确定 按钮，如图 2-171 所示。

图 2-169　单击按钮

图 2-170　"颜色"对话框

图 2-171　选择颜色

④ 连续单击两次 确定 按钮，完成网页颜色的设置，效果如图 2-172 所示。

操作提示

通过"颜色"对话框中的"链接"栏，还能对网页中超级链接的各种形态的颜色进行设置。

图 2-172　设置后的网页

⑤ 在 IE 浏览器窗口中选择【查看】→【文字大小】→【较大】菜单命令，如图 2-173 所示，将网页的字体设置大一些。

图 2-173　设置字体大小

⑥ 在 IE 浏览器窗口中选择【工具】→【Internet 选项】菜单命令，打开"Internet 选项"对话框的"常规"选项卡，单击 字体(N)... 按钮。

⑦ 打开"字体"对话框，在"纯文本字体"列表框中选择"隶书"选项，设置网页中的纯文本字体，单击 确定 按钮，如图 2-174 所示。

图 2-174　"字体"对话框

⑧ 在 IE 浏览器窗口中选择【工具】→【Internet 选项】菜单命令，打开"Internet 选项"对话框的"常规"选项卡，单击 辅助功能(E)... 按钮。

⑨ 打开"辅助功能"对话框，在"格式"栏中选中"不使用网页中指定的颜色"复选框，单击 确定 按钮，如图 2-175 所示。

图 2-175　"辅助功能"对话框

3. 设置网页中的语言

设置网页中的语言就是设置 IE 浏览器使用的语言编码类型，通常有以下几种方法。

方法 1：打开 IE 的"自动选择"功能。

在 IE 浏览器窗口中选择【查看】→【编码】→【自动选择】菜单命令，如图 2-176 所示。如果系统提示需要下载语言支持组件，则需要从网络下载语言编码。

图 2-176　自动选择语言

方法 2：手工为网页选择语言编码。

在 IE 浏览器窗口中选择【查看】→【编码】→【其他】菜单命令，选择一种语言编码，如图 2-177 所示。

图 2-177 手工选择语言

方法 3：设置语言首选项。

设置语言首选项是指当某个网站提供了多种语言文字内容时，通过添加语言并对这些语言进行排列，将最合适的语言进行显示。

下面将英语（美国）添加到语言首选项中，其具体操作如下。

1 在 IE 浏览器窗口中选择【工具】→【Internet 选项】菜单命令，打开"Internet 选项"对话框的"常规"选项卡，单击 语言(L)... 按钮。

2 打开"语言首选项"对话框，单击 添加(A)... 按钮，如图 2-178 所示。

图 2-178 "语言首选项"对话框

3 打开"添加语言"对话框，在"语言"列表框中选择"英语（美国）[en-us]"选项，单击 确定 按钮，如图 2-179 所示，即可将该种语言编码添加到网页中。

图 2-179 "添加语言"对话框

2.6.8 自测练习及解题思路

1. 测试题目

第 1 题 更改超级链接的颜色使得访问过的超级链接是紫色。

第 2 题 更改网页的字体为最大。

第 3 题 利用局域网连接 Internet，在 Internet 选项中设置代理服务器 http://cai.hurricane.edu.cn，其中端口为 :8080。

第 4 题 设置默认主页为空白页。

第 5 题 设置默认主页为新华网首页。

第 6 题 设置 Internet 临时文件保存在 E:\临时文件 \ 中。

第 7 题 在 Internet 选项中删除 IE 临时文件夹的所有内容，并删除所有脱机内容。

第 8 题 在"受信任的站点"区域上添加 www.5566.net。

第 9 题 关闭 IE 的动画和视频多媒体功能，加快网页浏览速度。

第 10 题 在"Internet 选项"对话框中，将"受限制的站点"安全级别设置为默认级别。

第 11 题 将 IE 设置成浏览时"不播放网页中的声音"状态。

第 12 题 在 IE 中将网页保存在历史记录中的天数设置为 15 天。

第 13 题　利用桌面图标启动 IE 浏览器，设置 Internet 程序中的 HTML 的编辑器为"Micsoft Office Excel"。

2．解题思路

第 1 题　打开"Internet 选项"对话框，进入"常规"选项卡，单击"颜色"按钮，打开"颜色"对话框，单击"访问过的"后的按钮，进入颜色界面，选择紫色。

第 2 题　使用菜单命令。

第 3 题　打开"Internet 选项"对话框进行设置。

第 4 题　按照 2.6.1 小节中的方法进行。

第 5 题　同上一题。

第 6 题　打开"Internet 选项"对话框，进入"常规"选项卡，在"Internet 临时文件"栏中单击"设置"按钮，进入"设置"对话框，单击"移动文件夹"按钮，在打开的对话框中选择 E 盘中的"临时文件"文件夹。

第 7 题　打开"Internet 选项"对话框，进入"常规"选项卡，在"Internet 临时文件"栏中单击 删除文件(F)... 按钮，打开"删除文件"对话框，选中"删除所有脱机内容"复选框。

第 8 题　打开"Internet 选项"对话框，进入"安全"选项卡，选择"受信任的站点"区域，单击 站点(S)... 按钮，打开"可信站点"对话框，在"将该网站添加到区域中"文本框中输入栏中输入"https://www.5566.net"，单击 添加(A)... 按钮。

第 9 题　打开"Internet 选项"对话框，进入"高级"选项卡，在"多媒体"选项中，取消选中"播放网页中的动画"复选框和"播放网页中的视频"复选框。

第 10 题　打开"Internet 选项"对话框，在"安全"选项中进行设置。

第 11 题　打开"Internet 选项"对话框，切换到"高级"选项卡，在"设置"栏中取消选中"播放网页中的声音"复选框。

第 12 题　打开"Internet 选项"对话框，切换到"常规"选项卡，在"历史记录"栏中进行设置。

第 13 题　注意通过桌面图标启动 IE 浏览器，打开"Internet 选项"对话框，在"程序"选项卡中进行设置。

第 **3** 章 ▶收发电子邮件◀

电子邮件是一种在 Internet 上广泛使用的信息传递服务。Outlook Express 6.0 是 Windows 操作系统中用于管理电子邮件收发的软件，使用 Outlook Express 可以进行邮件账号管理、电子邮件管理、其他辅助功能管理等。

3.1 Outlook Express的启动与退出

考点分析：软件的启动与退出操作是各科考试中最容易出现的考点，不同的软件其启动、退出方法却大同小异，用户完全可以举一反三，快速学习本节知识。其中，通过"开始"菜单启动是最常考到的知识点。

学习建议：熟练掌握 Outlook Express 的各种启动与退出方式。

Outlook Express 是 Microsoft 操作系统自带的一种电子邮件收发软件，需要注意的是，Office 组件 Outlook 与 Outlook Express 是两个完全不同的软件平台，它们之间没有共享代码，Outlook Express 实际上是 Internet Explorer 的一部分。

3.1.1 启动Outlook Express

启动 Outlook Express 主要有如下几种方式。

方法 1：通过桌面快捷方式启动。

对于在系统桌面上创建了快捷方式的，双击桌面上的 Outlook Express 快捷方式图标，如图 3-1 所示。

图 3-1　通过桌面快捷方式图标启动

方法 2：通过"开始"菜单快捷命令启动。

单击 开始 按钮，在弹出的菜单中选择其顶部的【Outlook Express】菜单命令，如图 3-2 所示。

图 3-2　通过菜单命令启动

方法 3：通过"开始"菜单"所有程序"启动。

单击 开始 按钮，在弹出的菜单中选择【所有程序】→【Outlook Express】菜单命令，如图 3-3 所示。

方法 4：通过快速启动栏启动。

单击桌面底部任务栏左侧快速启动栏中的 Outlook Express 图标，如图 3-4 所示。

图 3-3　通过菜单命令启动

图 3-4　通过快速启动栏启动

3.1.2　退出 Outlook Express

当不需要收发邮件时，可以退出 Outlook Express，退出 Outlook Express 主要有以下几种常用的方法。

方法 1：在打开的 Outlook Express 窗口中，选择【文件】→【退出】菜单命令，如图 3-5 所示。

方法 2：在打开的 Outlook Express 窗口中，用鼠标单击其右上角的 ✕ 按钮。

方法 3：在打开的 Outlook Express 窗口中，用鼠标双击其左上角的 图标。

方法 4：在打开的 Outlook Express 窗口中，用鼠标单击其左上角的 图标，在弹出的快捷菜单中选择【关闭】菜单命令，如图 3-6 所示。

图 3-5 通过菜单命令关闭 Outlook Express

图 3-6 关闭 Outlook Express

方法 5：在打开的 Outlook Express 窗口中，按【Alt+F4】组合键。

3.1.3 自测练习及解题思路

1．测试题目

第 1 题 启动 Outlook Express。

第 2 题 退出 Outlook Express。

2．解题思路

第 1 题 题目没有明确要求用何方法，应从最常用的方法开始，分别尝试各种方法。

第 2 题 解题思路同第 1 题。

3.2 认识 Outlook Express 工作界面

考点分析：认识工作界面只是操作 Outlook Express 软件的基础，在考试当中一般不会直接考查其组成部分。在 3.8.1 小节中将讲解设置界面的详细知识，考点也大多集中在该小节。

学习建议：熟悉工作窗口中各组成部分的名称及其作用，这将有助于学习后面的内容。

启动 Outlook Express 后，界面如图 3-7 所示。

第一次使用 Outlook Express 时，其工作界面会默认显示 5 个部分：联系人列表框、文件夹列表、文件夹栏、工具栏和状态栏，各部分的功能简介如下。

图 3-7 Outlook Express 的工作界面

3.2.1 工具栏

工具栏位于 Outlook Express 文件菜单栏

的下方，通过它可以快速访问最常用的选项，其中的每个按钮都与菜单中的选项一一对应，如图3-8所示。

图3-8　工具栏

3.2.2　联系人列表框

联系人列表框位于 Outlook Express 左下侧，用于显示通讯簿中联系人名称，通过它可以更加快捷地给联系人创建新邮件，如图3-9所示。

图3-9　联系人列表框

3.2.3　文件夹列表

文件夹列表位于 Outlook Express 左侧，用于显示默认文件夹（如"收件箱"、"发件箱"和"草稿"文件夹）以及由个人所创建的文件夹的列表，如图3-10所示。

图3-10　文件夹列表

3.2.4　文件夹栏

文件夹栏位于工具栏的下方，用于显示用户在文件夹列表中的当前位置，如图3-11所示。

图3-11　文件夹栏

3.2.5　内容窗格

显示当前所选文件夹中的内容，如收到的邮件列表，默认选择邮件后在内容窗格下方显示该邮件的内容，如图3-12所示。

图3-12　内容窗格

3.2.6　状态栏

状态栏位于 Outlook Express 的下方，用于显示所选文件夹的当前状态（例如现在是否联机等），如图3-13所示。

图3-13　状态栏

3.3 添加和管理邮件账号

考点分析：这是一个基础知识点，命题数量在试题中为1~2个。虽然这一部分的知识点较多，但只需重点掌握如何添加邮件账号的相关操作，因为它的出题可能性很大。

学习建议：熟练掌握如何添加邮件账号、设置账号属性和导入与导出，注意这里的添加邮件账号包括首次添加和添加多个邮件账号两种操作。

3.3.1 首次添加邮件账号

第一次使用 Outlook Express 时，会自动出现"Internet 连接向导"对话框，要求填写已有的邮件账号信息，其具体操作如下。

1 启动 Outlook- Express，打开"Internet 连接向导"对话框，在"显示名"文本框中输入显示的姓名，如"caiju1979"（该姓名可任意输入），单击 下一步(N) > 按钮，如图 3-14 所示。

图 3-14　输入姓名

操作提示

因为显示名会显示在发出的每封信中，为方便联系，显示名都用自己的姓名，如添加一个"caiju1979@126.com"的邮箱账户，输入的显示名为"caiju1979"。

2 打开"Internet 电子邮件地址"对话框，在"电子邮件地址"文本框中输入使用的电子邮箱，如"3283568@qq.com"，单击 下一步(N) > 按钮，如图 3-15 所示。

图 3-15　输入电子邮件地址

3 打开"电子邮件服务器名"对话框，在"接收邮件（POP3，IMAP 或 HTTP）服务器"文本框中输入其接收的邮件服务器名，如"pop.qq.com"，在"发送邮件服务器（SMTP）"文本框中输入发送的邮件服务器名"smtp.qq.com"，单击 下一步(N) > 按钮，如图 3-16 所示。

图 3-16　输入电子邮件服务器名

4 打开"Internet Mail 登录"对话框，在

"密码"文本框中输入该邮件账号的密码，单击
下一步(N) 按钮，如图3-17所示。

图3-17　输入电子邮件密码

5 打开"祝贺您"对话框，提示完成
Outlook Express 邮件账号设置，单击 完成
按钮，如图3-18所示。

图3-18　完成邮件账号添加

3.3.2　添加多个邮件账号

　　Outlook Express 支持多个邮件账号的使
用，因此，还可以为其添加其他的邮件账号，
其具体操作如下。

　　1 启动 Outlook Express，选择【工具】→
【账户】菜单命令，如图3-19所示。

　　2 打开"Internet 账户"对话框，单击
"邮件"选项卡，单击 添加(A) ▶ 按钮，在弹出
的菜单中选择"邮件"命令，如图3-20所示。

　　3 其余的操作按照首次添加邮件账号进行
即可。

图3-19　选择菜单命令

图3-20　"Internet 账户"对话框

📖 **考场点拨**

考试时，如果题目中只是要求添加邮件账号，并没
有说明是不是首次添加，只需按照添加多个邮件账
号的方法进行操作即可。

3.3.3　设置邮件账号属性

　　设置邮件账号属性的具体操作如下。

　　1 打开"Internet 账户"对话框，单击"邮
件"选项卡，选择需要设置属性的账号，单击
属性(P) 按钮，如图3-21所示。

　　2 在打开的该账号的属性对话框的"常规"
选项卡中即可自定义账户名称，这里在"邮件账
户"文本框中输入"qq 邮箱"，如图3-22所示。

图 3-21 "Internet 账户"对话框

图 3-22 设置账户名称

3 单击"服务器"选项卡，选中"我的服务器要求身份验证"复选框，单击 设置(E)... 按钮，如图 3-23 所示。

图 3-23 "服务器"选项卡

操作提示

目前，Internet 中注册申请的电子邮箱，在使用非 Web 方式发送邮件时，都要求服务器进行身份验证。

4 打开"发送邮件服务器"对话框，保持默认选中"使用与接收邮件服务器相同的设置"单选按钮，如图 3-24 所示，连续单击 确定 按钮完成设置。

图 3-24 "发送邮件服务器"对话框

考场点拨

在考试中，本知识点的考查通常是以"设置发送邮件服务器的账户名和密码"方式进行的，做题时一定要注意选中"我的服务器要求身份验证"复选框，否则不会得分。

3.3.4 导入与导出邮件账号

账号备份的目的是为了信息安全，在平常使用 Outlook Express 时，应该养成良好的操作习惯，最好定期对账号进行备份，以防止因意外事件而丢失重要资料。

1．导出账号

导出账号的具体操作如下。

1 打开"Internet 账户"对话框，单击"邮件"选项卡，选择需要导出的账号，单击 导出(E)... 按钮，如图 3-25 所示。

图 3-25 "Internet 账户"对话框

2 打开"导出 Internet 账户"对话框,在"保存在"下拉列表框中选择保存位置,并在"文件名"和"保存类型"下拉列表框中选择保存的名称和类型,单击 保存(S) 按钮,如图 3-26 所示,完成账号的导出。

图 3-26 导出账号

考场点拨

考试时,如遇到选择文件位置的对话框,一般通过对话框上方的下拉列表框选择,而不使用左侧的按钮。

2.导入账号

导入账号的具体操作如下。

1 打开"Internet 账户"对话框,单击"邮件"选项卡,单击 导入(I)... 按钮,如图 3-27 所示。

图 3-27 "Internet 账户"对话框

2 打开"导入 Internet 账户"对话框,在"保存在"下拉列表框中选择需导入账号保存的位置,在打开的列表框中选择需导入的账号,单击 打开(O) 按钮,如图 3-28 所示,完成账号的导入。

图 3-28 导入账号

3.3.5 自测练习及解题思路

1.测试题目

第 1 题 在 Outlook Express 建立电子邮件账户,其中用户名为"student",邮箱地址为 zcks@sina.com,密码为 123456。

第 2 题 修改电子邮件账户的邮件地址为 caiju1979@qq.com。

第 3 题 设置发送邮件服务器的账户名 caiju 和密码 88888888。

第4题 通过桌面图标启动 Outlook Express，以"wanghui"为用户名创建电子邮件账户，其邮箱地址为 whdiy@163.com，密码为 123654。

第5题 将保存在 D 盘中的"QQ 邮箱 .iaf"邮件账号导入到 Outlook Express 中。

2．解题思路

第1题 打开"Internet 账户"对话框，单击"邮件"选项卡，单击"添加"按钮，在弹出的菜单中选择【邮件】命令，其余按照首次添加邮件账号的方法进行。

第2题 打开"Internet 账户"对话框，单击"邮件"选项卡，选择需要更改属性的邮件账户，再单击 属性(P) 按钮，打开"属性"对话框。

第3题 打开"Internet 账户"对话框，单击"邮件"选项卡，选择需要更改属性的邮件账户，再单击 属性(P) 按钮，打开"属性"对话框。单击"服务器"选项卡，选中"我的服务器要求身份验证"复选框，单击"设置"按钮。打开"发送邮件服务器"对话框，在"登录信息"栏中选中"登录方式"单选按钮，在"账户名"输入栏中输入"caiju"，在"密码"栏中输入"88888888"。

第4题 本题指定通过桌面图标启动 Outlook Express。

第5题 按照 3.3.4 中导入账号的方法进行操作。

3.4 编写和发送电子邮件

考点分析：这一考点是常考内容，也属于本章的基础考点。由于这部分操作即使在日常生活中也经常会用到，因此考试中经常会出现相应考题。

学习建议：考生要非常熟悉这一部分的操作，为了取得较好的成绩，一定要熟练掌握本节的所有知识点。

3.4.1 进入撰写电子邮件的窗口

进入撰写电子邮件的窗口主要有以下 3 种方式。

方法1：通过菜单命令进入。

在 Outlook Express 窗口中，选择【文件】→【新建】→【邮件】菜单命令，如图 3-29 所示。

方法2：通过工具栏进入。

在 Outlook Express 窗口的工具栏中，单击"创建邮件"按钮，如图 3-30 所示。

图 3-29 选择菜单命令

图 3-30 单击工具栏中按钮

方法3：通过联系人进入。

在 Outlook Express 窗口的联系人列表中选择需要发送邮件的联系人进入写邮件窗口，可避免输入收件人邮箱地址，简化操作。

下面通过选择联系人的方式进入编写电子邮件的窗口，其具体操作如下。

❶ 打开 Outlook Express 窗口，在联系人列表中，双击需要发送邮件的联系人，这里用鼠标右键单击联系人"贾敖"，在弹出的菜单中选择【发送电子邮件】菜单命令，如图 3-31 所示。

图 3-31 通过联系人进入窗口

❷ 打开"新邮件"窗口，如图 3-32 所示，即可在其中进行邮件的各种编辑操作。

图 3-32 "新邮件"窗口

📖 考场点拨

考试时很少单独考查如何进入撰写电子邮件的窗口，而是将进入撰写邮件的窗口与撰写邮件进行综合考查。

3.4.2 撰写邮件

撰写邮件包括写内容、设置文字格式、应用信纸、设置背景效果、插入超级链接、插入图片和插入附件等操作。

1. 撰写一般邮件

撰写一般邮件主要包括输入收件人、抄送、主题和邮件内容等，主要包括以下两种方式。

方法1：直接撰写。

打开"新邮件"窗口，在"收件人"文本框中输入邮件接收者的邮箱地址，在"抄送"文本框中输入需要接收该邮件的其他邮箱地址，在"主题"文本框中输入邮件的主题，然后输入邮件正文，如图 3-33 所示。

图 3-33 撰写邮件

方法2：为已有收件人撰写。

打开"新邮件"窗口，在工具栏中单击 🔳收件人：按钮，在打开的"选择收件人"对话框中设置收件人和抄送的相关选项，然后返回"新邮件"窗口，输入邮件正文。

下面为朋友发送一封电子邮件，其具体操作如下。

❶ 打开"新邮件"窗口，单击 🔳收件人：按钮，如图 3-34 所示。

图 3-34 "新邮件"窗口

[2] 打开"选择收件人"对话框，在"姓名"列表框中选择所需的收件人"贾赦"，单击 收件人(T): -> 按钮，如图 3-35 所示，将其添加到"邮件收件人"列表框中。

图 3-35 添加收件人

[3] 继续使用前面的方法选择收件人"史蒂夫 纳什"，单击 收件人(T): -> 按钮将其添加到"邮件收件人"列表框中，如图 3-36 所示。

[4] 在"姓名"列表框中选择选择所需的收件人"吴明"，单击 抄送(C): -> 按钮，将该联系人添加到"邮件收件人"列表框中，单击 确定 按钮，如图 3-37 所示。

图 3-36 继续添加收件人

图 3-37 添加抄送收件人

[5] 返回"新邮件"窗口，输入主题和相关的正文，完成邮件撰写，如图 3-38 所示。

图 3-38 撰写邮件

2．设置邮件文字格式

编写邮件时，可以对正文中文字的"大小"、"字体"、"颜色"和"段落"等进行设置，主要有以下两种方式。

方法 1：通过工具栏设置。

通过"新邮件"窗口中的文字格式工具栏中的各种工具对文字进行设置，如图 3-39 所示。

图 3-39　文字格式工具栏

方法 2：通过对话框设置。

打开"新邮件"窗口，选择【格式】→【字体】菜单命令，打开"字体"对话框，在其中对文字进行设置，如图 3-40 所示。

图 3-40　"字体"对话框

下面将邮件正文中的文字设置为"幼圆"、"粗斜体"、"18"和"蓝色"，其具体操作如下。

1 打开"新邮件"窗口，选择邮件正文的全部文字，选择【格式】→【字体】菜单命令，如图 3-41 所示。

2 打开"字体"对话框，在"字体"列表框中选择"幼圆"选项，在"字形"列表框中选择"粗斜体"选项，在"大小"列表框中选择"18"选项，在"效果"栏中单击 A 按钮，如图 3-42 所示。

图 3-41　选择菜单命令

图 3-42　"字体"对话框

3 打开"颜色"对话框，选择"蓝色"色块，单击 确定 按钮，如图 3-43 所示。

图 3-43　"颜色"对话框

4 返回"字体"对话框，单击 确定 按钮，完成文字格式的设置，最终效果如图 3-44 所示。

图 3-44　设置格式后的效果

操作小结：设置邮件中文字的常用操作就是选择【格式】→【字体】菜单命令，打开"字体"对话框。

3．应用信纸

信纸的应用主要有以下两种方法。

方法1：通过【邮件】菜单应用。

打开 Outlook Express 窗口，选择【邮件】→【新邮件使用】菜单命令，在打开的菜单中选择一种信纸样式，如图 3-45 所示。

图 3-45　应用信纸

方法2：通过【格式】菜单应用。

打开"新邮件"窗口，选择邮件的正文，选择【格式】→【应用信纸】菜单命令，在打开的菜单中选择一种信纸样式。下面就为邮件应用一种信纸，其具体操作如下。

1 选择邮件的正文，选择【格式】→【应用信纸】→【自然】菜单命令，如图 3-46 所示。

图 3-46　选择菜单命令

2 邮件正文背景被设置为"自然"信纸，如图 3-47 所示。

图 3-47　应用信纸的效果

☀ **操作提示**

选择【格式】→【应用信纸】→【其它信纸】菜单命令，可以打开"选择信纸"对话框，如图 3-48 所示，在其中可以选择其他类型的信纸，或者自己创建信纸，并且能够对信纸进行相应的编辑。

图 3-48　"选择信纸"对话框

4．设置其他背景效果

对于 Outlook Express 中的邮件，还可以进行图片背景设置、声音背景设置和颜色背景设置，下面分别进行讲解。

◈ 图片背景设置：打开"新邮件"窗口，选择【格式】→【背景】→【图片】菜单命令，在打开的"背景图片"对话框中选择一张图片作为邮件的背景。

下面介绍为邮件设置背景图片的具体操作。

1 打开邮件窗口，选择【格式】→【背景】→【图片】菜单命令，如图 3-49 所示。

图 3-49　选择菜单命令

2 打开"背景图片"对话框，单击"文件"下拉列表框右侧的 ∨ 按钮，在弹出的列表中选择一张图片，单击 确定 按钮，如图 3-50 所示，完成背景图片设置。

图 3-50　选择背景图片

◈ 声音背景设置：打开"新邮件"窗口，选择【格式】→【背景】→【声音】菜单命令，在打开的"背景音乐"对话框中选择一种音乐作为邮件的背景声音。

下面介绍为邮件设置声音的具体操作。

1 打开邮件窗口，选择【格式】→【背景】→【声音】菜单命令，如图 3-51 所示。

图 3-51　选择菜单命令

2 打开"背景音乐"对话框，单击 浏览(B)... 按钮，如图 3-52 所示。

图 3-52　"背景音乐"对话框

3 在打开的对话框中选择一种音乐，单击 打开(O) 按钮，如图 3-53 所示。

图 3-53　选择背景音乐

④ 返回"背景音乐"对话框，单击 [确定] 按钮，完成音乐的设置。

◈ 颜色背景设置：打开邮件窗口，选择【格式】→【背景】→【颜色】菜单命令，在打开的菜单中选择一种颜色作为邮件的背景，如图 3-54 所示。

图 3-54　选择背景颜色

5．插入超级链接

插入超级链接主要有以下 3 种方式。

方法 1：直接插入。

直接插入即在邮件正文中输入完整的 URL 地址。

方法 2：通过菜单命令插入。

打开邮件窗口，选择【插入】→【超级链接】菜单命令，在打开的"超级链接"对话框的"URL"文本框中输入超级链接，如图 3-55 所示。

图 3-55　插入超级链接

方法 3：通过工具栏插入。

选择邮件正文中的一段文字后，单击工具栏中的 按钮即可在打开的对话框中设置超级链接。

下面就为邮件正文中的"龙泉湖"文本设置超级链接。

① 打开邮件窗口，选择"龙泉湖"文本，单击工具栏中的 按钮，如图 3-56 所示。

图 3-56　选择文本

2 打开"超级链接"对话框，在"URL"文本框中输入需链接的邮件地址"http://www.ctrip.com/community/itinerarywri/1197208.html"，单击 OK 按钮，如图3-57所示。

图3-57 "超级链接"对话框

3 返回邮件窗口，可以看到插入了超级链接的文本，如图3-58所示。

图3-58 最终效果

6．插入图片

在邮件中插入图片可增加邮件的美感和说明力。

下面就为邮件正文插入一张龙泉湖的图片。

1 打开写邮件窗口，将文本插入点定位到需插入图片的位置，执行以下任意一种操作打开"图片"对话框。

◇ 单击工具栏中的按钮。

◇ 选择【插入】→【图片】菜单命令，如图3-59所示。

图3-59 选择菜单命令

2 打开"图片"对话框，单击 浏览(R)... 按钮，如图3-60所示。

图3-60 "图片"对话框

3 在打开的对话框中的"查找范围"下拉列表框中选择图片保存的位置，在打开的列表中选择一张图片，单击 打开(O) 按钮，如图3-61所示。

图3-61 "图片"对话框

4 返回"图片"对话框，单击 OK 按钮，即可将图片插入到邮件中，如图 3-62 所示。

图 3-62　最终效果

📖 **考场点拨**

在考试时如要求插入图片，首先一定要在邮件正文文本框中单击鼠标定位插入点，而且要根据题意选择合适的地方单击。

7. 插入附件

有时需要随邮件发送多个文件，这时即可将这些文件作为邮件的附件发送。几乎所有类型的文件都可以添加为附件，但文件夹除外，可以将文件夹压缩为一个文件添加为附件。通常，附件的大小有一定的限制，它取决于邮件服务器所设定的大小。

下面为邮件正文插入附件。

1 打开写邮件窗口，执行以下任意一种方法打开"插入附件"对话框。

◈ 通过工具栏：单击工具栏中的⬧按钮，如图 3-63 所示。

图 3-63　单击工具按钮

◈ 通过菜单命令：选择【插入】→【文件附件】菜单命令，如图 3-64 所示。

图 3-64　选择菜单命令

2 打开"插入附件"对话框，在"查找范围"下拉列表框中选择附件文件保存的位置，在打开的列表中选择该文件，单击 附件(A) 按钮，如图 3-65 所示。

图 3-65　选择附件文件

③ 返回邮件窗口，即可看到增加的"附件"文本框和相关信息，如图3-66所示。

图 3-66　最终效果

📖 **考场点拨**

在添加附件后，有的考题会要求发送邮件才算完成该题，所以在做邮件类的题目时，操作完成后，最好再单击"发送"按钮。

3.4.3　保存和续写邮件

撰写好邮件后，并不一定会立即发送，这时就需要保存邮件，保存的邮件也可根据需要再次编辑。

1．保存邮件

保存邮件的具体操作如下。

① 打开邮件窗口，选择【文件】→【保存】菜单命令，如图3-67所示。

图 3-67　选择菜单命令

② 该邮件将被保存到"草稿"文件夹中，在 Outlook Express 窗口的"文件夹"列表中单击"草稿"选项，即可看到保存的邮件，如图 3-68 所示。

图 3-68　保存的邮件

2．续写邮件

续写邮件主要有以下3种方法。

方法1：打开"草稿"文件夹，选择需要编辑的邮件，在其上双击，即可打开该邮件窗口，进行续写。

方法2：打开"草稿"文件夹，选择需要编辑的邮件，在 Outlook Express 窗口中选择【文件】→【打开】菜单命令，如图 3-69 所示，即可打开该邮件窗口进行续写。

图 3-69　选择菜单命令

方法3：打开"草稿"文件夹，在需要编辑的邮件上单击鼠标右键，在弹出的快捷菜单中选择【打开】菜单命令，如图3-70所示，打开该邮件窗口进行续写。

图3-70　通过快捷菜单续写邮件

3.4.4　发送邮件

通过 Outlook Express 发送邮件时，邮件收件人分为3种：常规收件人、普通抄送收件人和密件抄送收件人。其中普通抄送收件人和密件抄送收件人的区别如下。

◈ 普通抄送收件人表示每位收件人都可以看到这封邮件的其他收件人。

◈ 密件抄送收件人表示其他收件人不可以看到密件抄送者的邮件地址。

邮件的发送主要有以下两种方式。

方法1：立即发送。

撰写完邮件后单击工具栏中的按钮，或者选择【文件】→【发送邮件】菜单命令，如图3-71所示。

图3-71　立即发送邮件

方法2：以后发送。

选择【文件】→【以后发送】菜单命令，如图3-72所示。

图3-72　以后发送邮件

3.4.5　自测练习及解题思路

1．测试题目

第1题　创建一个新的邮件，收件人为"caiju@qq.com"，抄送人为"caiju1979@qq.conm"。

第2题　编辑邮件内容，邮件主题为"周年纪念"，内容是"3月12号晚上在成都饭店给姚姚和——过结婚周年纪念"。

第3题　设置邮件的文字，其中字体为楷体，大小为25。

第4题　设置新邮件的背景颜色为"红色"。

第5题　创建一个新的邮件，邮件内容为"在新的一年里，祝您和您的家人身体健康，合家欢乐！"，并设置邮件背景颜色为"灰色"。

第6题　通过工具栏在邮件中应用自然格式的信纸。

第7题　在邮件中将自己的照片设置为图片背景。

第8题　在邮件中将自己的照片作为附件进行发送。

第9题　将邮件保存到草稿中。

第10题　新建一封邮件，邮件主题为"生日快乐"，将邮件正文设置为楷体GB_2312，粗体，红色，然后通过菜单命令将"生日蛋糕.jpg"图片作为附件添加到邮件中，最后将其保存到草稿中。

2．解题思路

第1题　按照3.4.2内容操作。

第2题　解题思路同第1题。

第3题　打开"字体"对话框或工具按钮进行设置。

第4题　尝试通过工具栏按钮或菜单进行设置。

第5题　按照3.4.2中的方法进行新邮件的创建，然后尝试通过工具栏按钮或是菜单进行邮件背景色的设置。

第6题　指定通过工具栏按钮进行设置。

第7题　逐一尝试是通过菜单命令还是工具栏进行设置。

第8题　逐一尝试是通过工具栏按钮还是菜单进行设置。

第9题　通过菜单命令进行设置。

第10题　按照3.4.2中的方法进行新邮件的创建，使用工具按钮或在"字体"对话框中设置邮件字体格式，最后使用菜单命令添加附件，并通过菜单命令将其保存到草稿中。

3.5　接收电子邮件及后续操作

考点分析：接收电子邮件及后续操作是常考内容，如接收所有账号的邮件、接收某个账号的邮件、保存邮件和保存邮件中的附件这些知识点几乎在每次考试中都会出现，而其他知识的出现频率相对较低。

学习建议：这些考点都很重要，考查频率也很高，考生应熟练掌握所有知识点。

3.5.1　接收电子邮件

接收电子邮件主要有接收所有账号中的邮件和只接收某个账号的邮件两种情况。

1．接收所有账号中的邮件

接收所有账号中的邮件主要有以下两种方式。

方法1：通过工具按钮接收邮件。

打开Outlook Express窗口，单击 按钮

右侧的 按钮，在弹出的菜单中选择【接收全部邮件】菜单命令，如图3-73所示。

图3-73　选择菜单命令

方法2：通过菜单接收邮件。

其具体操作如下。

1 打开Outlook Express窗口，选择【工具】→【发送和接收】→【接收全部邮件】菜单命令，如图3-74所示。

图 3-74　选择菜单命令

2 打开对话框，连接到邮箱所在的服务器，如图 3-75 所示，并下载所有接收的邮件。

图 3-75　下载邮件

3 在"收件箱"文件夹中即可看到所有的邮件，如图 3-76 所示。

图 3-76　接收的邮件

2．接收某个账号中的邮件

接收某个账号中的邮件有以下两种方式。

方法 1：打开 Outlook Express 窗口，选择【工具】→【发送和接收】菜单命令，在弹出的菜单中选择一个电子邮箱账号，如图 3-77 所示。

图 3-77　选择菜单命令

方法 2：打开 Outlook Express 窗口，单击 发送/接收 按钮右侧的▼按钮，在弹出的菜单中选择一个电子邮箱账号，如图 3-78 所示。

图 3-78　选择菜单命令

3.5.2　阅读电子邮件

如果需要阅读电子邮件，则在 Outlook Express 窗口中单击"收件箱"文件夹，在列表中列出了所有收到的邮件。通常可以通过以下 3 种方法进行阅读。

方法 1：通过单击阅读。

在邮件区的列表中单击需要阅读的电子邮件，在邮件预览区中即可显示并阅读邮件的正文，如图 3-79 所示。

图 3-79　在邮件预览区中阅读邮件

方法 2：通过右键菜单阅读。

在邮件区的列表中，用鼠标右键单击需要阅读的电子邮件，在弹出的快捷菜单中选择【打开】菜单命令，如图 3-80 所示，打开该邮件的显示窗口。

图 3-80　选择菜单命令

方法 3：通过双击阅读。

在邮件区列表中双击需要阅读的电子邮件，打开该邮件显示窗口，如图 3-81 所示。

图 3-81　邮件显示窗口

3.5.3　保存电子邮件

保存电子邮件主要包括保存邮件内容和保存邮件附件两个方面。

1．保存邮件内容

保存邮件内容主要有以下两种方法。

方法 1：阅读邮件的状态下保存。

❶ 在邮件区的列表中双击需要阅读的电子邮件，打开该邮件的显示窗口。

❷ 选择【文件】→【另存为】菜单命令，如图 3-82 所示。

图 3-82　选择菜单命令

❸ 打开"邮件另存为"对话框，在"保

存在"下拉列表框中选择邮件保存位置,在"文件名"和"保存类型"下拉列表框中设置邮件保存的名称和类型,单击 保存(S) 按钮,如图 3-83 所示。

图 3-83　设置保存

④ 邮件就被保存到设置的位置,如图 3-84 所示。

图 3-84　保存的邮件

方法 2:在预览邮件状态下保存。

在邮件区的列表中单击需要保存的电子邮件,在 Outlook Express 窗口中选择【文件】→【另存为】菜单命令,如图 3-85 所示,打开"邮件另存为"对话框,在其中可像方法 1 一样设置保存的位置、名称和类型,完成保存操作。

图 3-85　选择菜单命令

2. 保存附件

保存附件指在接收的邮件中只保存其中的附件,其方法有两种。

方法 1:通过"保存附件"对话框。

通过"保存附件"对话框保存附件的具体操作如下。

① 找到需保存附件的邮件,执行以下任意一种方法,打开"保存附件"对话框。

◆ 通过菜单命令:在邮件区的列表中单击需要保存其附件的电子邮件,在 Outlook Express 窗口中选择【文件】→【保存附件】菜单命令,如图 3-86 所示。

图 3-86　选择菜单命令

◆ 通过按钮保存:在邮件区的列表单击

需要保存其附件的电子邮件，单击预览窗口右侧的 🖉 按钮，在弹出的菜单中选择【保存附件】菜单命令，如图3-87所示。

图 3-87　通过按钮保存

◈ 通过邮件显示窗口的菜单保存：打开需保存邮件的显示窗口，选择【文件】→【保存附件】菜单命令，如图3-88所示。

图 3-88　通过邮件显示窗口菜单

② 打开"保存附件"对话框，单击"保存到"栏的 浏览(B)... 按钮，如图3-89所示。

③ 打开"浏览文件夹"对话框，在中间的列表框中选择附件的保存位置后，单击 确定 按钮，如图3-90所示。

④ 返回"保存附件"对话框，单击 保存(S) 按钮，将附件保存到指定位置。

图 3-89　"保存附件"对话框

图 3-90　选择附件保存位置

　　方法2：通过"附件另存为"对话框。

　　通过"附件另存为"对话框保存附件的操作与方法1类似，找到需保存附件的邮件，双击该邮件，打开邮件显示窗口，在附件上图标上单击鼠标右键，在弹出的快捷菜单中选择【另存为】菜单命令，打开"附件另存为"对话框，在其中设置附件的名称、保存位置后，单击 保存(S) 按钮即可，如图3-91所示。

图 3-91　"附件另存为"对话框

3.5.4 标记电子邮件

在 Outlook Express 窗口中的电子邮件，为了区别其是否被阅读，可以在其中做上标记。邮件标记分为"标记为已读"、"标记为未读"、"将对话标记为已读"和"全部标记为已读"4种。下面就将收件箱中的全部邮件标记为已读，其具体操作如下。

❶ 打开收件箱，选择【编辑】→【全部标记为"已读"】菜单命令，如图3-92所示。

图 3-92 选择菜单命令

❷ 在邮件列表区中即可看到所有的邮件呈已读状态，如图3-93所示。

图 3-93 最终效果

操作提示

邮件已读状态表现为普通文字显示，邮件未读状态表现为文字加粗显示。

3.5.5 答复和转发电子邮件

收到并阅读完电子邮件后，可以直接答复，也可以将其转发给其他收信人。

1. 答复电子邮件

答复电子邮件指阅读邮件后直接给发件人回复邮件，其具体操作如下。

❶ 在邮件区的列表中单击需要答复的电子邮件，执行以下任意一项操作，打开答复邮件窗口。

◆ 在 Outlook Express 窗口选择菜单命令：选择【邮件】→【答复发件人】菜单命令，如图3-94所示。

图 3-94 选择菜单命令

◆ 在邮件显示窗口选择命令：在 Outlook Express 的邮件区列表中双击需要答复的电子邮件，进入邮件显示窗口，选择【邮件】→【答复发件人】菜单命令，如图3-95所示。

◆ 在 Outlook Express 窗口单击按钮：在邮件区的列表中单击需要答复的电子邮件，单击工具栏中的按钮，如图3-96所示。

图 3-95　在邮件的显示窗口选择菜单命令

图 3-96　选择答复邮件

◈ **在邮件显示窗口单击按钮**：在 Outlook Express 的邮件区列表中双击需要答复的电子邮件，进入邮件显示窗口，单击工具栏中的 按钮。

② 打开答复邮件窗口，在其中撰写邮件，单击 按钮，完成答复操作，如图 3-97 所示。

图 3-97　最终效果

☀ **操作提示**

当收到的邮件中所包含的邮件账户有多个收件人时，使用"全部答复"即可。

2．转发电子邮件

转发电子邮件主要有以下几种方式。

方法 1：在邮件区的列表中单击需要转发的电子邮件，在 Outlook Express 窗口中选择【邮件】→【转发】菜单命令，如图 3-98 所示，打开转发邮件窗口，在其中撰写并发送邮件。

图 3-98　选择菜单命令

方法 2：打开需转发邮件的显示窗口，选择【邮件】→【转发】菜单命令，如图 3-99 所示。

图 3-99　在邮件的显示窗口选择菜单命令

方法3：在邮件区的列表中单击需要转发的电子邮件，单击工具栏中的按钮，打开转发邮件窗口，在其中撰写并发送邮件。

方法4：打开需转发邮件的显示窗口，单击工具栏中的按钮，打开转发邮件窗口，在其中撰写并发送邮件。

☀ **操作提示**

默认情况下，转发的邮件会包含原件中的附件。

3.5.6　自测练习及解题思路

1．测试题目

第1题　接收全部邮件账号的邮件。

第2题　阅读邮件。

第3题　保存电子邮件到F盘中。

第4题　答复一封电子邮件。

第5题　以"答复"为主题创建一封新邮件，收件人为李明，抄送给王伟，内容为"你的信我已收到，我会考虑你提出的意见和建议"，最后发送邮件。

第6题　转发一封电子邮件。

第7题　通过菜单方式把发件人为张桂的邮件作为附件转发给邮件用户王凯，邮件主题

为"对你很有帮助"。

第8题　将收件箱中的全部邮件标记为已读。

第9题　通过"开始"菜单启动 Outlook Express，将收件箱中主题为"工资结算表"的电子邮件标记为"未读"。

2．解题思路

第1题　打开 Outlook Express 窗口，单击"发送/接收"按钮右侧的按钮，在弹出的菜单中选择【接收全部邮件】菜单命令。

第2题　使用所有的方式。

第3题　参见 3.5.3 小节中第 1 点内容。

第4题　参见 3.5.5 小节中第 1 点内容。

第5题　运用前面讲解的方法创建新邮件，然后发送邮件。

第6题　参见 3.5.5 小节中第 2 点内容。

第7题　打开需要转发的邮件后，选择【邮件】→【作为附件转发】菜单命令，然后在打开的窗口中撰写并发送邮件。

第8题　参见 3.5.4 小节中内容。

第9题　本题指定通过"开始"菜单启动 Outlook Express。

▌**3.6**　**管理及维护电子邮件**

考点分析：这一考点是常考内容，建议考生最好多上机练习，熟悉操作步骤，保证能得到这类题目的分数。虽然考试涉及的知识点较多，但这些知识点都比较简单，试题通常为 1～2 题。

学习建议：熟练掌握所有知识点。

3.6.1　复制及移动电子邮件

复制电子邮件也是一种保存的方式，移动电子邮件则是将其直接保存到其他位置。

1．复制电子邮件

下面将复制电子邮件到新建的文件夹"复

制"中，其具体操作如下。

1 在邮件区的列表中单击需要复制的电子邮件，选择【编辑】→【复制到文件夹】菜单命令，如图 3-100 所示。

图 3-100　选择菜单命令

2 打开"复制"对话框，单击 新建文件夹(N) 按钮，如图 3-101 所示。

图 3-101　"复制"对话框

3 打开"新建文件夹"对话框，在"文件夹名"文本框中输入"复制"，单击 确定 按钮，新建文件夹，如图 3-102 所示。

图 3-102　新建文件夹

4 返回"复制"对话框，单击 确定 按钮，在 Outlook Express 窗口的文件夹列表中

单击"复制"选项，在邮件区的列表中即可看到复制的电子邮件，如图 3-103 所示。

图 3-103　最终效果

2．移动电子邮件

下面是将复制的电子邮件移动到删除文件夹中的具体操作。

1 在邮件区的列表中单击需要移动的电子邮件，选择【编辑】→【移动到文件夹】菜单命令，如图 3-104 所示。

图 3-104　选择菜单命令

2 打开"移动"对话框，在列表框中选择"已删除邮件"选项，单击 确定 按钮，如图 3-105 所示。

3 返回 Outlook Express 窗口，在邮件区的列表中即可看到该电子邮件被移动到"已删除邮件"文件夹中。

图 3-105　"移动"对话框

3.6.2　删除与恢复电子邮件

一般删除的电子邮件都被移动到"已删除邮件"文件夹中，通过恢复操作能够复原，对于彻底删除的电子邮件，则恢复操作也无能为力。

1. 删除电子邮件

删除邮件主要有以下几种方法。

方法 1：在邮件区的列表中单击需要删除的电子邮件，选择【编辑】→【删除】菜单命令，如图 3-106 所示。

图 3-106　选择菜单命令

方法 2：在邮件区的列表中单击需要删除的电子邮件，再在工具栏中单击✕按钮。

方法 3：打开需删除邮件的显示窗口，在工具栏中单击✕按钮。

方法 4：在邮件区列表中用鼠标右键单击需要删除的电子邮件，在弹出的快捷菜单中选择【删除】菜单命令，如图 3-107 所示。

图 3-107　使用右键菜单

方法 5：在邮件区的列表中拖动需要删除的电子邮件到文件夹列表区的"已删除邮件"选项上。

方法 6：打开需删除邮件的显示窗口，选择【文件】→【删除邮件】菜单命令，如图 3-108 所示。

图 3-108　选择邮件的显示窗口中的菜单命令

📖 考场点拨

考试时，有时会要求彻底删除电子邮件，这时就需要选择【编辑】→【清空"已删除邮件"文件夹】菜单命令，如图 3-109 所示。

图 3-109　彻底删除电子邮件

2. 恢复被删除的电子邮件

打开"已删除邮件"文件夹，选择需恢复的邮件，用鼠标将其拖动到文件夹列表区的相应文件夹上，即可恢复被删除的电子邮件。

3.6.3　查找电子邮件

如果邮箱中的邮件较多，可通过查找操作快速找到需要的邮件。下面查找前面撰写的"大家一起开车去耍"邮件，其具体操作如下。

1 在 Outlook Express 窗口中，执行下面任意一种操作，都可打开"查找邮件"对话框。

◈ 通过菜单命令查找：在 Outlook Express 窗口中，选择【编辑】→【查找】→【邮件】菜单命令，如图 3-110 所示。

图 3-110　选择菜单命令

◈ 通过工具按钮查找：在 Outlook Express 窗口中，单击按钮右侧的 ▼ 按钮，在弹出的菜单中选择【邮件】菜单命令，如图 3-111 所示。

图 3-111　选择菜单命令

2 打开"查找邮件"窗口，在"主题"文本框中输入需查找的邮件主题"大家一起开车去耍"，单击 开始查找(I) 按钮，如图 3-112 所示。

图 3-112　输入查找条件

☀ **操作提示**

根据情况也可在"查找邮件"对话框的其他位置设置查找参数，如某个发件人发送的所有邮件，某个时间段收到的所有邮件等。

3 "查找邮件"窗口展开列表框，在其中显示查找到的邮件，如图 3-113 所示。

图 3-113　最终效果

考场点拨

在考试时，如考查邮件的查找，则考题必会指定需查找的关键字，如邮件主题、邮件的时间段、是否包含附件等，考生应注意理解题意。另外，查找完成后，有些考题要求关闭对话框，有些则不要求，因而考生最好试一下关闭对话框的操作，以避免遗漏操作。

3.6.4　管理文件夹

对于 Outlook Express 中的文件夹，通常可以进行添加和删除操作。

1. 添加文件夹

添加文件夹是指在文件夹列表中新建文件夹，以放置相应类别的邮件。

下面新建一个名为"新建"的文件夹。

1 执行以下任意一种操作，打开"创建文件夹"对话框。

◆ 通过【新建】菜单命令添加：在 Outlook Express 窗口中选择【文件】→【新建】→【文件夹】菜单命令，如图 3-114 所示。

图 3-114　选择菜单命令

◆ 通过【文件夹】菜单命令添加：在 Outlook Express 窗口中，选择【文件】→【文件夹】→【新建】菜单命令，如图 3-115 所示。

图 3-115　选择菜单命令

◆ 通过右键菜单添加：在 Outlook Express 窗口的文件夹列表中，单击鼠标右键，在弹出的快捷菜单中选择【新建文件夹】菜单命令，如图 3-116 所示。

2 打开"创建文件夹"对话框，在"文件夹名"文本框中输入新文件夹名称"新建"，单击 确定 按钮，如图 3-117 所示。

3 返回到 Outlook Express 窗口，在文件夹列表中即可看到新建的文件夹。

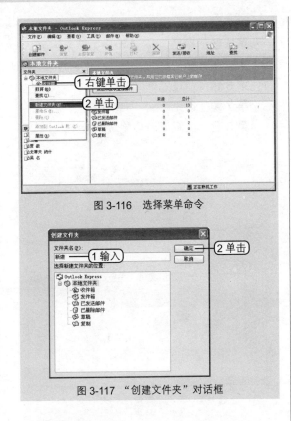

图 3-116　选择菜单命令

图 3-117　"创建文件夹"对话框

2．删除文件夹

删除文件夹主要有以下几种方法。

方法 1：在邮件区的列表中单击需要删除的文件夹，选择【文件】→【文件夹】→【删除】菜单命令，如图 3-118 所示。

图 3-118　选择菜单命令

方法 2：在邮件区的列表中单击需要删除的文件夹，再在工具栏中单击 按钮。

方法 3：在邮件区列表中用鼠标右键单击需要删除的文件夹，在弹出的快捷菜单中选择【删除】菜单命令，如图 3-119 所示。

图 3-119　使用右键菜单

方法 4：在邮件区的列表中拖动需要删除的文件夹到文件夹列表区的"已删除邮件"选项上。

3.6.5　自测练习及解题思路

1．测试题目

第 1 题　复制一封电子邮件到"测试"文件夹中。

第 2 题　使用拖动的方法删除一封电子邮件。

第 3 题　彻底删除收件箱文件夹中的一个名为"办公"的文件夹。

第 4 题　恢复一封删除的电子邮件。

第 5 题　将"收件箱"中的邮件移动到"已发送邮件"文件夹中。

第 6 题　添加一个"新建"文件夹。

第 7 题　在收件箱中查找主题是"测试"的电子邮件。

第 8 题　通过菜单的方式，查找"已发送邮件"文件夹中发件人为"王刚"的所有邮件。

2．解题思路

第1题 由于不存在"测试"文件夹，因此需要首先新建该文件夹。

第2题 删除后最好将其彻底删除。

第3题 选中文件夹后将其彻底删除。

第4题 参见3.6.2小节中第2点内容。

第5题 在"移动"对话框进行设置。

第6题 通过菜单命令新建。

第7题 参见3.6.3小节中内容。

第8题 注意使用菜单命令操作。

3.7 使用通讯簿

考点分析：使用通讯簿是收发电子邮件的扩展功能，在考试当中一般不会过多考查，题量较少。但需注意的是，这里的添加联系人也能在考查3.3节中介绍的添加管理账号时出现，最好对比一下两者的异同。

学习建议：对导入与导出通讯簿进行命题的几率相对较低，考生可根据学习情况和进度选择学习。

3.7.1 添加联系人和组

要使用通讯簿，首先需要添加联系人和组。

1．添加联系人

添加联系人时可根据该联系人是否在Outlook Express中出现过而使用不同的添加方法，总体来说有手动添加和非手动添加两类。

方法1：手动添加联系人。

手动添加联系人是因为该联系人从未在Outlook Express出现过，下面以添加一个姓名为"蔡一"，电子邮箱地址为"caiju1979@126.com"的联系人为例进行讲解。

❶ 启动Outlook Express窗口，执行以下任意一种方法，打开"属性"对话框。

◆ **通过菜单命令**：启动Outlook Express窗口，选择【文件】→【新建】→【联系人】菜单命令，如图3-120所示。

图3-120 选择菜单命令

◆ **通过工具按钮**：启动Outlook Express窗口，在联系人列表中单击联系人(C) ▼按钮，在弹出的菜单中选择【新建联系人】菜单命令，如图3-121所示。

图3-121 利用联系人列表

◆ **通过通讯簿直接添加**：启动Outlook Express窗口，选择【工具】→【通讯簿】

菜单命令,打开"通讯簿 - 主标识"窗口,选择【文件】→【新建联系人】菜单命令,如图 3-122 所示。

图 3-122 通过通讯簿直接添加

2 打开"属性"对话框,在"姓"文本框中输入联系人的姓"蔡",在"名"文本框输入联系人的名"一",在"电子邮件地址"文本框中输入联系人的电子邮件地址"caiju1979@126.com",如图 3-123 所示。

图 3-123 输入信息

3 单击 添加(A) 按钮,将该收件人添加到收件人列表框中,单击 确定 按钮,完成收件人的添加。

4 返回 Outlook Express 窗口,即可在"联系人"窗格中显示添加的联系人,如图 3-124

所示。

图 3-124 完成添加

方法 2:自动将所有回复收件人添加到通讯簿。

通过该方法,Outlook Express 将自动把回复的收件人添加为联系人,其具体操作如下。

1 启动 Outlook Express 窗口,选择【工具】→【选项】菜单命令,如图 3-125 所示。

图 3-125 选择菜单命令

2 打开"选项"对话框,单击"发送"选项卡,在"发送"栏中选中"自动将我的回复对象添加到通讯簿"复选框,单击 确定 按钮,如图 3-126 所示。

图 3-126 "选项"对话框

方法 3：直接从邮件将发件人添加到通讯簿。

启动 Outlook Express 窗口，在文件夹的邮件列表中选择需要添加到通讯簿中的联系人发送的邮件，单击鼠标右键，在弹出的快捷菜单中选择【将发件人添加到通讯簿】菜单命令，如图 3-127 所示。

图 3-127 利用右键菜单

2．添加联系人组

联系人组是由联系人组合在一起的，给这个组发送电子邮件，所有的组成员都会收到该邮件。下面添加一个"朋友"联系人组，其具体操作如下。

1 启动 Outlook Express 窗口，选择【工具】→【通讯簿】菜单命令。

2 打开"通讯簿 - 主标识"窗口，选择【文件】→【新建组】菜单命令，如图 3-128 所示。

图 3-128 选择菜单命令

3 打开"属性"对话框，在"组名"文本框中输入"朋友"，单击 选择成员(S) 按钮，如图 3-129 所示。

图 3-129 输入信息

4 打开"选择组成员"对话框，在"姓名"列表框中选择一个收件人，单击 选择(T) -> 按钮，将其添加到"成员"列表框中，单击 确定 按钮，如图 3-130 所示。

图 3-130 "选择组成员"对话框

⑤ 返回"属性"话框，在"姓名"文本框中输入一个收件人的姓名，在"电子邮件"文本框中输入该收件人的电子邮件地址，单击 添加(A) 按钮，将其添加到"组员"列表框中，如图 3-131 所示。

图 3-131 添加组员

⑥ 单击 确定 按 钮，返 回 Outlook Express 窗口，在联系人列表框中可以看到添加的"朋友"联系人组，如图 3-132 所示。

操作提示

通过"姓名"和"电子邮件"文本框添加的组员不会添加到通讯簿中。在"属性"对话框中单击 新建联系人(N) 按钮，也可以新建一个联系人，并将其添加为组员。

图 3-132 最终效果

3.7.2 在通讯簿中选择收件人

在通讯簿中选择收件人的方法在讲解撰写邮件时已经提到过，就是打开"选择收件人"对话框，将通讯簿中的收件人添加到对应的"邮件收件人"列表框中。打开"选择收件人"对话框主要有以下两种方法。

方法 1：通过按钮选择。

打开邮件编辑窗口，单击 收件人按钮，如图 3-133 所示，打开"选择收件人"对话框，在其中选择相应的收件人。

图 3-133 利用按钮打开对话框

方法 2：通过菜单命令选择。

打开邮件编辑窗口，选择【工具】→【选择收件人】菜单命令，如图 3-134 所示，打开"选择收件人"对话框，在其中选择相应的收件人。

图 3-134 利用菜单命令打开对话框

3.7.3 在通讯簿中查找联系人

如果通讯簿中的联系人较多，可使用查找功能快速找到自己需要的某个联系人。下面在通讯簿中查找姓蔡的联系人。

1 启动 Outlook Express 窗口，使用以下任意一种方法打开"查找用户"对话框。

◆ **通过按钮查找**：单击查找按钮右侧的▼按钮，在弹出的菜单中选择【个人】菜单命令，如图 3-135 所示。

图 3-135 利用按钮打开对话框

◆ **通过菜单命令查找**：选择【编辑】→【查找】→【个人】菜单命令，如图 3-136 所示。

图 3-136 选择菜单命令

2 打开"查找用户"对话框，在"姓名"文本框中输入需查找的联系人姓"蔡"，单击 开始查找(F) 按钮，将展开列表框并显示查找的结果，如图 3-137 所示。

图 3-137 查找联系人

☀ **操作提示**

在考试时，如要求查找姓名齐全的用户，如"蔡一"，在姓名文本框中输入姓名时应注意在"蔡"和"一"之间添加空格，即在姓与名之间添加空格，否则不能查找到相匹配的联系人。

3.7.4 导入与导出通讯簿

在 Outlook Express 中可以将通讯簿导出，

也可以将外部通讯簿导入。

1．导出通讯簿

导出通讯簿的具体操作如下。

1 打开 Outlook Express 窗口，选择【文件】→【导出】→【通讯簿】菜单命令，如图 3-138 所示。

图 3-138　选择菜单命令

2 打开"通讯簿导出工具"对话框，选择个人通讯簿，单击 导出(E) 按钮，系统将打开提示框提示导出完成，单击 确定 按钮，如图3-139 所示。

图 3-139　导出通讯簿

2．导入通讯簿

导入通讯簿主要有两种方式。

方法 1：打开 Outlook Express 窗口，选择【文件】→【导入】→【通讯簿】菜单命令，打开"选择要从中导入的通讯簿文件"对话

框，选择相应的通讯簿文件导入。

方法 2：打开 Outlook Express 窗口，选择【文件】→【导入】→【其它通讯簿】菜单命令，选择其他种类的通讯簿文件导入，其具体操作如下。

1 打开 Outlook Express 窗口，选择【文件】→【导入】→【其它通讯簿】菜单命令，如图 3-140 所示。

图 3-140　选择菜单命令

2 打开"通讯簿导入工具"对话框，在列表框中选择"文本文件（以逗号分割）"选项，单击 导入(I) 按钮，如图 3-141 所示。

图 3-141　选择导出类型

3 打开"CSV 导入"对话框，单击 浏览(R)... 按钮，如图 3-142 所示。

4 打开"打开"对话框，选择需要导入的通讯簿文件，单击 打开(O) 按钮，如图 3-143 所示。

图 3-142 "CSV 导入"对话框

图 3-143 选择导入的通讯簿文件

⑤ 返回"CSV 导入"对话框,单击 下一步(N) 按钮,将显示要导入的信息,单击 完成 按钮,如图 3-144 所示。

图 3-144 显示导入信息

⑥ 系统将显示导入进度,然后打开提示框显示导入完成,如图 3-145 所示。

图 3-145 完成导入

3.7.5 自测练习及解题思路

1. 测试题目

第 1 题 添加联系人"蔡一一",邮件地址为"caiyiyi@qq.com"

第 2 题 通过联系人列表中的快捷按钮,添加新联系人,姓名为"李明",邮件地址为"lming@tom.com"。

第 3 题 将联系人"蔡一一"添加到"朋友"的组内。

第 4 题 通过地址快捷工具按钮打开通讯簿,为工作室组添加姓名为"王华生"的邮件用户。

第 5 题 查找联系人"蔡一一"。

第 6 题 通过【工具】菜单打开【通讯簿】,查找地址为"610001"的联系人。

第 7 题 通过鼠标操作将我的文档中名为"同事"的通讯薄导入。

2. 解题思路

第 1 题 打开"属性"对话框,在"姓名"选项卡的"姓"文本框中输入"蔡","名"文本框中输入"一一",电子邮件地址输入栏中输入"caiyiyi@qq.com"。

第 2 题 注意使用快捷按钮操作。

第 3 题 打开"属性"对话框,在"组名"文本框中输入组的名称"朋友"。单击"选择成员"按钮,在"选择组成员"对话框中选择已在通讯簿中的联系人"蔡一一"进行添加。

第 4 题 使用快捷工具按钮操作。

第 5 题 参见 3.7.3 小节的内容。

第 6 题 注意使用【工具】菜单操作。

第 7 题 参见 3.7.4 小节中第 2 点的内容。

3.8 设置Outlook Express

考点分析：这一考点的知识点较多，且比较复杂，如设置与更改邮件规则对于非计算机专业的考生来说是学习难点之一。

学习建议：重点学习设置界面布局、设置邮件视图和设置邮件中的文字显示效果这 3 个知识点。其他两个知识点也属于考查范围内，相对较复杂，不少考生难以掌握，可以适当放弃，应抓住简单、易掌握的重点知识。

图 3-146　显示布局选项

3.8.1　设置界面布局

在 Outlook Express 窗口中，选择【查看】→【布局】菜单命令，打开"窗口布局 属性"对话框，在其中可以对基本布局和预览窗格布局进行设置。

1. 基本布局

基本布局设置主要用于显示、隐藏 Outlook Express 的组成部分和自定义工具栏。

◈ **显示布局选项**：打开"窗口布局 属性"对话框，在"基本"栏中选中某个复选框，单击 确定 按钮即可将其显示在窗口布局中，如图 3-146 所示为显示视图栏后的效果。

◈ **隐藏布局选项**：打开"窗口布局 属性"对话框，在"基本"栏中取消选中相应的复选框，单击 确定 按钮即可将其隐藏，如图 3-147 所示为隐藏工具栏后的效果。

图 3-147　隐藏布局选项

◈ **自定义工具栏**：打开"窗口布局 属性"对话框，单击 自定义工具栏(C)... 按钮，打开"自定义工具栏"对话框，在其中可以设置其中的按钮，如图 3-148 所示。

图 3-148　"自定义工具栏"对话框

下面是在工具栏中添加"联系人"按钮，并删除"地址"按钮的具体操作。

1️⃣ 打开 Outlook Express 窗口，选择【查看】→【布局】菜单命令，如图 3-149 所示。

图 3-149　选择菜单命令

2️⃣ 打开"窗口布局 属性"对话框，单击 自定义工具栏(C)... 按钮，如图 3-150 所示。

图 3-150　"窗口布局 属性"对话框

3️⃣ 打开"自定义工具栏"对话框，在"可用工具栏按钮"列表框中选择"联系人"选项，单击 添加(A)-> 按钮，将其添加到"当前工具栏按钮"列表框中；在"当前工具栏按钮"列表框中选择"地址"选项，单击 <-删除(R) 按钮，将其从"当前工具栏按钮"列表框中删除，单击 关闭(C) 按钮，如图 3-151 所示。

图 3-151　"自定义工具栏"对话框

4️⃣ 返回"窗口布局 属性"对话框，单击 确定 按钮，效果如图 3-152 所示。

图 3-152　最终效果

2．预览窗格布局

将预览窗格关闭的具体操作如下。

1️⃣ 打开 Outlook Express 窗口，选择【查看】→【布局】菜单命令。

2️⃣ 打开"窗口布局 属性"对话框，在"预览窗格"栏中取消选中"显示预览窗格"复选框，单击 确定 按钮，如图 3-153 所示。

图 3-153　"窗口布局 属性"对话框

3 返回 Outlook Express 窗口，可以看到预览窗格已经隐藏了，如图 3-154 所示。

图 3-154　最终效果

☀ **操作提示**

通常情况下，"预览窗格"栏处于不可操作状态，在打开"窗口布局 属性"对话框前，使当前文件夹的位置停留在"Outlook Express"以外的其他位置，才能激活"预览窗格"栏。

3.8.2　设置邮件视图

通常情况下，邮件的视图方式主要分为 3 种：显示所有邮件、隐藏已读邮件、隐藏已读或忽略的邮件。邮件视图的设置方法有多种，最常用的是设置基本视图和其他视图。

1．设置基本视图

设置基本视图主要有以下两种方法。

方法 1：通过菜单命令设置。

打开 Outlook Express 窗口，选择【查看】→【当前视图】菜单命令，在弹出的菜单中可以选择不同的选项来显示不同的视图，如图 3-155 所示。

图 3-155　选择菜单命令

方法 2：通过右键菜单设置。

在菜单栏或工具栏中单击鼠标右键，在弹出的快捷菜单中选择【视图栏】菜单命令，显示 Outlook Express 窗口的视图栏，单击"视图"下拉列表框右侧的 ⌄ 按钮，在弹出的列表框中选择不同的选项来显示不同的视图，如图 3-156 所示。

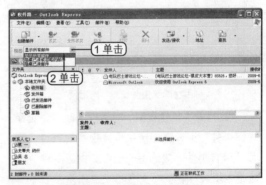

图 3-156　选择不同的选视图

2．设置其他视图

设置其他视图是指自定义需要的视图效果，下面设置一个名为"附件"的视图，要求显示带附件的邮件，其具体操作如下。

1 打开 Outlook Express 窗口，选择【查看】→【当前视图】→【定义视图】菜单命令，如图 3-157 所示。

图 3-157 选择菜单命令

2 打开"定义视图"对话框，单击 新建(N)... 按钮，如图 3-158 所示。

图 3-158 "定义视图"对话框

3 打开"新建视图"对话框，在"1.选择视图条件"列表框中选中设置视图的条件"若邮件带有附件"复选框，在"3.视图名称"文本框中输入"附件"，如图 3-159 所示。

图 3-159 "定义视图"对话框

4 在"2.查看描述"栏中单击"显示/隐藏"超级链接，打开"显示/隐藏邮件"对话框，设置邮件视图的具体效果，如选中"显示邮件"单选按钮，单击 确定 按钮，如图 3-160 所示。

图 3-160 "显示/隐藏邮件"对话框

5 返回"新建视图"对话框，单击 确定 按钮，返回"定义视图"对话框，可以看到设置的视图方式，如图 3-161 所示。

图 3-161 定义的视图方式

☀ **操作提示**

如果创建的视图导致邮件异常消失，只需更改"显示/隐藏"设置即可。

3.8.3 设置邮件中的文字与编码

设置文字和编码是指设置邮件中的文字大小和编码类别。

1．设置文字

下面将所有邮件文字大小设置为"较大"，

其具体操作如下。

   1 打开 Outlook Express 窗口，选择【查看】→【文字大小】→【最大】菜单命令，如图 3-162 所示。

图 3-162　选择菜单命令

   2 返回 Outlook Express 窗口，在预览窗格中可以看到文字已经变大，如图 3-163 所示。

图 3-163　设置文字大小后的效果

2．设置编码

编码不同，邮件的内容显示效果也不同。下面将当前邮件的编码设置为"简体中文（GB2312）"，其具体操作如下。

   1 打开 Outlook Express 窗口，选择一封电子邮件，选择【查看】→【编码】→【简体中

文（GB2312）】菜单命令，如图 3-164 所示。

图 3-164　选择菜单命令

   2 返回 Outlook Express 窗口，在预览窗格中可以看到该邮件正文编码的改变，如图 3-165 所示。

图 3-165　设置编码后的效果

操作提示

如果在设置文字和编码前选择了邮件，则设置只对当前邮件有效；如果在设置文字和编码前未选择邮件，则设置将应用于所有电子邮件。

3.8.4　设置与更改邮件规则

在 Outlook Express 中使用规则，可以将接收到的邮件自动分类并保存到不同的文件

夹中，并能突出显示特定邮件、自动回复或转发邮件等。

1．设置邮件规则

设置邮件规则的具体操作如下。

1 打开 Outlook Express 窗口，选择【工具】→【邮件规则】→【邮件】菜单命令，如图 3-166 所示。

图 3-166　选择菜单命令

2 打开"新建邮件规则"对话框，在"1.选择规则条件"列表框中选择所需的规则条件，如选中"若邮件标记为优先级"复选框；在"4.规则名称"文本框中输入规则名称"优先级"，如图 3-167 所示。

图 3-167　选择规则条件

3 在"3.规则描述"栏中单击"优先级"

超级链接，见图 3-167，打开"设置优先级"对话框，选中"高优先级邮件"单选按钮，单击 确定 按钮，如图 3-168 所示。

图 3-168　设置优先级

4 返回"新建邮件规则"对话框，在"2.选择规则操作"列表框中选中"移动到指定的文件夹"复选框，如图 3-169 所示。

图 3-169　选择规则操作

☀ **操作提示**

在 Outlook Express 窗口中选择一封电子邮件，选择【邮件】→【从邮件创建规则】菜单命令，可以直接为这封邮件创建一条规则。它的作用是可以自动为发件人输入名称，但这种方法不会有其他的邮件信息输入到规则中。

---

5 在"3.规则描述"栏中单击"指定的"超级链接，见图 3-169，打开"移动"对话框，设置邮件的存放文件夹，这里选择"十万火急"文件夹，单击 确定 按钮，如图 3-170 所示。

图 3-170　设置邮件的存放文件夹

6 返回"新建邮件规则"对话框，单击
确定 按钮，返回"邮件规则"对话框，可以
看到设置的邮件规则，如图 3-171 所示。

图 3-171　设置的邮件规则

📖 **考场点拨**

如果在考试中遇到设置邮件规则的考题，一定要首
先理解其题意，了解选何种规则。实际操作时先
设置规则名称还是先设置条件等都没有特殊规定，
但考试时特定了操作流程，考生必须跟着该流程操
作才能完成考题。在操作时在一个地方单击没有反
应，应快速尝试在其他地方设置。

2．更改邮件规则

更改邮件规则的操作与设置邮件规则的操

作相似：首先打开 Outlook Express 窗口，选
择【工具】→【邮件规则】→【邮件】菜单命令，
打开"邮件规则"对话框，单击 修改(M)... 按
钮，如图 3-172 所示，打开"新建邮件规则"
对话框，然后按设置邮件规则的操作进行设置
即可。

图 3-172　更改邮件规则

3.8.5　设置Outlook Express选项

打开 Outlook Express 窗口，选择【工具】→
【选项】菜单命令，打开"选项"对话框，如
图 3-173 所示，在其中可对常规、阅读、回执、
发送、撰写、签名、拼写检查、安全、连接和
维护 10 个选项进行设置。

图 3-173　"选项"对话框

1．设置常规选项

在"选项"对话框的"常规"选项卡中可以设置 Outlook Express 选项，"常规"选项卡中主要包括"常规"栏和"发送／接收邮件"栏的设置。

在"常规"栏中选中前 3 个复选框，可以使 Outlook Express 具有以下特性。

◆ 启动时，直接将邮件转到"收件箱"文件夹。

◆ 如果有新的新闻组会通知用户。

◆ 自动显示含有未读邮件的文件夹。

在"发送／接收邮件"栏中选中 3 个复选框，可以使 Outlook Express 具有以下特性。

◆ 接收到新邮件时，发出声音提示。

◆ 启动 Outlook Express 时，自动发送和接收邮件。

◆ 每隔一定的时间检查一次新邮件，时间间隔由用户自己设置，在数值框中输入间隔时间即可。

2．设置阅读邮件选项

在"选项"对话框的"阅读"选项卡中可以设置阅读邮件时的相关选项，如图 3-174 所示。"阅读"选项卡中主要包括"阅读邮件"栏、"新闻"栏和"字体"栏 3 个区域的设置，各区域的作用分别如下。

◆ 在"阅读邮件"栏和"新闻"栏两个区域中选中相应的复选框，则 Outlook Express 将具有该行文字说明的特性。

◆ 在"字体"栏中单击 字体(F)... 按钮，将打开"字体"对话框，在其中可以设置阅读邮件时使用的字体、编码等特性，如图 3-175 所示。

图 3-174 "阅读"选项卡

图 3-175 "字体"对话框

3．设置回执邮件选项

在"选项"对话框的"回执"选项卡中可以设置回执邮件的相关选项，如图 3-176 所示。"回执"选项卡中主要包括"请求阅读回执"栏、"返回阅读回执"栏和"安全回执"栏 3 个区域的设置，各区域的作用分别如下。

◆ "请求阅读回执"栏：选中"所有发送的邮件都要求提供阅读回执"复选框，则 Outlook Express 将会通过该功能确认收件人是否收到邮件。

图 3-176 "回执"选项卡

◆ "返回阅读回执"栏：选择其中一个单选按钮，将确认回执请求的方式。

◆ "安全回执"栏：在其中单击 安全回执(S)... 按钮，将打开"安全接收选项"对话框，在其中可设置安全回执的相关特性，如图 3-177 所示。

图 3-177 "安全接收选项"对话框

4．设置发送邮件选项

在"选项"对话框的"发送"选项卡中可以设置发送邮件的相关选项，如图 3-178 所示。"发送"选项卡中主要包括"发送"栏、"邮件发送格式"栏和"新闻发送格式"栏 3 个区域的设置，各区域的作用分别如下。

图 3-178 "发送"选项卡

◆ "发送"栏：在其中选中相应的复选框，则 Outlook Express 将具有该行文字说明的特性，如是否立即发送邮件，是否让回复的邮件中包含原邮件等。

◆ "邮件发送格式"栏：在其中选中"HTML"单选按钮，则邮件以 HTML 格式（格式中包括文本的字体和颜色设置）发送，单击 HTML 设置(S)... 按钮，打开"HTML 设置"对话框，选中对话框下部的两个复选框，可以使邮件和图片一同发送，同时在回复时缩进邮件正文，如图 3-179 所示。

图 3-179 "HTML 设置"对话框

在其中选中"纯文本"单选按钮，则邮件以纯文本格式（格式中没有任何文字格式设置）发送，单击 纯文本设置(E)... 按钮，打开"纯文本设置"对话框，选中对话框下部的复选框，可以在回复或转发时缩进原邮件正文设置的宽度，如图 3-180 所示。

图 3-180 "纯文本设置"对话框

"新闻发送格式"栏：新闻邮件默认按纯文本格式发送，同样，也可在该栏中设置新闻发送格式，其设置方法与上面介绍的邮件发送格式设置相同。

5．设置撰写邮件选项

在"选项"对话框的"撰写"选项卡中可以设置撰写邮件的相关选项，如图 3-181 所示。"撰写"选项卡中主要包括"撰写用字体"栏、"信纸"栏和"名片"栏 3 个区域的设置，各区域的作用分别如下。

图 3-181 "撰写"选项卡

◆"撰写用字体"栏：单击"邮件"文本框右侧的 字体设置(F)... 按钮，打开"字体"对话框，在其中可以设置撰写邮件时默认使用的字体、样式、大小和效果，如图 3-182 所示。

◆"信纸"栏：在其中选中"邮件"复选框，单击 选择(S)... 按钮，打开"选择信纸"对话框，在其中可以选择新建邮件窗口使用的信纸，如图 3-183 所示。

图 3-182 "字体"对话框

图 3-183 "选择信纸"对话框

◆ 在"名片"栏中选中"邮件"复选框，在其后的下拉列表中选择需要的名片，单击 编辑(E)... 按钮，打开该名片的属性对话框，在其中可以编辑名片。

3.8.6 自测练习及解题思路

1．测试题目

第 1 题 在 Outlook Express 工具栏中添加"联系人"按钮。

第 2 题 隐藏 Outlook Express 的工具栏。

第 3 题 为邮件到达后应用规则"若发件人包含'caiyiyi@qq.com'转发到 caiju@qq.com"。

第 4 题 在 Outlook Express 中，将主题

为"Happy Birthday"的邮件的编码设置为"西欧 (Windows)"。

第5题 利用桌面快捷图标启动 Outlook Express，设置每隔15分钟自动检查一次新邮件。

第6题 制定邮件规则，设定若抄送行中包含用户黄克国，设定"将它复制到指定的文件夹"选项为"收件箱"文件夹目录下的"临时暂存"文件夹。

第7题 在 Outlook Express 的"选项"对话框中，设置为所有的数字签名的邮件请求安全回执。

2．解题思路

第1题 参见 3.8.1 小节内容。

第2题 参见 3.8.1 小节内容。

第3题 参见 3.8.4 小节内容。

第4题 参见 3.8.3 小节中第2点的内容。

第5题 注意使用桌面快捷图标启动，然后打开"选项"对话框，切换到"常规"选项卡，在其中进行设置。

第6题 参见 3.8.4 小节内容，若没有"临时暂存"文件夹，则需在"复制"对话框中新建文件夹并命名为"临时暂存"。

第7题 参见 3.8.5 小节中第3点的内容。

第 **4** 章　·上传与下载文件·

FTP 客户端软件是在 Internet 上进行文件传输时常用的工具之一，利用这种工具可以方便地进行文件的上传和下载。现在 FTP 客户端软件种类非常多，较常用的是 CuteFTP 5.0 中文版，该软件可以传输整个目录，进行整个目录的覆盖和删除，以及支持断点续传等。本章主要介绍 FTP 的基础、常用软件 CuteFTP、管理 FTP 站点、上传与下载文件、管理文件和文件夹以及设置 FTP 等相关知识。

4.1　FTP基础

考点分析：本节主要涉及的知识点是 FTP 的概念和常用术语，属于本章的基础知识，虽然不会出现考题，但它是学习后面知识的基础。

学习建议：稍作了解，特别是 FTP 的常用术语，要知道其作用。

4.1.1　FTP的概念

FTP（File Transfer Protocol，文件传输协议）是 TCP/IP 系列中有关文件传输的协议，主要用于控制两台主机之间文件的交换。

FTP 工作时需要使用两个 TCP 连接：一个用于移动文件，使 Internet 用户可以把文件从一台主机复制到另一台主机，另一个则是用于交换命令和应答。

FTP 也可被看成是一个客户机 / 服务器系统，用户通过客户机程序向服务器程序发出命令，服务器程序执行用户所发出的命令，并将执行的结果返回到客户机。例如，用户发出一条命令，要求服务器向用户传送某一个文件，服务器会响应这条命令，将指定文件传送至用户的计算机中。客户机程序代表用户接收到这个文件，将其存放在用户本地磁盘中。

在 Internet 中，大部分 FTP 服务器为"匿名"（Anonymous）FTP 服务器。在匿名

FTP 下用户可以连接到远程主机上并下载文件，而无需成为其注册用户。通常情况下，系统管理员建立一个特殊的用户 ID，名为"Anonymous"，Internet 中的任何人在任何地方都可使用该用户 ID。通过 FTP 程序连接匿名 FTP 主机的方式同连接普通 FTP 主机的方式差不多，只是在要求提供用户标识 ID 时必须输入"Anonymous"，该用户 ID 的口令可以是任意的字符串。习惯上，用自己的 E-mail 地址作为口令，使系统维护程序能够记录下来谁在存取这些文件。

　　需要用户登录接受验证的 FTP 服务器一般分配给用户一个 FTP 登录账号和密码，凭正确的账号和密码才能连上该服务器，然后进行文件传输。这种服务一般面向该服务器会员或隶属于该服务器公司的内部员工。

　　启动 FTP 从远程主机复制文件时，无论是用图形化工具、Internet 浏览器内置功能，还是直接用命令执行的方式，实际上都启动了两个程序：一个是本地机上的 FTP 客户程序，它向 FTP 服务器提出复制文件的请求；另一个是远程主机上的 FTP 服务器程序，它响应请求并把指定的文件传送到发出请求的计算机中。

4.1.2　FTP的常用术语

　　在使用 FTP 进行文件传输中经常涉及一些专业术语，其常见的术语及基本概念如下所述。

◆ 上传：指把数据从本地计算机传送到远程主机上。上传文件时，一般要求用户输入用户名和口令。

◆ 下载：将远程主机上的文件传输到本地磁盘上。

◆ 远程登录：指用户通过 Internet 登录到远程主机上。建立连接之后，用户的本地计算机可以作为远程主机的终端使用。

◆ 身份鉴别：为了确保用户身份的真实性，系统要求输入合法的用户名和口令。

◆ 断点续传：指支持断点续传的服务器，允许用户从上次断掉的地方继续传送。目前，Internet 上大部分提供免费下载的 FTP 服务器都支持断点续传。

◆ 匿名文件传输：指用户与远程主机建立连接并以匿名身份从远程主机上复制文件，用户不必是该远程主机的注册用户。在匿名文件传输中，用户使用特殊的用户名 Anonymous 访问远程主机上共享给匿名用户的文件。

◆ FTP 文件传输方式：指 FTP 在传输文件时采用的模式，通常由系统决定。大多数系统只有两种模式，即文本模式和二进制模式。文本模式使用 ASCII 码字符，并由换行符分隔；而二进制模式不用转换或格式化即可传输字符，并且二进制模式比文本模式更快，可以传输所有的 ASCII 码值。

4.2　CuteFTP基础

考点分析：虽然软件的基础知识是每套题中很容易出现的考点，但是本软件的启动与退出在历次考试中没有出现过。经常考查的内容是软件界面的设置，比如工具栏的隐藏和自定义工具栏中的按钮，题量为 1～2 题。

学习建议：熟练掌握工具栏和快速连接栏

的设置。

4.2.1 启动与退出CuteFTP

启动和退出 CuteFTP 的方法与启动、退出
IE 浏览器和 Outlook Express 相似，本章将主
要以 CuteFTP XP V5.0.1 为例进行讲解。

1. 启动 CuteFTP

启动 CuteFTP 主要有如下几种方式。

方法 1：通过菜单命令启动。

单击 ![开始] 按钮，在弹出的菜单中选择
【所有程序】→【GlobalSCAPE】→【CuteFTP】→
【CuteFTP】菜单命令，如图 4-1 所示。

图 4-1　通过菜单命令启动

方法 2：通过桌面快捷方式启动。

对于在系统桌面上创建了快捷方式的，双
击桌面上的快捷方式图标，如图 4-2 所示。

图 4-2　通过桌面快捷方式图标启动

方法 3：通过快速启动栏启动。

单击桌面底部任务栏左侧快速启动栏中的
CuteFTP 图标，如图 4-3 所示。

图 4-3　通过快速启动栏启动

2. 退出 CuteFTP

退出 CuteFTP 主要有以下几种方法。

方法 1：通过菜单命令退出。

在打开的 CuteFTP 窗口中，选择【文件】→
【退出】菜单命令，如图 4-4 所示。

图 4-4　退出 CuteFTP

方法 2：通过系统按钮退出。

在打开的 CuteFTP 窗口中，用鼠标单击其
右上角的 ✕ 按钮。

方法 3：通过双击退出。

在打开的 CuteFTP 窗口中，用鼠标双击其
左上角的 ![图标] 图标。

方法 4：通过快捷键退出。

在打开的 CuteFTP 窗口中，按【Alt+F4】组合键。

方法 5：通过快捷菜单退出。

在打开的 CuteFTP 窗口中，用鼠标单击其左上角的 图标，在弹出的快捷菜单中选择【关闭】菜单命令，如图 4-5 所示。

图 4-5　关闭 CuteFTP

4.2.2　认识CuteFTP

CuteFTP 主要由 7 个部分构成，包括菜单栏、工具栏、快速链接栏、状态 / 命令显示窗格、本地资源列表显示窗格、远程资源列表显示窗格和队列列表显示窗格，如图 4-6 所示。

图 4-6　CuteFTP 主界面

1．菜单栏

菜单栏中包括"文件"、"编辑"、"查看"、"书签"、"命令"、"传输"、窗口和"帮助"8个菜单项，通过选择各菜单项下的命令可实现编辑、保存、复制等操作，如图 4-7 所示。

文件(F)　编辑(E)　查看(V)　书签(B)　命令(C)　传输(T)　窗口(W)　帮助(H)

图 4-7　CuteFTP 的菜单栏

2．工具栏

工具栏中包括"站点管理器" 、"快速连接" 、"重新连接" 、"MP3/ 文件搜索" 等按钮，单击这些按钮可以实现相应的功能，如图 4-8 所示。

图 4-8　CuteFTP 的工具栏

工具栏中的快捷按钮数量和种类用户可以自己定制，其功能和作用如下。

◆ "站点管理器"按钮 ：单击该按钮，可以调用站点管理器。

◆ "快速连接"按钮 ：单击该按钮，可以快速连接站点，对于一个新的 FTP 站点，可以先连上去查看。

◆ "断开"按钮 ：单击该按钮，可以中止站点的连接。

◆ "重新连接"按钮 ：单击该按钮，可以重新连接站点服务器。

◆ "MP3/ 文件搜索"按钮 ：单击该按钮，可以对站点中的 MP3 和文件进行搜索。

◆ "下载"按钮 ：单击该按钮，可以下载站点中的文件。

◆ "传输对列"按钮 ：单击该按钮，将显示传输对列。

◆ "停止"按钮：单击该按钮，可停止当前进行的操作。

◆ "刷新"按钮 ：单击该按钮将重新整

理当前目录中的文件。

◆ "长目录列表" 按钮 ▤：单击该按钮，将完整列出文件及目录的详细资料。这样可在传完文件后，比较本地硬盘的文件与 FTP 站点上的文件大小是否一致，如果不一致，则要续传完整。

◆ "短目录列表" 按钮 ▥：单击该按钮，将列出文件及目录名称。

◆ "编辑" 按钮 ▤：单击该按钮可编辑远程区域中的文件。

◆ "执行" 按钮 !：单击该按钮，可执行关联操作，一般情况下不要轻易对 FTP 站点中的文件进行该操作，它可减慢文件传输的速度。

◆ "重命名文件" 按钮 ▦：单击该按钮可对选择的文件重新命名。

3．快速连接栏

单击工具栏中的 "快速连接" 按钮 ◥，即可打开快速连接栏，如图 4-9 所示。通过它输入需连接的 FTP 站点名称、用户名和密码后，单击工具栏中的 "连接" 按钮 ◥ 即可连接到对应的站点中。快速连接栏是一项独立的功能栏，一旦连接上 FTP 站点后，又会自动隐藏。再次启动 FTP 时，将默认显示前次输入的站点内容。

图 4-9　快速连接栏

4．状态 / 命令显示窗格

它是位于工具栏下方的窗格，主要用于显示本地计算机与远程主机（服务器）通信的信息，如正在传输什么文件，是否已经断线等，如图 4-10 所示。

图 4-10　状态 / 命令显示窗格

5．本地和远程资源列表显示窗格

当本地计算机未连接远程主机时，本地资源列表显示窗格中将显示本地驱动器、文件夹及文件，而远程资源列表显示窗格则为空，如图 4-11 所示；当本地计算机与远程主机建立连接后，远程资源列表显示窗格将显示远程主机上的文件夹及文件。

图 4-11　本地和远程资源列表显示窗格

6．队列列表显示窗格

它位于整个窗口最下边，用于显示任务队列及任务执行情况，如图 4-12 所示。

图 4-12　队列列表显示窗格

4.2.3　设置工具栏

工具栏的设置主要包括两个方面：工具栏的隐藏和显示，以及自定义工具栏的按钮。

1．隐藏和显示工具栏

工具栏的隐藏和显示主要有以下两种方法。

方法 1：通过菜单命令操作。

在 CuteFTP 窗口中，选择【查看】→【工具栏】菜单命令，其中【工具栏】菜单命令为选中状态时表示显示，否则隐藏工具栏，如图 4-13 所示。

图 4-13　隐藏和显示工具栏

方法 2：通过右键菜单操作。

在工具栏中单击鼠标右键，在弹出的快捷菜单中选择【隐藏工具栏】菜单命令，如图 4-14 所示。

图 4-14　使用右键菜单

2．自定义工具栏的按钮

自定义工具栏的按钮即添加或删除工具栏中的按钮，下面在工具栏中添加"更改目录"按钮，并删除"停止"按钮，其具体操作如下。

1 打开 CuteFTP 窗口，执行以下任意一种操作，打开"设置"对话框。

◆ 通过右键菜单：在工具栏中单击鼠标右键，在弹出的快捷菜单中选择【自定义】菜单命令，如图 4-15 所示。

◆ 通过菜单命令：选择【编辑】→【设置】菜单命令，如图 4-16 所示。

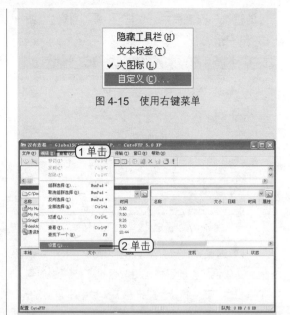

图 4-15　使用右键菜单

图 4-16　选择菜单命令

2 打开"设置"对话框，在其中的"显示"选项卡的"工具栏"栏中，单击 自定义(M) 按钮，如图 4-17 所示。

图 4-17　"窗口布局 属性"对话框

3 打开"自定义工具栏"对话框，在"可用的按钮"列表框中选择"更改目录"选项，单击 添加(A)→ 按钮，将其添加到"已选定的按钮"列表框中；在"已选定的按钮"列表框中选择"停止"选项，单击 ←删除(R) 按钮，将其从"可用的按钮"列表框中，单击 确定 按钮，如图 4-18 所示。

图 4-18 "自定义工具栏"对话框

4 返回"设置"对话框，单击 关闭 按钮，完成设置，即可将"更改目录"按钮添加到工具栏中，而"停止"按钮在工具栏中不再显示。

4.2.4 设置快速连接栏

快速连接栏的设置主要包括两个方面：隐藏和显示以及连接的设置。

1. 隐藏和显示快速连接栏

隐藏和显示快速连接栏的方法主要有以下两种。

◈ 在 CuteFTP 窗口中，选择【查看】→【快速连接栏】菜单命令，该菜单命令选中状态为显示，否则为隐藏，如图 4-19 所示。

图 4-19 隐藏和显示

◈ 单击工具栏中的"快速连接"按钮。

2. 设置连接

直接在快速连接栏的输入栏中输入主机、用户名、密码和端口号（几乎所有的 FTP 站点都以"21"作为端口号）。

单击快速连接栏右侧的"设置"按钮，打开"设置"对话框，如图 4-20 所示，在该对话框中可设置连接的 FTP 站点的相关属性，通常都采用默认设置，只有特殊条件下，才根据连接的要求进行设置。

图 4-20 "设置"对话框

4.2.5 自测练习及解题思路

1. 测试题目

第 1 题 隐藏 CuteFTP 的工具栏。

第 2 题 显示快速连接栏。

第 3 题 为工具栏添加"更改目录"按钮，并删除"停止"按钮。

第 4 题 通过鼠标快捷方式在 CuteFTP 工具栏上的"查看"按钮和"创建目录"按钮之间增加分隔符。

第 5 题 通过鼠标右键操作将工具栏中的

"上传"按钮移到"分隔符"按钮和"Mp3/文件搜索"按钮之间。

2．解题思路

第1题 选择【查看】→【工具栏】菜单命令，使【工具栏】菜单命令呈取消选中状态。

第2题 选择【查看】→【快速连接栏】菜单命令，使【快速连接栏】菜单命令呈取消选中状态。

第3题 参见4.2.3小节中第2点内容。

第4题 注意通过鼠标右键菜单。

第5题 参见4.2.3小节中的内容。

4.3 管理FTP站点

考点分析：管理FTP站点这一考点是常考内容，出题频率非常高，历次考试中所有的知识点都出现过。

学习建议：添加和删除FTP站点的出题几率较大，相对而言修改FTP站点则次之。

4.3.1 添加FTP站点

添加FTP站点主要有3种方法：使用站点管理器方式添加、使用"连接向导"菜单方式添加和使用"快速连接栏"方式添加。

1．使用站点管理器方式添加站点

使用站点管理器方式添加FTP站点的具体操作如下。

1 打开CuteFTP窗口，选择【文件】→【站点管理器】菜单命令或单击工具栏中的"站点管理器"按钮，如图4-21所示。

图4-21 选择菜单命令

2 打开"站点管理器"对话框，在左侧的目录列表框中单击鼠标右键，在弹出的快捷菜单中选择【新建文件夹】菜单命令，如图4-22所示。

图4-22 "站点管理器"对话框

3 在目录列表框中的"普通FTP站点"菜单项下自动新建一个文件夹，命名为"添加站点"，如图4-23所示，单击 新建(N)... 按钮。

📖 **考场点拨**

考试时，如果没有说明用哪一种方法添加站点，最好使用自己最熟悉的方法，这样不容易丢分。如果答案不是你熟悉的方法，则再选择其他方法。

图 4-23　新建文件夹

🔼 在右侧各文本框中输入登录站点的信息，并设置登录类型，单击 退出(X) 按钮，如图 4-24 所示。

图 4-24　设置站点信息

2．使用"连接向导"菜单方式添加站点

使用"连接向导"菜单方式添加 FTP 站点的具体操作如下。

🔢 打开 CuteFTP 窗口，选择【文件】→【连接向导】菜单命令，如图 4-25 所示。

图 4-25　选择菜单命令

🔢 打开"CuteFTP 连接向导"对话框，在文本框中输入站点标签，单击 下一步(N) > 按钮，如图 4-26 所示。

图 4-26　输入站点标签

🔢 在打开的对话框中，输入连接的 FTP 主机地址，单击 下一步(N) > 按钮，如图 4-27 所示。

图 4-27　输入 FTP 主机地址

4 在打开的对话框中，输入用户名和密码，并选中"匿名登录"复选框，单击 下一步(N)> 按钮，如图 4-28 所示。

图 4-28　输入用户名和密码

5 在打开的对话框中，单击 浏览(B)... 按钮，打开"浏览文件夹"对话框，在其中的"选择本地目录"列表框中选择上传文件的目录，单击 确定 按钮，如图 4-29 所示。

图 4-29　选择上传文件的目录

6 返回选择本地目录对话框，单击 下一步(N)> 按钮。

7 在打开的对话框中，单击 完成 按钮，

完成站点的添加，如图 4-30 所示。

操作提示

在"完成"对话框中选中"自动连接到该站点"复选框，可在完成站点添加的情况下再连接到站点。

图 4-30　完成添加

3．使用"快速连接栏"方式添加站点

使用"快速连接栏"方式添加 FTP 站点的具体操作如下。

1 打开 CuteFTP 窗口，单击工具栏中的"快速连接"按钮 ，在展开的快速连接栏中输入站点登录的信息，如图 4-31 所示。

图 4-31　输入站点登录时的信息

☑ 单击其中的"添加到站点管理器"按钮 🔍，打开"新项目的名称"对话框，在文本框中输入名称，单击 确定 按钮，如图 4-32 所示。

图 4-32　输入新项目的名称

☑ 打开"选择文件夹"对话框，在其中选择一个添加站点的保存位置，单击 确定 按钮，如图 4-33 所示，完成添加操作。

图 4-33　选择保存位置

4.3.2　删除FTP站点

当站点管理器中有不需要的站点时，可以删除该 FTP 站点，其具体操作如下。

☑ 打开 CuteFTP 窗口，选择【文件】→【站点管理器】菜单命令，打开"站点管理器"对话框。

☑ 在左侧列表框中选择需要删除的站点后，执行以下任意一种删除操作。

◈ 用菜单命令：在左侧列表框中选择需要删除的站点，选择【编辑】→【删除】菜单命令。

◈ 用右键菜单：在需删除的站点上单击鼠标右键，在弹出的快捷菜单中选择【删除】

菜单命令，如图 4-34 所示。

图 4-34　删除站点

☑ 打开提示框提示用户是否要删除该站点，单击 是(Y) 按钮，如图 4-35 所示，完成删除操作。

图 4-35　确认操作

4.3.3　修改FTP站点属性

修改 FTP 站点属性主要通过"设置"对话框进行，下面修改 CuteFTP 下载站点的默认本地目录和下载时不检查文件大小，其具体操作如下。

☑ 打开 CuteFTP 窗口，选择【文件】→【站点管理器】菜单命令，打开"站点管理器"对话框。

☑ 在左侧列表框中选择需要修改属性的站点，单击 编辑(E)... 按钮，如图 4-36 所示。

图 4-36 选择站点

③ 打开"设置"对话框，在"常规"选项卡的"默认本地目录"对话框中输入默认本地目录的地址，或单击 按钮，在打开的对话框中选择所需目录，如图 4-37 所示。

图 4-37 输入默认本地目录

④ 单击"高级"选项卡，在"下载时检查文件大小"下拉列表框中选择"关"选项，单击

确定 按钮，如图 4-38 所示。

⑤ 返回站点管理器，单击 退出(X) 按钮，完成修改站点属性的操作。

图 4-38 "高级"选项卡

4.3.4 连接及断开FTP站点

在设置完 FTP 站点后，就需要连接 FTP 站点，当完成各种操作后，还需要断开 FTP 站点。

1．FTP 站点的连接

FTP 站点的连接主要有以下几种方法。

方法 1：在"站点管理器"中使用菜单连接。

在"站点管理器"对话框左侧列表框中选择需要连接的 FTP 站点，选择【文件】→【连接】菜单命令，如图 4-39 所示。

方法 2：在"站点管理器"中使用快捷菜单连接。

在"站点管理器"对话框左侧列表框中用鼠标右键单击需要连接的 FTP 站点，在弹出的快捷菜单中选择【连接】菜单命令，如

图 4-40 所示。

图 4-39　选择菜单命令

图 4-40　使用右键菜单

方法 3：在"站点管理器"中使用按钮连接。

在"站点管理器"对话框左侧列表框中选择需要连接的 FTP 站点，单击 连接(C) 按钮。

方法 4：使用【重新连接】菜单命令。

打开 CuteFTP 窗口，选择【文件】→【重新连接】菜单命令，重新连接前一次断开的站点，如图 4-41 所示。

图 4-41　重新连接

方法 5：使用【粘贴 URL】菜单命令。

打开 CuteFTP 窗口，选择【文件】→【粘贴 URL】菜单命令，打开"粘贴 URL"对话框，输入登录站点的地址，单击 确定 按钮，如图 4-42 所示。

图 4-42　粘贴 URL

方法 6：使用快速连接栏连接。

打开 CuteFTP 窗口，单击工具栏中的"快速连接"按钮，打开快速连接栏，输入登录站点的相关信息后，单击快速连接栏中的"连接"按钮。

2．FTP 站点的断开

FTP 站点的断开主要有以下两种方法。

方法 1：使用按钮断开。

在 CuteFTP 窗口中，单击工具栏中的"断开"按钮。

方法 2：使用菜单命令断开。

在 CuteFTP 窗口中，选择【文件】→【断开】菜单命令，如图4-43所示。

图4-43　选择菜单命令

4.3.5　自测练习及解题思路

1．测试题目

第1题　通过站点管理器，添加北京大学FTP站点，站点标签为"北京大学"，FTP主机地址为"ftp.pku.edu.cn"，FTP站点用户名称为"anonymous"，密码为"anonymous"，FTP站点连接端口为"21"。

第2题　从快速连接栏连接到"192.168.0.121"站点，用户名为"Test"，密码为"123456"。

第3题　运行CuteFTP，删除"北京大学"FTP站点。

第4题　通过菜单方式打开"站点管理器"，使用鼠标右键菜单方式删除站点名为"四川大学"的FTP站点。

第5题　设置连接到清华大学的FTP站点的本地目录为D盘。

第6题　断开清华大学的FTP站点。

第7题　在"站点管理器"窗口中，使用按钮将FTP站点"Books"的"站点注释"修改为"计算机—Internet应用"。

2．解题思路

第1题　双击桌面图标CuteFTP，进入CuteFTP，选择【文件】→【站点管理器】菜单命令，打开"站点管理器"对话框，在左侧目录窗口中选择需要建立站点的目录位置，单击"新建"按钮。

第2题　参见4.3.1小节中第3点的内容。

第3题　从FTP站点管理器左面窗口中的目录树中选择需要删除的"北京大学"站点，选择【编辑】→【删除】菜单命令。

第4题　注意使用指定的方式完成设置操作。

第5题　通过站点设置对话框完成操作。

第6题　在CuteFTP窗口中，单击工具栏中的"断开"按钮。

第7题　参见4.3.3小节中的内容。

4.4　上传文件

考点分析：这是一个常考基础知识点，但操作比较简单。

学习建议：重点掌握如何直接上传文件和文件夹。

4.4.1　直接上传文件或文件夹

直接上传文件或文件夹主要有以下几种方法。

方法1：通过拖动上传。

在本地资源列表显示窗格中选择需要上传的文件或文件夹，将其直接拖动到远程资源列表显示窗格中接收上传文件或文件夹的位置。

方法2：通过菜单命令上传。

成功连接并登录到一个FTP站点后，在远程资源列表显示窗格中选择接收上传文件或文件夹的位置，在本地资源列表显示窗格中选择需要上传的文件或文件夹，选择【传输】→【上传】菜单命令，如图4-44所示。

图4-44　选择菜单命令

方法3：通过右键菜单上传。

设置接收上传文件或文件夹的位置，在需要上传的文件或文件夹上单击鼠标右键，在弹出的快捷菜单中选择【上传】菜单命令，如图4-45所示。

图4-45　使用快捷菜单

方法4：通过"上传"按钮上传。

设置接收上传文件或文件夹的位置，选择需要上传的文件或文件夹，再单击工具栏中的"上传"按钮。

下面将一张图片上传到FTP站点中。

1 连接并登录到一个FTP站点，如图4-46所示。

图4-46　登录站点

2 在本地资源列表显示窗格中，单击按钮，选择"龙泉湖.jpg"图片，单击工具栏中的"上传"按钮，如图4-47所示。

图4-47　上传图片

3 稍等片刻，在远程资源列表显示窗格中即可看到上传的文件，如图4-48所示。

图 4-48　完成上传

4.4.2　将文件添加到"传输队列"

使用"传输队列"的方法进行上传主要有两种方法：一种是将上传文件添加到"传输队列"中进行上传，另一种是将队列中的文件或文件夹制定成"计划传输"再上传。

1．将文件添加到"传输队列"

下面是将一个文件添加到"传输队列"进行上传的具体操作。

❶ 连接并登录到一个 FTP 站点，在本地资源列表显示窗格中选择需添加到队列的文件"前言 .doc"文件，选择【传输】→【队列】→【添加到队列】菜单命令，如图 4-49 所示。

图 4-49　添加到队列

❷ 在队列列表显示窗格中，选择"前言 .doc"文件队列，选择【传输】→【传输队列】菜单命令，如图 4-50 所示，稍等片刻，可在远程资源列表显示窗格中看到上传的文件。

图 4-50　上传文件

> ☀ **操作提示**
>
> 在本地资源列表显示窗格中选择"前言 .doc"文件，单击鼠标右键，在弹出的快捷菜单中选择【添加到队列】菜单命令，也能将需要上传的文件添加到队列中。

2．制定成"计划传输"

下面将一个文件添加到"传输队列"，并制定"计划传输"进行上传。

❶ 连接并登录到一个 FTP 站点，在队列列表显示窗格中选择需添加到队列的文件"前言 .doc"，选择【传输】→【计划传输】菜单命令，如图 4-51 所示。

图 4-51　计划传输

2 打开"计划表"对话框，选中"启用计划表"复选框，再选中"计划当前队列"复选框，如图 4-52 所示。

图 4-52 "计划表"对话框

3 打开"计划传输"对话框，在其中的数值框中设置计划传输队列文件的时间和日期，单击 确定 按钮，如图 4-53 所示。

图 4-53 设置时间和日期

4 返回"计划表"对话框，在其中即可显示计划传输队列文件的时间和日期，单击 确定 按钮，完成计划传输设置。

4.4.3 自测练习及解题思路

1．测试题目

第 1 题 向 FTP 站点（218.93.236.253）上传"测试"文件夹。

第 2 题 向 FTP 站点（218.93.236.253）上传"测试 1"文件夹。

第 3 题 使用鼠标直接拖动本地"示例图片"文件夹中的图片文件"高山 .jpg"到远程"图片收藏"文件夹中。

第 4 题 使用鼠标右键菜单方式上传本地文件夹"风景"至远程"大海"文件夹。

第 5 题 使用系统菜单方式将本地图片文件"草原 .jpg"添加到队列中再进行上传。

2．解题思路

第 1 题 使用拖动的方法实现上传。

第 2 题 使用菜单命令实现上传。

第 3 题 使用拖动的方法实现上传。

第 4 题 使用鼠标右键菜单的方法实现上传。

第 5 题 参见 4.4.2 小节中第 1 点的内容。

4.5 下载文件

考点分析：下载文件与上传文件相对，操作方法类似，虽然操作简单，却是常考的知识点。如遇到下载文件的题目，应先尝试使用菜单命令的方法，如不行，再尝试其他操作。

学习建议：熟练掌握如何下载文件和文件夹。

4.5.1 使用CuteFTP下载文件

使用 CuteFTP 下载文件主要有以下几种方法。

方法 1：通过"下载"按钮下载。

成功连接并登录到一个 FTP 站点后，在本地资源列表显示窗格中选择接收下载文件或文件夹的位置，在远程资源列表显示窗格中选择需要下载的文件或文件夹，再单击工具栏中的"下载"按钮。

方法 2：通过右键菜单下载。

设置接收下载文件或文件夹的位置，在需要下载的文件或文件夹上单击鼠标右键，在弹出的快捷菜单中选择【下载】菜单命令，如图 4-54 所示。

图 4-54　使用快捷菜单

方法 3：通过鼠标拖动下载。

在远程资源列表显示窗格中选择需要下载的文件或文件夹，将其直接拖动到本地资源列表显示窗格中接收下载文件或文件夹的位置。

方法 4：通过菜单命令下载。

设置接收下载文件或文件夹的位置，选择需要下载的文件或文件夹，选择【传输】→【下载】菜单命令。下面使用 CuteFTP 下载一个文件。

1 连接并登录到 FTP 站点，在远程资源列表显示窗格中双击打开需下载文件所在的文件夹"上传文件"文件夹，选择"海港之夜 .mp3"文件，选择【传输】→【下载】菜单命令，如图 4-55 所示。

2 窗口将显示下载的进度，如图 4-56 所示，完成后，在本地资源列表显示窗格中即可看到下载的文件。

图 4-55　下载文件

图 4-56　正在下载

4.5.2　使用FTP下载网上资源

使用 FTP 下载网上资源通常在 IE 浏览器中进行。

1．在 IE 浏览器中打开 FTP 站点

打开 FTP 站点的方法有以下几种。

方法 1：通过 IE 浏览器地址栏匿名访问。

直接在 IE 浏览器的地址栏中输入 FTP 服务器的网址，如图 4-57 所示。

方法 2：通过 IE 浏览器地址栏直接访问。

在 IE 浏览器地址栏中输入 FTP 服务器使用的账号和密码，其格式为"ftp:// 用户名：

密码 @FTP 服务器域名",如图 4-58 所示。

图 4-57　匿名访问 FTP 站点

图 4-58　直接访问 FTP 站点

方法 3：通过"打开"对话框访问。

在 IE 浏览器窗口中选择【文件】→【打开】菜单命令，在"打开"对话框的"打开"下拉列表框中输入 FTP 服务器的网址，单击 确定 按钮，如图 4-59 所示。

图 4-59　通过"打开"对话框访问

方法 4：通过运行命令访问 FTP 站点。

选择【开始】→【运行】菜单命令，在"运行"对话框的"打开"下拉列表框中输入 FTP

服务器的网址，单击 确定 按钮，如图 4-60 所示。

图 4-60　通过运行命令访问

2．下载 FTP 站中的资源

通常情况下，登录到 FTP 服务器后，IE 浏览器窗口将转换成与 Windows XP 的"资源浏览器"窗口类似的界面，如图 4-61 所示，在其中对文件和文件夹进行选择、重命名、复制、剪切和粘贴等操作的方法与在 Windows XP 的资源浏览器中进行同类操作的方法完全相同，如选择"复制"菜单命令，再在本地磁盘的文件夹中执行"粘贴"操作，其结果与在 CuteFTP 软件中执行下载操作完全相同。

图 4-61　下载 FTP 站中的资源

4.5.3　自测练习及解题思路

1．测试题目

第 1 题　在 FTP 站点（218.93.236.253）下载"测试"文件夹。

第2题　在 FTP 站点（218.93.236.253）使用右键菜单方式下载"测试1"文件夹。

第3题　使用菜单命令方式，下载远程文件夹"旅游/景点"到本地文件夹中。

第4题　使用鼠标右键菜单方式，将远程"图片"件夹中的文件"景点1.gif"添加到下载队列中，再进行下载。

第5题　使用菜单方式，将远程"软件"文件夹中的文件"QQ.rar"添加到下载队列中，再进行下载。

2．解题思路

第1题　使用拖动的方法下载。

第2题　使用右键菜单下载。

第3题　使用菜单命令下载。

第4题　使用右键菜单下载。

第5题　使用菜单命令下载。

4.6　管理文件和文件夹

考点分析：无论是哪种软件，在其中管理文件和文件夹都是常考内容，Internet 应用也不例外，题量较大。需要注意的是，考试题目还可能会要求考生连续执行两个以上操作，如移动后重命名等。

学习建议：熟练掌握删除、重命名、移动和编辑的方法，其中又以前3种操作最为重要。

4.6.1　管理文件

管理文件最常用的操作有删除、重命名、移动和编辑。

1．删除文件

删除文件主要有以下3种方式。

方法1：通过菜单命令删除。

在远程资源列表显示窗格中选择需要删除的文件，选择【命令】→【文件操作】→【删除】菜单命令，如图 4-62 所示。

方法2：通过右键菜单删除。

在远程资源列表显示窗格中选择需要删除的文件，在其上单击鼠标右键，在弹出的快捷菜单中选择【删除】菜单命令，如

图 4-63 所示。

图 4-62　选择菜单命令

图 4-63　使用快捷菜单

方法3：通过按钮删除。

成功连接并登录到一个 FTP 站点后，在

远程资源列表显示窗格中选择需要删除的文件，单击工具栏中的"删除"按钮✖。

2．重命名文件

重命名文件主要有以下 4 种方式。

方法 1：在远程资源列表显示窗格中双击需要重命名的文件，打开"选择操作"对话框，单击 重命名(N) 按钮，如图 4-64 所示。

图 4-64 "选择操作"对话框

方法 2：在远程资源列表显示窗格中选择需要重命名的文件，单击工具栏中的"重命名文件"按钮。

方法 3：在远程资源列表显示窗格中选择需要重命名的文件，选择【命令】→【文件操作】→【重命名】菜单命令，如图 4-65 所示。

图 4-65 选择菜单命令

方法 4：在远程资源列表显示窗格中选择需要重命名的文件，在其上单击鼠标右键，在

弹出的快捷菜单中选择【重命名】菜单命令，如图 4-66 所示。

图 4-66 使用快捷菜单

3．移动文件

移动文件主要有以下两种方式。

方法 1：通过菜单命令移动。

在远程资源列表显示窗格中选择需要移动的文件，选择【命令】→【文件操作】→【移动】菜单命令，在打开的"将文件移动到"对话框中输入新的目录位置，单击 确定 按钮，如图 4-67 所示。

图 4-67 选择菜单命令

方法 2：通过右键菜单移动。

在远程资源列表显示窗格中选择需要移动的文件，在其上单击鼠标右键，在弹出的快捷

菜单中选择【移动】菜单命令，如图4-68所示。打开"将文件移动到"对话框，在中间的文本框中输入新目录位置，单击 确定 按钮。

图 4-68　使用快捷菜单

4．编辑文件

　　对于远程资源列表显示窗格中的文件，也可进行编辑，其具体操作如下。

　　1 连接并登录到FTP站点，在远程资源列表显示窗格中执行如下任意一种编辑操作。

　　◈ 通过菜单命令：选择需要编辑的文件"龙泉湖.jpg"，选择【命令】→【文件操作】→【编辑】菜单命令，如图4-69所示。

图 4-69　选择菜单命令

　　◈ 通过按钮：在远程资源列表显示窗格中选择需要编辑的文件，单击工具栏中"编辑"按钮。

　　◈ 通过右键菜单：在远程资源列表显示窗格中需编辑的文件上单击鼠标右键，在弹出的快捷菜单中选择【编辑】菜单命令，如图4-70所示。

图 4-70　使用快捷菜单

　　2 打开"按'确定'载入编辑器。请确定在您完成之后保存文件。"提示框，单击 确定 按钮，如图4-71所示。

图 4-71　提示框1

　　3 根据不同的文件类型，将在本地计算机中启动一个用于编辑该文件的应用程序，同时，将打开如图4-72所示的提示框。

图 4-72　提示框2

　　4 对文件进行编辑后，保存并关闭编辑程序，在如图4-72所示的提示框中单击 上传(U) 按钮，上传编辑后的文件，完成操作。

4.6.2　管理文件夹

　　管理文件夹的操作与管理文件相似，主要有 3 种方式。

　　方法 1：通过按钮管理。

　　在远程资源列表显示窗格中选择需要管理的文件夹，单击工具栏中相应的文件夹管理按钮。

　　方法 2：通过菜单命令管理。

　　在远程资源列表显示窗格中选择需要管理的文件夹，选择【命令】→【目录】菜单命令，在弹出的菜单中选择相应的菜单命令，如图 4-73 所示。

图 4-73　使用菜单命令

　　方法 3：通过右键菜单管理。

　　在远程资源列表显示窗格中选择需要管理的文件夹，在其上单击鼠标右键，在弹出的快捷菜单中选择相应的菜单命令，如图 4-74 所示。

图 4-74　使用快捷菜单

4.6.3　自测练习及解题思路

1．测试题目

　　第 1 题　把 FTP 站点（218.93.236.253）的"测试 1"文件夹删除。

　　第 2 题　把 FTP 站点（218.93.236.253）的"测试"文件夹重命名为"内部文件"。

　　第 3 题　使用工具栏按钮方式，将远程文件夹"软件"重命名为"工具软件"。

　　第 4 题　运行 CuteFTP 并把 FTP 站点（218.93.236.253）中的"内部文件"移动到"机密"文件夹下。

2．解题思路

　　第 1 题　在远程资源列表显示窗格中选择需要删除的文件，选择【命令】→【文件操作】→【删除】菜单命令。

第2题　在远程资源列表显示窗格中选择需要重命名的文件，单击鼠标右键，在弹出的快捷菜单中选择【重命名】菜单命令。

第3题　在远程资源列表显示窗格中选择需要重命名的文件，单击工具栏中的"重命名

文件"按钮。

第4题　选择【命令】→【文件操作】→【移动】菜单命令，在打开的"将文件移动到"对话框中输入新的目录位置。

4.7　设置CuteFTP

考点分析：本考点不属于重点，但隔一两年会出现一道考题，而且同时考查两个知识点，如续传和连接、提示和显示。

学习建议：熟悉所有设置，重点掌握提示属性和连接属性的设置。

打开 CuteFTP 窗口，选择【编辑】→【设置】菜单命令，打开"设置"对话框，如图 4-75 所示，通过该对话框即可设置CuteFTP。

图 4-76　"提示"选项卡

图 4-75　"设置"对话框

4.7.1　设置提示属性

在"设置"对话框的"提示"选项卡中可以设置打开或关闭各种提示，如图 4-76 所示。"提示"选项卡中主要包括"传输'覆盖/续传/跳过'提示选项"栏和"其他提示"栏两个区域的设置，各区域的作用分别如下。

◈ 在"传输'覆盖/续传/跳过'提示选项"栏这个区域中选中相应的复选框，则在FTP 站点进行各种传输遇到相应的操作时，将提示用户执行"覆盖"、"续传"或"跳过"等操作。

◈ 在"其他提示"栏中选中相应的复选框，则 CuteFTP 将具有该行文字说明的特性，并进行提示。

4.7.2　设置显示属性

在"设置"对话框的"显示"选项卡中可以设置各种显示属性，如图 4-77 所示。"显示"选项卡中主要包括复选框区域、"工具栏"栏和"双击动作"栏 3 个区域的设置，各区域的作用分别如下。

图 4-77 "显示"选项卡

◈ 在复选框区域中选中相应的复选框，则 CuteFTP 将具有该行文字说明的特性，显示相应的内容。

◈ 在"工具栏"栏中单击 自定义(M) 按钮，将打开"自定义工具栏"对话框，在其中可以编辑工具栏中的按钮。选中"显示文字"复选框，在工具栏中按钮的底部将显示文字，如图 4-78 所示。

图 4-78 显示文字

◈ 在"双击动作"栏中选中相应的单选按钮，在双击时则执行该操作。

1. 设置"声音"选项

单击"显示"选项卡左侧的 ⊞ 按钮，可展开 3 个子选项卡。其中在"声音"选项中可以设置各种声音事件，如图 4-79 所示，在"事件"列表框中选择一种事件，即可在下面的"文件"下拉列表框中为其选择一种声音。

2. 设置"颜色"选项

在"颜色"选项中可以设置各种颜色，

如图 4-80 所示。"颜色"选项卡中主要包括"常规"栏和"状态日志"栏两个区域的设置，各区域的作用分别如下。

图 4-79 设置"声音"选项

图 4-80 "颜色"选项卡

◈ 在"常规"栏中单击 ▬▬▬ 按钮，打开"颜色"对话框，在其中可指定远程和本地窗格中焦点指示器的颜色。

◈ 在"状态日志"栏中单击不同的颜色按钮，可以在打开的对话框中指定日志命令文本和日志事件文本的颜色。

3. "字体"选项卡

在"字体"选项中可以设置各种字体，如图 4-81 所示。"字体"选项卡中主要包括"程序字体"栏和"登录窗口字体"栏两个区域的设置，各区域的作用分别如下。

图4-81　"声音"选项卡

◈ 在"程序字体"栏中单击 [选择字体⑤] 按
钮，打开"字体"对话框，在其中可
设置CuteFTP程序本地资源列表显
示窗格和远程资源列表显示窗格的
字体。

◈ 在"登录窗口字体"栏中单击 [选择字体⑤]
按钮，打开"字体"对话框，在其中可
设置登录窗口信息的字体。

4.7.3　设置目录导航属性

在"设置"对话框的"目录导航"选项
卡中可以调整涉及目录导航的各种设置，
如图4-82所示。"目录导航"选项卡中主要包
括普通和"符号链接"栏两个区域的设置，各
区域的作用分别如下。

图4-82　"目录导航"选项卡

◈ 在普通区域中可以设置默认下载目录，
选中相应的复选框，则可调整与默认下
载目录相关的设置。

◈ 在"符号链接"栏中选中相应的复选
框和单选按钮，则CuteFTP将具有该
行文字说明的特性。

4.7.4　设置连接属性

在"设置"对话框的"连接"选项卡中可
以设置连接FTP属性，如图4-83所示。"连接"
选项卡中主要包括"常规"、"在连接时"和"传
输选项"栏3个区域的设置，各区域的作用分
别如下。

图4-83　"连接"选项卡

◈ 在"常规"栏中可以设置电子邮件地
址和启动时的加载项。

◈ 在"在连接时"栏中选中复选框，
则可以检查续传能力，并可在该栏
的文本框中设置连接重试的次数和延
迟时间。

◈ 在"传输选项"栏中选中相应复选框，
将启用断点续传功能，在其下的文本框
中输入数值则可设置当下载量为0的时
间为多长时，重新连接FTP站点并续传。
通过该栏还可设置下载完成之后软件应
执行的操作。

4.7.5 自测练习及解题思路

1．测试题目

第1题 对连接属性进行设置，设置连接重试为3次，设置总是检查并存储每个站点的"续传"功能。

第2题 设置 CuteFTP 中远程和本地资源列表显示窗格的焦点指示器颜色为红色。

第3题 在 CuteFTP 窗口界面中，通过对属性的设置，使其记录保存日志文件。

第4题 设置用户在下载文件时如果超过120秒只接收了0字节，就重新连接并续传。

2．解题思路

第1题 打开"设置"对话框，单击左侧的"连接"属性选项。在"连接"选项卡中，设置连接重试为3次，选中"总是检查并存储每个站点的'续传'功能"复选框。

第2题 打开"设置"对话框，单击左侧"显示"选项卡前的⊞按钮，选择"颜色"选项，单击"远程和本地窗格焦点指示器"后的颜色按钮，在打开的对话框中选择红色。

第3题 打开"设置"对话框，单击左侧"连接"选项卡前的⊞按钮，选择"记录"选项，选中"保存日志到文件"复选框。

第4题 打开"设置"对话框，单击左侧的"连接"属性选项，在"传输选项"栏中的文本框中输入"120"。

第 5 章 ▸MSN即时通信◂

MSN（Microsoft Service Network，微软网络服务）是在 Windows 操作系统上常用的一种即时通信软件。利用 MSN 可以让用户以多种方式与他人进行在线交流，比如文字信息收发、语音对话、视频聊天、文件传送和发送邮件等。MSN 各版本之间主要功能基本上没有什么区别，一般新版本多一些附加功能，或对某些操作有所优化。本章将以 MSN 7.0 版本为例介绍下载与安装 MSN、注册 MSN 账户、查找与添加联系人、使用 MSN 进行通信以及设置 MSN 等相关知识。

5.1 下载与安装MSN

考点分析：下载与安装 MSN 是本章的基础知识点，在考试时不会直接考查，但在实际使用中，下载与安装 MSN 的操作是学习本章其他知识的前提。

学习建议：对本节稍作了解，打好基础。

5.1.1 下载MSN

MSN 属于免费软件，在很多站点都提供下载服务。下面以下载中文版 MSN 7.0 为例进行具体讲解，其操作方法如下。

1 启动 IE 浏览器口，打开如图 5-1 所示下载页面，在"下载链接"超级链接上单击鼠标右键，在弹出的快捷菜单中选择【目标另存为】菜单命令。

图 5-1　选择菜单命令

2 打开"另存为"对话框，在"保存在"下拉列表框中选择下载文件保存的位置，单击保存(S) 按钮，如图 5-2 所示。

图 5-2　设置保存

③ 开始下载软件，并显示下载进度，如图 5-3 所示。

图 5-3　开始下载

④ 下载完成后即可在保存位置看到下载的软件安装程序。

5.1.2　安装MSN

安装 MSN 的方法与安装一般软件类似，其具体操作如下。

① 在保存位置双击下载的软件安装程序，打开安装界面，单击 下一步(N) > 按钮，如图 5-4 所示。

② 打开"'使用条款和'和'隐私声明'"对话框，选中"我接受'使用条款'和'隐私声明'中的条款"单选按钮，单击 下一步(N) > 按钮，如图 5-5 所示。

图 5-4　开始安装

图 5-5　同意协议

③ 在打开的对话框中，取消选中全部的复选框，单击 下一步(N) > 按钮，如图 5-6 所示。

图 5-6　安装其他附件

④ 在打开的对话框中，将开始安装 MSN，并显示安装进度，如图 5-7 所示。

图 5-7　安装进度

⑤ 打开完成对话框，单击 完成(F) 按钮，完成 MSN 的安装，如图 5-8 所示。

图 5-8　完成安装

5.2　注册MSN账户

考点分析：注册 MSN 账户是操作 MSN 软件的基础，在考试当中一般会出现 1 道考题。注册 MSN 账户有两种方法，考试通常会指定考查其中一种。

学习建议：注册 MSN 账户的两种方式是通过 .NET Passport 向导注册和使用已有电子邮箱注册。为了保证得分，这两种注册的相关操作都应该熟悉。

5.2.1　使用.NET Passport向导注册MSN账户

下面通过 .NET Passport 向导注册 MSN 账户。

① 打开 Windows XP 的"开始"菜单，选择【所有程序】→【MSN Messenger 7.0】菜单命令，如图 5-9 所示。

② 打开"MSN Messenger"窗口，单击 登录(S) 按钮，如图 5-10 所示。

③ 打开".NET Passport 向导"对话框，单击 下一步(N) > 按钮，如图 5-11 所示。

图 5-9　启动 MSN

④ 打开"有电子邮件地址吗？"对话框，选中"没有，注册一个免费的 MSN Hotmail 电子邮件地址"单选按钮，单击 下一步(N) > 按钮，如图 5-12 所示。

图 5-10　登录

图 5-11　.NET Passport 向导

⑤ 打开"注册 MSN Hotmail"对话框，单击 下一步(N) 按钮，如图 5-13 所示。

图 5-13　"注册 MSN Hotmail"对话框

⑥ 启动 IE 浏览器，进入"注册"界面，在"电子邮件地址"文本框中输入邮件名称，单击 确定帐户未被使用 按钮确认该账户，在"密码"和"重新键入密码"文本框中输入账户密码，在"创建密码重新设置选项"栏中设置密码问题，如图 5-14 所示。

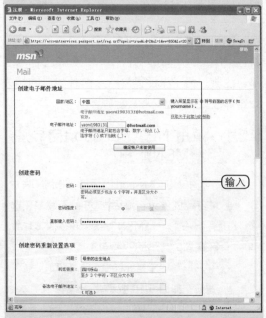

图 5-14　注册信息 1

图 5-12　"有电子邮件地址吗?"对话框

7 在"输入账户信息"栏中输入相关信息，在"请键入您在此图片中看到的字符"栏的"字符"文本框中输入"图片"栏中的字符，单击 接受 按钮，如图5-15所示。

操作提示

如果看不清楚图片中的字符，可以单击 按钮播放音频并键入字符，或单击 按钮更换一张能够看清楚的图片。

图 5-16　电子邮件注册成功

图 5-15　注册信息 2

8 打开新的窗口，显示邮件注册成功，如图5-16所示。

9 回到 .NET Passport 向导，单击 〈上一步(B) 按钮，如图5-17所示。

10 返回"有电子邮件地址吗？"对话框，选中"是，使用现有电子邮件地址"单选按钮，单击 下一步(N) 〉 按钮，如图5-18所示。

图 5-17　返回注册向导

图 5-18　返回"有电子邮件地址吗？"对话框

11 打开"您已经注册了吗？"对话框，选中"有，使用我的 Windows Live ID 凭据登录"单选按钮，单击 下一步(N) 〉 按钮，如图5-19所示。

图 5-19 "您已经注册了吗？"对话框

12 打开"使用您的 Windows Live ID 凭据登录"对话框，在"电子邮件地址"和"密码"文本框中输入相应的内容，单击 下一步(N) > 按钮，如图 5-20 所示。

图 5-20 输入登录信息

13 打开"已就绪"对话框，单击 完成 按钮，完成注册即可使用该账户登录，如图 5-21 所示。

图 5-21 完成注册

5.2.2 使用已有电子邮箱注册 MSN账户

如果自己的电子邮箱不是 Hotmail 类型，也可以注册 MSN 账户。下面以 3283568@qq.com电子邮箱为例，将其注册为MSN账户，其具体操作如下。

1 启动 MSN，打开"MSN Messenger"窗口，单击"若要以不同账户登录，请单击此处"超级链接，如图 5-22 所示。

图 5-22 登录

2 打开".NET Messenger Service"对话框，单击左下角的"获得一个 .NET Passport"超级链接，如图 5-23 所示。

图 5-23 ".NET Messenger Service"对话框

3 打开"将 .NET Passport 添加到 Windows XP 用户账户"对话框，单击 下一步(N) 按钮，如图 5-24 所示。

图 5-24　添加用户账户

4 打开"有电子邮件地址吗?"对话框，选中"是，使用现有电子邮件地址"单选按钮，单击 下一步(N) 按钮，如图 5-25 所示。

图 5-25　"有电子邮件地址吗?"对话框

5 打开"您已经注册了吗?"对话框，选中"没有，立即注册"单选按钮，单击 下一步(N) 按钮，如图 5-26 所示。

6 打开"注册 Windows Live ID"对话框，单击 下一步(N) 按钮，如图 5-27 所示。

图 5-26　"您已经注册了吗?"对话框

图 5-27　"注册 Windows Live ID"对话框

7 启动 IE 浏览器，进入"注册"界面，在其中输入注册信息，单击 继续 按钮，如图 5-28 所示。

8 打开"查看并签署协议"界面，在文本框中再次输入邮箱地址，单击 接受 按钮，如图 5-29 所示。

9 打开"您已经创建了凭据"界面，显示邮件注册成功，如图 5-30 所示。

10 回到 .NET Passport 向导，单击 上一步(B) 按钮，如图 5-31 所示。

11 返回"您已经注册了吗?"对话框，选中"有，使用我的 Windows Live ID 凭据登录"单选按钮，单击 下一步(N) 按钮，如图 5-32 所示。

图 5-28　输入注册信息

图 5-29　查看并签署协议

图 5-30　完成注册

图 5-31　返回注册向导

图 5-32　"您已经注册了吗？"对话框

12 打开"使用您的 Windows Live ID 凭据登录"对话框，输入登录账户，单击 下一步(N) > 按钮，如图 5-33 所示。

图 5-33　输入登录信息

13 打开"已就绪"对话框，单击 完成 按钮，完成注册即可使用该账户登录，如图 5-34 所示。

考场点拨

由于这两种操作都需要使用向导，考试时有个小技巧可以运用：如果操作不正确，是不能进行下一步操作的。

图 5-34　完成注册

5.2.3　自测练习及解题思路

1．测试题目

第 1 题　如果有一个 caiyiyi@qq.com 的邮箱，利用这个邮件地址进行注册。

第 2 题　使用 .NET Passport 向导注册 MSN 账户。

2．解题思路

第 1 题　参见 5.2.2 小节内容。
第 2 题　参见 5.2.1 小节内容。

5.3　查找与添加联系人

考点分析：查找与添加联系人是一个常考知识点。考试时，或者单独考查查找和添加操作，或者结合起来考查先查找再添加。如果认真学习并掌握了这几个操作，得分也就比较容易了。

学习建议：熟悉查找和添加的所有操作。

5.3.1　查找与添加联系人

查找与添加联系人的方法主要有以下几种。

方法 1：通过向导操作。

通过向导查找并添加联系人是指通过 MSN 自带的向导对话框设置联系人条件，并进行添加，其具体操作如下。

❶ 登录 MSN，执行以下任意一种操作打开"向导"对话框。

◇ 选择【联系人】→【添加联系人】菜单

命令，如图 5-35 所示。

图 5-35　选择菜单命令

◇ 单击"添加联系人"超级链接，如图 5-36 所示。

图 5-36 单击"添加联系人"超级链接

2 打开"添加联系人"对话框，选中"根据电子邮件地址创建新的联系人"单选按钮，单击 下一步(N) > 按钮，如图 5-37 所示。

图 5-37 "添加联系人"对话框

3 在对话框的"请输入您的联系人的电子邮件地址"文本框中输入需要添加联系人的电子邮件地址，单击 下一步(N) > 按钮，如图 5-38 所示。

4 打开"成功！3283568@qq.com 已经添加到您的名单中"对话框，选中"向此人发送关于 MSN Messenger 的电子邮件"复选框，在其下的文本框中输入相关提示信息，单击 下一步(N) > 按钮，如图 5-39 所示。

图 5-38 输入电子邮件地址

图 5-39 发送电子邮件

5 打开"已完成！"对话框，单击 完成 按钮，成功将电子邮件地址为 3283568@qq.com 的用户添加到 MSN 的联系人名单中，如图 5-40 所示。

图 5-40 完成添加

操作提示

单击 添加此联系人的移动电话号码(M) 按钮，则打开相应的对话框，添加该联系人的相关信息。

方法2：通过网页操作。

登录 MSN，选择【联系人】→【搜索联系人】菜单命令，在弹出的菜单中选择【高级搜索】或【按兴趣搜索】菜单命令，如图5-41 所示，在打开的相应网页中设置搜索的条件即可搜索联系人，并添加到 MSN 中。

图 5-41　选择菜单命令

5.4　使用MSN进行通信

考点分析：使用 MSN 进行通信是本章的重点，历次考试都会出现 2 道以上的考题。除了共享应用程序和多用户通信这两个知识点在以前的考试中出现的频率较低外，其他知识点都要求重点掌握。

学习建议：熟练掌握文字通信、音频通信、视频通信、传送文件、设置字体和添加表情符号的相关操作。

5.4.1　文字通信

文字通信是 MSN 最常用的通信方式，当联系人在线时，就可以向其发送文字信息了。文字通信还包括设置文字字体、添加表情符号

5.3.2　自测练习及解题思路

1．测试题目

第 1 题　添加联系人 caiyiyi，他的邮件地址为 caiyiyi@sina.com。

第 2 题　将邮箱地址为 huangxy@hotmail.com 的用户添加到自己的联系人中。

第 3 题　搜索联系人 caiyiyi。

2．解题思路

第 1 题　登录 MSN，单击"添加联系人"超级链接。

第 2 题　解题思路同第 1 题。

第 3 题　选择【联系人】→【搜索联系人】菜单命令，在打开的菜单中选择【高级搜索】或【按兴趣搜索】菜单命令。

和添加背景等操作。

1．文字通信的一般方法

文字通信的一般方法就是打开"对话"窗口，在其中输入相应的信息。打开"对话"窗口并进行文字通信的具体操作如下。

1 登录 MSN，执行以下任意一种操作打开"对话"窗口，以进行文字通信。

◈ 通过菜单命令：在 MSN 登录后的主界面上选择需进行文字通信的联系人，选择【操作】→【发送即时消息】菜单命令，如图5-42 所示。

图 5-42 选择菜单命令

◈ 通过右键菜单：在 MSN 登录后的主界面
上需进行文字通信的联系人上单击鼠标右
键，在弹出的快捷菜单中选择【发送即时
消息】菜单命令，如图 5-43 所示。

图 5-43 选择右键的菜单命令

◈ 通过双击：在 MSN 登录后的主界面上，
双击需进行文字通信的联系人。

2 打开该联系人的"对话"窗口，在文
本框中输入文字，单击 发送 按钮，如图 5-44
所示。

图 5-44 发送消息

3 联系人的桌面上将打开"对话"窗口，
显示收到的信息，用相同的方法即可进行回复，
如图 5-45 所示。

图 5-45 收到消息

4 回复后，通信的所有内容将显示在窗口
上部的列表框中，如图 5-46 所示。

图 5-46 通信的记录

操作小结：MSN 中文字通信最简洁最常用
的方法就是双击通信对象，打开该联系人的"对
话"窗口，再进行文字通信。

2．设置文字字体

设置文字字体的方法是通过"更改我的消息字体"对话框实现的，包括设置字形、字体、大小、颜色、显示效果和字符集。下面是设置文字字体的具体操作。

1 打开"对话"窗口，执行以下任意一种操作打开"更改我的消息字体"对话框。

◆ **单击工具按钮**：单击"对话"窗口的文本框上方的**A** 字体⑩按钮。

◆ **通过右键菜单**：在"对话"窗口的文本框中单击鼠标右键，在弹出的快捷菜单中选择【更改字体】菜单命令，如图 5-47 所示。

图 5-47　使用右键菜单

◆ **通过菜单命令**：在"对话"窗口中选择【编辑】→【更改字体】菜单命令，如图5-48 所示。

图 5-48　选择菜单命令

2 打开"更改我的消息字体"对话框，在"字体"列表框中选择所需字体"隶书"选项，在"大小"列表框中选择所需字号"16"选项，在"颜色"下拉列表框中选择文字颜色"蓝色"选项，单击 确定 按钮，如图 5-49 所示。

3 如再次发送消息，即可看到设置后的文字效果，如图 5-50 所示。

考场点拨

考题可能会将发送消息和设置文字进行综合考查，如果出现这种情况，正确的操作应该是先设置文字效果，再输入文字，最后发送消息。

图 5-49　设置文字

图 5-50　设置后的效果

3．添加表情符号

在进行文字通信时添加表情符号主要有以下两种方法。

方法 1：通过按钮添加。

在"对话"窗口中单击"选择图释"按钮，在弹出的列表框中选择一种表情符号插入到文本框中，如图 5-51 所示。

图 5-51　添加表情符号

方法 2：通过菜单命令添加。

在"对话"窗口中选择【工具】→【我的图释】菜单命令，打开"我的图释"对话框，在其中也可选择一种表情符号插入到文本框中。

下面通过"我的图释"对话框添加表情符号。

1 在"对话"窗口中选择【工具】→【我的图释】菜单命令，如图 5-52 所示。

图 5-52　选择菜单命令

2 打开"我的图释"对话框，在列表框中选择所需的图释"眨眼"，单击 确定 按钮，如图 5-53 所示。

3 返回"对话"窗口，在文本框中即可看

到添加的表情符号，如图 5-54 所示。

图 5-53　添加表情符号

图 5-54　完成添加

☀ **操作提示**

在单击 😊 ▼按钮后弹出的列表框中，单击"其他"超级链接，也能打开"我的图释"对话框。

4．添加背景

在通信时添加背景主要有以下两种方法。

方法 1：通过按钮添加。

在"对话"窗口中单击"背景"按钮 🖼背景(B) ▼，在弹出的列表框中选择一张背景图片，如图 5-55 所示，即可将"对话"窗口的背景设置为该图片。

图 5-55　添加背景

方法 2：通过菜单命令添加。

在"对话"窗口中选择【工具】→【我的背景】菜单命令，打开"我的背景"对话框，在其中也可选择一张背景图片。

下面通过"我的背景"对话框设置窗口背景，其具体操作如下。

1 在"对话"窗口中选择【工具】→【我的背景】菜单命令，如图 5-56 所示。

图 5-56　选择菜单命令

2 打开"我的背景"对话框，在"背景图片"列表框中选择所需的背景"薰衣草"，单击 确定 按钮，如图 5-57 所示。

3 返回"对话"窗口，即可看到添加背景图片后的效果，如图 5-58 所示。

图 5-57　选择背景图片

☀ **操作提示**

也可在"我的背景"对话框中单击 浏览(B)... 按钮，在打开的对话框中从本地计算机中选择一张图片作为窗口背景。

图 5-58　完成添加

5.4.2　音频通信

使用 MSN 可以和 MSN 的联系人进行语音通话。进行音频通话前，联系人双方首先安装并设置好耳机和麦克风，然后就可以打开音频通话界面进行通话。打开音频通话界面主要有以下 4 种方法。

方法 1：通过"对话"窗口菜单命令。

在"对话"窗口中选择【操作】→【音频/视频】→【开始音频对话】菜单命令，如图 5-59 所示。

图 5-59　选择菜单命令

方法 2：通过右键菜单。

在 MSN 窗口中选择一个联系人，单击鼠标右键，在弹出的快捷菜单中选择【音频/视频】→【开始音频对话】菜单命令，如图 5-60 所示。

图 5-60　使用右键菜单

方法 3：通过 MSN 窗口菜单命令。

在 MSN 窗口中选择【操作】→【音频/视频】→【开始音频对话】菜单命令，打开"开始音频对话"对话框，选择一个联系人进行音频通信，如图 5-61 所示。

方法 4：通过"对话"窗口按钮。

在"对话"窗口中单击工具栏中的 按钮。首次启动音频对话时，将打开"音频和视频调节向导"对话框，通过调节后才能保证音频聊天的通畅。

图 5-61　选择音频通信的联系人

下面进行音频调节并进行音频通话。

1 使用前面任意一种方法打开调节向导对话框，单击 下一步(N) 按钮，如图 5-62 所示。

图 5-62　打开调节向导

2 在打开的对话框中提示用户调整计算机的扬声器和麦克风，单击 下一步(N) 按钮，如图 5-63 所示。

图 5-63　调整计算机的扬声器和麦克风

③ 在打开的对话框中提示用户选择计算机的扬声器和麦克风，单击 下一步(N) 按钮，如图 5-64 所示。

图 5-64　选择计算机的扬声器和麦克风

☀ 操作提示

如果计算机使用的音频通信设备是耳机，应该选中"我正在使用耳机"复选框。

④ 在打开的对话框中提示用户调整计算机扬声器的音量，单击 下一步(N) 按钮，如图 5-65 所示。

图 5-65　调整计算机扬声器的音量

⑤ 在打开的对话框中提示用户调整计算机麦克风的音量，单击 下一步(N) 按钮，如图 5-66 所示。

图 5-66　调整计算机麦克风的音量

⑥ 在打开的对话框中提示用户调节成功，单击 完成 按钮，如图 5-67 所示。

图 5-67　调整完成

⑦ 联系人的桌面上将打开"对话"窗口，显示如图 5-68 所示的信息，单击"接受"超级链接。

图 5-68　接受音频通话

⑧ 返回"对话"窗口，显示可以开始音频

通话，并在右侧显示两个音量调节按钮，上下
拖动可分别调节麦克风和扬声器的音量，如图
5-69 所示。

图 5-69　开始音频通信

5.4.3　视频通信

在 MSN 中利用摄像头进行视频通信主要
有两种情况：向对方发送自己的视频画面和双
方视频通话。

1．向对方发送自己的视频画面

向对方发送自己的视频画面主要有以下几
种方法。

方法 1：通过"对话"窗口按钮。

在"对话"窗口中单击工具栏中的
按钮，在弹出的菜单中选择【发送网络摄像
机画面（没有音频）】菜单命令，如图 5-70
所示。

图 5-70　单击按钮

方法 2：通过"对话"窗口菜单。

在"对话"窗口中选择【操作】→【音
频 / 视频】→【发送网络摄像机画面（没有音
频）】菜单命令，如图 5-71 所示。

图 5-71　选择菜单命令

方法 3：通过 MSN 窗口右键菜单。

在 MSN 窗口中选择一个联系人，单击鼠
标右键，在弹出的快捷菜单中选择【音频 / 视
频】→【发送网络摄像机画面（没有音频）】
菜单命令，如图 5-72 所示。

方法 4：通过 MSN 窗口菜单。

在 MSN 窗口中选择【操作】→【音频 /
视频】→【发送网络摄像机画面（没有音频）】
菜单命令，打开"发送我的网络摄像机画面"
对话框，选择一个联系人进行视频通信，如图
5-73 所示。

图 5-72　使用右键菜单

图 5-73　选择视频通信的联系人

2．双方视频通话

双方视频通话主要有以下几种方法。

方法 1：通过"对话"窗口菜单。

在"对话"窗口中选择【操作】→【音频/视频】→【开始视频通话】菜单命令。

方法 2：通过"对话"窗口按钮。

在"对话"窗口中单击工具栏中的 ⬛ 按钮，在弹出的菜单中选择【开始视频通话】菜单命令，如图 5-74 所示。

方法 3：通过 MSN 窗口右键菜单。

在 MSN 窗口中选择一个联系人，单击鼠标右键，在弹出的快捷菜单中选择【音频/视频】→【开始视频通话】菜单命令。

图 5-74　单击按钮

方法 4：通过 MSN 窗口菜单。

在 MSN 窗口中选择【操作】→【音频/视频】→【开始视频通话】菜单命令，打开"开始视频通话"对话框，选择一个联系人进行视频通信，如图 5-75 所示。

图 5-75　选择视频通信的联系人

5.4.4　传送文件

使用 MSN 可以和世界各地的联机联系人进行文件传输。传送文件的具体操作如下。

1 执行以下任意一种操作方法打开选择需传送文件的对话框。

◈ 在"对话"窗口中选择【文件】→【发送文件或照片】菜单命令，如图 5-76 所示。

◈ 在"对话"窗口中选择【操作】→【发送文件或照片】菜单命令，如图 5-77

所示。

图 5-76　选择【文件】菜单命令

图 5-77　选择【操作】菜单命令

◈ 在 MSN 窗口中选择【操作】→【发送其他内容】→【发送文件或照片】菜单命令，如图 5-78 所示。

图 5-78　选择菜单命令

◈ 在 MSN 窗口中选择【文件】→【发送文件或照片】菜单命令，打开"发送文件或照片"对话框，选择一个联系人传送文件，如图 5-79 所示。

图 5-79　选择传送文件的联系人

◈ 在 MSN 窗口中选择一个联系人，单击鼠标右键，在弹出的快捷菜单中选择【发送其他内容】→【发送文件或照片】菜单命令，如图 5-80 所示。

图 5-80　使用右键菜单

◈ 通过"对话"窗口按钮：在"对话"窗口中单击工具栏中的　按钮。

⒉ 打开选择文件对话框，选择需要传送的文件，单击 打开(O) 按钮，如图 5-81 所示。

⒊ 联系人的桌面上将打开"对话"窗口，显示如图 5-82 所示的信息，单击"接受"超级链接。

图 5-81　选择文件对话框

图 5-82　接受文件传送

4 MSN 开始传送文件，并显示传送进度，完成后显示信息，如图 5-83 所示。

📖📖 **考场点拨**

选择联系人和发送的文件这两个步骤在传送文件的操作中必不可少，考试中缺少任意一个，该题都无法完成，也不能得到该考题的分数。

图 5-83　完成文件传送

5.4.5　发送电子邮件

在 MSN 中可以调用收发电子邮件客户端工具向联系人发送电子邮件，不但能向联机的联系人发送，也可以向脱机的联系人发送，其具体操作如下。

主要有以下几种方法。

方法 1：通过"对话"窗口菜单命令。

在"对话"窗口中选择【操作】→【发送电子邮件】菜单命令，可在打开的网页中向当前的联系人发送电子邮件，如图 5-84 所示。

图 5-84　选择菜单命令

方法 2：通过 MSN 窗口右键菜单。

在 MSN 窗口中选择一个联系人，单击鼠标右键，在弹出的快捷菜单中选择【发送其他内容】→【发送电子邮件】菜单命令，可在打开的网页中向选择的联系人发送电子邮件，如图 5-85 所示。

图 5-85　使用右键菜单

方法3：通过 MSN 窗口菜单命令。

使用该方法发送邮件，还必须在打开的对话框中选择联系人，其具体操作如下。

① 在 MSN 窗口中选择【操作】→【发送其他内容】→【发送电子邮件】菜单命令，如图 5-86 所示。

图 5-86　选择菜单命令

② 打开"发送电子邮件"对话框，选择一个联系人发送电子邮件，单击 确定 按钮，如图 5-87 所示。

图 5-87　选择发送电子邮件的联系人

③ 打开 IE 浏览器窗口，进入 MSN 账户所在邮箱的网页，在该页面中即可向选择的联系人发送电子邮件，如图 5-88 所示。

图 5-88　发送电子邮件

5.4.6　共享应用程序

共享应用程序是指通过 MSN 使其他用户可以查看或使用自己计算机中的某个或全部应用程序。共享应用程序需要打开"我的活动"菜单，主要有以下几种方法。

方法 1：通过"对话"窗口菜单命令。

在"对话"窗口中选择【操作】→【开始一个活动】菜单命令，如图 5-89 所示。

图 5-89　选择菜单命令

方法 2：通过 MSN 窗口右键菜单。

在 MSN 窗口中选择一个联系人，单击鼠标右键，在弹出的快捷菜单中选择【开始一个活动】菜单命令，如图 5-90 所示。

方法 3：通过 MSN 窗口菜单命令。

在 MSN 窗口中选择【操作】→【开始一个活动】菜单命令，打开"开始一个活动"对话框，选择一个联系人进行应用程序的共享，如图 5-91 所示。

图 5-90　使用右键菜单

图 5-91　选择共享的联系人

添加"活动"菜单后，在"对话"窗口中单击工具栏中的 按钮即可共享应用程序，其具体操作如下。

1️⃣ 在"对话"窗口中单击工具栏中的 按钮，在弹出的菜单中选择【应用程序共享】菜单命令，如图 5-92 所示。

2️⃣ 联系人的桌面上将打开"对话"窗口，显示如图 5-93 所示的信息，单击"接受"超级链接。

3️⃣ 打开"正共享会话"对话框，单击 按钮，如图 5-94 所示。

4️⃣ 打开"共享-无"对话框，在其中的列表框中选择需要共享的应用程序，单击 共享(S) 按钮，如图 5-95 所示。

图 5-92　选择菜单命令

图 5-93　接受程序共享

图 5-94　"正共享会话"对话框

图 5-95　选择共享的应用程序

5.4.7 多用户通信

在 MSN 中两联系人进行通信时，也可以邀请其他联系人加入，开始多用户通信，主要有以下两种方法。

方法 1：通过按钮。

在 MSN "对话" 窗口中单击 按钮，打开 "邀请某人到该对话" 对话框，选择一个联系人邀请其加入通信，单击 确定 按钮即可，如图 5-96 所示。

图 5-96 选择联系人

方法 2：通过菜单命令。

在 "对话" 窗口中选择【操作】→【邀请一个联系人加入此对话】菜单命令，如图 5-97 所示，打开 "邀请某人到该对话" 对话框，选择一个联系人邀请其加入通信。

图 5-97 选择联系人

5.4.8 自测练习及解题思路

1．测试题目

第 1 题 向 caiyiyi 发送消息 "今天晚上六点在十陵大饭店共进晚餐"。

第 2 题 在上一题发送的消息中添加表情 "笑脸 :)" 表情符。

第 3 题 向联机用户老白发送即时消息 "最近都在干什么?"，并且后跟困惑的笑脸图标符号。

第 4 题 更改发送字体为行楷，大小为 20，颜色为蓝色。

第 5 题 给 caiyiyi 发送自己的照片文件。

第 6 题 向老白发送我的文档中名为 "工作计划 .doc" 的文件。

第 7 题 和 caiyiyi 进行音频聊天。

第 8 题 在当前界面上用鼠标操作，终止和对方老白的音频对话，操作时不允许通过工具栏。

第 9 题 和 caiyiyi 进行视频聊天。

第 10 题 在当前界面上用鼠标操作，邀请好友老白进行视频对话，操作时不允许通过菜单栏。

第 11 题 在当前界面上通过鼠标操作（不通过菜单栏）向脱机用户 baily@sina.com 发送一封电子邮件，主题为 "会议通知"，邮件主要内容为 "明天下午 2 点 30 分在会议室开会"，输入顺序为先输入主题，再输入邮件内容。

第 12 题 在当前界面上通过鼠标（不用菜单栏）操作，把 "我的文档" 下的文件 "会议记录 .doc" 发送给联机用户老白。

2. 解题思路

第1题 在 MSN 登录后的主界面中，可以双击联机的联系人"caiyiyi"，打开发送消息的界面，在发送栏内输入欲发送的信息。

第2题 单击发送框和接收框中间的表情符所在的按钮，弹出列表框，在其中选择笑脸表情符。

第3题 解题思路同第1题和第2题。

第4题 在"对话"窗口中单击"字体"按钮，打开"更改我的消息字体"对话框。

第5题 单击工具栏中的"发送文件或照片"按钮，从打开的窗口中选择要发送的照片。

第6题 单击工具栏中的"发送文件或照片"按钮，从打开的窗口中选择要发送的文件。

第7题 双击联机的联系人"caiyiyi"，打开发送消息的界面，在"对话"窗口中单击"开始交谈"按钮。

第8题 选择【操作】→【停止音频】菜单命令。

第9题 选择联系人"caiyiyi"，单击鼠标右键，在弹出的快捷菜单中选择【音频/视频】→【发送网络摄像机画面（没有音频）】菜单命令。

第10题 解题思路同第9题。

第11题 选择联系人"baily@sina.com"，单击鼠标右键，在弹出的快捷菜单中选择【发送其他内容】→【发送电子邮件】菜单命令。

第12题 选择联系人老白，单击鼠标右键，在弹出的快捷菜单中选择【发送其他内容】→【发送文件或照片】菜单命令。

5.5 设置MSN

考点分析：设置 MSN 是本章的另一个考试重点，通常题量也较大。本章知识点中，除了设置常规选项以前没有在考试中出现过，其他知识点都陆续考查过。

学习建议：重点掌握设置用户状态、个人信息、隐私选项和连接选项的相关操作。

5.5.1 打开"选项"对话框

设置 MSN 通常可以在"选项"对话框中进行，打开"选项"对话框主要有以下两种方法。

方法1：通过按钮打开。

在 MSN 窗口中单击用户状态按钮，在弹出的菜单中选择【个人设置】菜单命令，如

图 5-98 所示。

图 5-98 单击状态按钮

方法2：通过菜单命令打开。

在 MSN 窗口中选择【工具】→【选项】菜单命令，如图 5-99 所示。

图 5-99　选择菜单命令

5.5.2　设置用户状态

用户登录到 MSN 后，默认显示的状态为"联机"，用户可以根据需要将其设置为"忙碌"、"马上回来"、"外出就餐"、"离开"、"接听电话"和"脱机"等。设置用户状态主要有以下几种方法。

方法 1：通过菜单命令设置。

在 MSN 窗口中选择【文件】→【我的状态】菜单命令，弹出状态选择菜单，选择一种状态即可，如图 5-100 所示。

方法 2：通过状态按钮设置。

在 MSN 窗口中单击用户状态按钮，弹出状态选择菜单，选择一种状态即可，如图 5-101 所示。

方法 3：通过联机图标设置。

启动 MSN 后，会在 Windows 桌面右下角任务栏中出现 MSN 联机图标，通过它也可设置用户状态。

图 5-100　选择菜单命令

图 5-101　单击状态按钮

下面将 MSN 设置为"外出就餐"状态，其具体操作如下。

1 在 Windows 桌面上单击右下角任务栏中的 MSN 联机图标，从弹出的菜单中选择【我的状态】→【外出就餐】菜单命令，如图 5-102 所示。

2 从当前窗口或其他用户的 MSN 联系人列表中即可看到设置为外出就餐状态效果，如图 5-103 所示。

图 5-102　选择菜单命令

图 5-103　外出就餐状态

别如下。

图 5-104　"个人信息"选项卡

◆ 在"我的显示名称"栏的文本框中输入相应的内容，可以设置让其他联系人看到的名称和个人消息；如果选中"在个人消息中显示 Windows Media Player 正在播放的歌曲信息"复选框，则 MSN 将具有该行文字说明的特性。

◆ 在"我的公共档案文件"栏中单击"创建或修改您的公共档案文件（其他人能看到的您的自述）"右侧的 编辑档案文件 按钮，打开相应的网页，在其中可以设置其他人看到的公共档案文件。

◆ 在"我的状态"栏中选中第一个复选框，可以设置一定时间后将用户状态自动显示为"离开"；选中第二个复选框，则在运行全屏程序时，用户状态自动显示为"忙碌"。

◆ 在"我的网络摄像机画面"栏中选中"允许其他人看到我有网络摄像机"复选框，

考场点拨

各种设置用户状态的操作比较简单，考试时要求通过状态栏联机图标进行操作的可能性相对小一些，考生可先选择菜单命令和状态按钮的方法。

5.5.3　设置个人信息

　　设置个人信息可以在"选项"对话框的"个人信息"选项卡中进行，如图 5-104 所示。"个人信息"选项卡中主要包括"我的显示名称"栏、"我的显示图片"栏、"我的公共档案文件"栏、"我的状态"栏和"我的网络摄像机画面"栏的设置，各区域的作用分则开启网络摄像机后，其他联系人能够看到我的网络摄像机。

◆ 在"我的显示图片"栏中选中"显示我的显示图片并允许其他人查看"复选框，单击 更改图片(C)... 按钮，打开"我的显示图片"对话框，在其中可以设置其他人看到的显示图片。

下面以设置显示名称和图片为例讲解设置个人信息的方法，其具体操作如下。

1 在 MSN 窗口中选择【操作】→【选项】菜单命令。

2 打开"选项"对话框，单击"个人信息"选项卡，在"我的显示名称"栏的"键入让联系人看到的个人消息"文本框中输入相应信息"我是小菜"，在"我的显示图片"栏中单击 更改图片(C)... 按钮，如图 5-105 所示。

图 5-105 设置个人信息

3 打开"我的显示图片"对话框，单击 浏览(B)... 按钮，如图 5-106 所示。

4 打开"选择显示图片"对话框，选择所需图片，单击 打开(O) 按钮，如图 5-107 所示。

5 连续单击 确定 按钮，设置后的效果如图 5-108 所示。

图 5-106 "我的显示图片"对话框

图 5-107 选择图片

图 5-108 最终效果

5.5.4 设置隐私选项

设置个人隐私可以在"选项"对话框的"隐私"选项卡中进行，如图5-109所示。"个人信息"选项卡中主要包括"允许和阻止名单"栏和"联系人名单"栏这两个区域的设置，各区域的作用分别如下。

图5-109　"隐私"选项卡

◈ 在"允许和阻止名单"栏中，只有选中"只有位于我的'允许名单'上的人才可以查看我的状态或向我发送消息"复选框，其功能才能使用。

下面将一个联系人设置为阻止查看我的状态，其具体操作。

1 在MSN窗口中选择【操作】→【选项】菜单命令。

2 打开"选项"对话框，单击"隐私"选项卡，在"允许名单"列表框中选择"萧遥"选项，单击 阻止(K) >> 按钮，如图5-110所示。

3 该联系人被移动到"阻止名单"列表框中，单击 确定 按钮，以后该联系人将不会看到本地用户的联机状态。

图5-110　设置阻止

◈ 在"联系人"栏中单击 查看(V)... 按钮，打开对话框，在其中显示了将本用户添加到他们的联系人名单中的用户，如图5-111所示。

图5-111　用户名单

操作提示

如果希望将联系人设置为允许名单,可在"阻止名单"列表框中选择所需的联系人,单击 `<< 允许(L)` 按钮。

5.5.5 设置常规选项

设置常规选项可以在"选项"对话框的"常规"选项卡中进行,如图 5-112 所示。"常规"选项卡中主要包括"登录"栏、"显示联系人"栏、"登录账户和密码"栏和"提高质量"栏这几个区域的设置,各区域的作用分别如下。

图 5-112 "常规"选项卡

◈ 在"登录"栏中有 4 个复选框,分别是:"当我登录到 Windows 时自动运行 Messenger"、"Messenger 启动时打开 Messenger 主窗口"、"连接到 Internet 时允许自动登录"和"Messenger 登录时显示 MSN 今日焦点",选中则 MSN 将具有该行文字说明的特性。其中,只有第一个复选框被选中时,第二个复选框才能被激活。

◈ 在"显示联系人"栏中有两个复选框

和两个单选按钮,分别是:"显示来自他人的显示图片"复选框、"在主窗口中显示联系人的显示图片"复选框、"小缩略图"单选按钮和"大缩略图"单选按钮,选中则 MSN 将具有该行文字说明的特性。其中,只有第二个复选框被选中时,两个单选按钮才能被激活。

◈ 在"登录账户和密码"栏中单击 `更改(C)...` 按钮,打开"存储用户名和密码"对话框,可以在其中设置登录 MSN 的电子邮件账户和密码。

◈ 在"提高质量"栏中选中复选框,可以加入 MSN 官方开展的客户体验改善计划,单击 `更多信息(I)` 按钮,可以打开网页浏览具体信息。

5.5.6 设置连接选项

设置连接选项可以在"选项"对话框的"连接"选项卡中进行,如图 5-113 所示。

图 5-113 "连接"选项卡

"连接"选项卡中主要包括"连接状态"栏、"连接设置"栏和"连接日志"栏这 3 个区域的设置,各区域的作用分别如下。

◈ 在"连接状态"栏中将显示用户是否已经连接 MSN 的服务器和连接方式这两方面的信息。

◈ 在"连接设置"栏中单击 高级设置(S)... 按钮，将打开"选项-高级连接选项"对话框，在其中可以设置 TCP 连接和代理服务器连接的相关信息，如图 5-114 所示。

图 5-114 "选项-高级连接选项"对话框

◈ 在"连接日志"栏中选中"保存服务器连接日志以帮助解决连接问题"复选框，则 MSN 将具有该行文字说明的特性。

📖 **考场点拨**

考查设置连接的方式通常是要求给 MSN 设置 HTTP 代理服务器，并提供 IP 地址和端口号。考生打开"选项-高级连接选项"对话框进行输入即可。

5.5.7 自测练习及解题思路

1．测试题目

第 1 题 把用户状态设置为"忙碌"。

第 2 题 从当前的起始界面开始，通过菜单栏命令，将本机的联机状态设置为"离开"。

第 3 题 设置用户的个人信息，显示图片为"火箭发射"。

第 4 题 设置阻止 caiyiyi 向我发送消息。

第 5 题 给 MSN 设置 HTTP 代理服务器，IP 地址为 192.168.0.1，端口号为 80。

第 6 题 从当前界面开始，通过菜单栏用鼠标操作，进行相关设置，使得连接到 Internet 时允许 MSN 自动登录。

2．解题思路

第 1 题 在 MSN 窗口中选择【文件】→【我的状态】菜单命令，弹出状态选择菜单，选择"忙碌"状态。

第 2 题 在 MSN 窗口中选择【文件】→【我的状态】→【离开】菜单命令。

第 3 题 在"我的显示图片"栏中选中"显示我的显示图片并允许其他人查看"复选框，单击"更改图片"按钮，打开"我的显示图片"对话框。

第 4 题 打开"选项"对话框，单击"隐私"选项卡，在"允许名单"列表框中选择"caiyiiyi"选项，单击"阻止"按钮。

第 5 题 打开"选项"对话框的"连接"选项卡，选中"我使用代理服务器"复选框，在"类型"下拉列表框中选择"HTTP 代理服务器"选项。

第 6 题 在当前界面上选择【工具】→【选项】菜单命令，打开"选项"对话框，进入"常规"选项卡，然后选中"连接到 Internet 时允许自动登录"复选框。

第 **6** 章 ·局域网的应用·

计算机局域网是目前应用广泛的一种网络，其主要特点是地理范围相对集中，连接点数目有一定限制，通常为一个单位所有。通过局域网，用户可以方便地共享外部设备、主机及软件、数据，便于系统的扩展和使用。局域网是组成因特网的基础，本章将讲解局域网连接、设置和如何共享连入 Internet。

6.1 局域网共享接入 Internet

考点分析：通过局域网的方式接入 Internet 是本章知识点的基础，考查的内容不多，主要集中在后面两个小节中，题量在 2～3 道。安装网络适配器的操作是硬件操作，在考试中无法直观看到，所以也不可能出题，但它却是局域网不可缺少的部分和操作，考生也应对其有所了解。

学习建议：熟练掌握添加和设置 TCP/IP 的相关操作。

局域网的地域范围一般较小，它具有距离短、支持多种传输介质、传输速率高、传输质量好、可靠性较高、误码率低等特点，其成本也较低，并且所需的低层协议简单，非常容易实现。

通过局域网可以在计算机之间实现信息交流，共享数据资源和某些外设资源（例如打印机、扫描仪等），实现分布处理及相互通信，而且局域网中的计算机也可以连入 Internet，在企业管理、办公自动化、计算机辅助教学、网吧、联机游戏等多方面已得到了广泛的应用。

通过局域网接入 Internet 要求为每台计算机安装一个网络适配器（网卡），安装该网络适配器的驱动程序并添加相应的网络协议（TCP/IP 等），然后接入局域网，再通过路由器或网关接入 Internet。

6.1.1　DHCP

DHCP（Dynamic Host Con-figuration Protocol，动态主机分配协议）是一个简化计算机 IP 地址分配管理的 TCP/IP 标准协议之一。用户可以利用 DHCP 服务器管理动态 IP 地址分配及其他相关的环境配置工作。

用户接入 Internet 必须有一个 IP 地址，而 IP 地址的分配方式有两种：静态方式和动态方式。静态方式就是把 IP 地址事先分配给用户，该用户单独长期占用属于自己的 IP 地址。在实际情况中即使该用户没有使用网络服务，其他用户也不能使用这个 IP 地址。静态分配方式分配算法比较简单，但在实际使用时可能会存在一些 IP 地址被浪费的现象，比如说对并不经常访问 Internet 或者说不经常使用网络的用户来说，所分配的 IP 地址在大部分时间内没有得到有效利用。

而动态分配方式就可以弥补这个不足。在执行动态 IP 地址分配的网络中，有一台主机运行了 DHCP 服务，这时，这台主机就被称作 DHCP 服务器。当有一台主机加入到网络中时，DHCP 服务器就从自己的 IP 地址数据库中取出一个没有使用的 IP 地址分配给该主机；而当有主机退出网络或关机时，DHCP 服务器就收回分配给它的 IP 地址，放回自己的数据库中，以供其他主机使用。

使用 DHCP 协议，不仅降低了管理员管理 IP 地址的负担，同时也避免了因手工设置 IP 地址和子网掩码所产生的错误和冲突。

6.1.2　DNS服务

DNS（Domain Name Server，域名服务器）是将网络中的主机名和域名转换为 IP 地址的服务器。Internet 是通过计算机的 IP 地址来标识每一台计算机的，网络中的每台计算机都有唯一的 IP 地址。由于 IP 地址是采用数字表示的，不方便记忆，为了向用户提供一种直观的主机标识符，TCP/IP 提供了域名服务，为网络中的每台计算机设置一个唯一的域名，通过它，用户就可以很方便地记忆了，如新浪网站的域名为"www.sina.com.cn"。

不过网络中的计算机之间还是通过 IP 地址建立连接的，因此 TCP/IP 通过 DNS 服务器将用户输入的域名转换成相对应的 IP 地址，然后根据 IP 地址找到要访问的网站进行访问。局域网中的 DNS 服务器通常都是局域网中的主机或者路由器。

6.1.3　安装网络适配器

网络适配器也叫网卡，安装网络适配器主要有两个方面的工作：一个是网络适配器硬件的安装，另一个是驱动程序的安装。

1．安装硬件

由于硬件不同，安装网络适配器的方法也有所不同，主要有以下两种。

- ◈ 主板自带网络适配器：现在很多主板上集成了网络适配器，在计算机组装完成后就自动安装到系统中。
- ◈ 独立网络适配器：独立网络适配器主要有 PCI 网卡和外接 USB 网卡两种，这两种都需要单独安装。

下面以安装 PCI 网卡为例，讲解安装网络适配器硬件的操作，其具体操作如下。

① 关闭计算机断开电源，打开机箱后盖。

② 根据网卡的类型选择 PCI 插槽，用螺丝刀将插槽后面对应的挡板去掉。

③ 将网卡金属接口挡板面向后侧，轻轻放

入机箱对应的插槽内，然后平稳地将网卡向下压入插槽中。

4 用螺丝将网卡固定好，旋入螺丝后再仔细检查一次，看看在固定的过程中网卡与插槽之间是否发生了错位。

5 盖好机箱，旋紧机箱螺丝。

操作提示

用两只手将网卡压入插槽的过程中，压时要稍用些力，直到网卡的引脚全部压入插槽中为止。同时，两手的用力要均匀，不能出现一端压入，而另一端翘起的现象，以保证网卡引脚与插槽之间的正常接触。

2. 安装驱动程序

安装好硬件后，接下来的工作就是安装网络适配器的驱动程序。安装驱动程序非常简单，使用硬件安装向导即可，而且现在Windows XP 操作系统能够识别大部分硬件，自动为其安装驱动程序。安装网络适配器的驱动程序通常有以下两种方法。

方法 1：通过主板驱动安装。

对于集成在主板上的网络适配器，安装主板驱动程序时，会自动安装网络适配器的驱动程序，图 6-1 所示为安装带有网卡驱动程序的主板芯片组驱动程序。

图 6-1　安装主板芯片组驱动程序

方法 2：通过"控制面板"窗口安装。

通过"控制面板"窗口中的"添加硬件"程序图标，打开硬件安装向导单独安装网络适配器的驱动程序，具体操作如下。

1 打开"控制面板"窗口，单击左侧任务窗格中的"切换到经典视图"超级链接，如图 6-2 所示。

图 6-2　打开"控制面板"窗口

2 切换到"控制面板"窗口的经典视图，双击"添加硬件"程序图标，如图 6-3 所示。

图 6-3　双击"添加硬件"程序图标

3 打开"欢迎使用添加硬件向导"对话框，单击 下一步(N) 按钮，如图 6-4 所示。

4 这时系统会自动搜索没有配置驱动程序

的硬件，识别出硬件后并为其安装驱动程序，如图 6-5 所示。

图 6-4　"欢迎使用添加硬件向导"对话框

图 6-5　自动搜索没有配置驱动程序的硬件

📳 安装完成后，在打开的对话框中单击 完成 按钮，结束操作，如图 6-6 所示。

图 6-6　完成安装

6.1.4　设置本地连接

网络适配器的驱动程序安装完成后，默认自动安装 TCP/IP，并添加一个本地连接，此时用户可根据实际情况设置本地连接，以满足需求。

1．重命名连接

重命名连接的方法主要以下 3 种。

方法 1：通过右键菜单进行。

打开"网络连接"窗口，用鼠标右键单击该连接，在弹出的菜单中选择【重命名】菜单命令。

方法 2：通过菜单命令。

打开"网络连接"窗口，选择连接，在窗口中选择【文件】→【重命名】菜单命令，如图 6-7 所示。

图 6-7　选择菜单命令

方法 3：通过任务窗格进行。

打开"网络连接"窗口，选择连接，在窗口左侧的"网络任务"窗格中单击"重命名此连接"超级链接。

2．禁用连接

禁用连接的方法与上面重命名的方法类

似，主要有以下4种。

方法1：打开"网络连接"窗口，用鼠标右键单击该连接，在弹出的菜单中选择【停用】菜单命令。

方法2：打开"网络连接"窗口，选择连接，在窗口中选择【文件】→【禁用】菜单命令，如图6-8所示。

图6-8　选择菜单命令

方法3：打开"网络连接"窗口，选择连接，在窗口左侧的"网络任务"窗格中单击"禁用此网络设备"超级链接。

方法4：打开"网络连接"窗口，双击连接，在打开的该连接"状态"对话框中单击　禁用(D)　按钮，如图6-9所示。

图6-9　打开该连接"状态"对话框

📖 **考场点拨**

考试时，通常要求禁用"本地连接"，而"网络连接"窗口中有可能会出现几个连接，选择时要注意连接的名称。

3. 查看连接状态

建立本地连接后，可查看连接的情况。

1️⃣ 执行以下任意一种操作打开"本地连接状态"对话框。

◆ **通过右键菜单**：打开"网络连接"窗口，用鼠标右键单击该连接，在弹出的菜单中选择【状态】菜单命令。

◆ **通过菜单命令**：打开"网络连接"窗口，选择连接，在窗口中选择【文件】→【状态】菜单命令，如图6-10所示。

图6-10　选择菜单命令

◆ **通过任务窗格**：打开"网络连接"窗口，选择连接，在窗口左侧的"网络任务"窗格中单击"查看此连接的状态"超级链接。

◆ **通过双击**：打开"网络连接"窗口，双击"本地连接"图标。

② 在打开的"本地连接状态"对话框中，可以查看到本地连接的状态、持续时间、连接速度和主机收发数据包的个数等信息。

③ 单击"支持"选项卡，即可查看到主机的 IP 地址、子网掩码和默认网关等数据信息，如图 6-11 所示。

图 6-11 "本地连接 状态"对话框

④ 单击 详细信息(D)... 按钮，在打开的"网络连接详细信息"对话框中可查看到网络驱动器的实际地址（物理地址）和 DNS 服务器的 IP 地址等更详细的信息，如图 6-12 所示。

图 6-12 "网络连接详细信息"对话框

4．设置连接属性

根据需要，用户可对系统自动建立的本地连接重新设置连接属性。

设置本地连接接通后在通知区域显示图标，并启用 Internet 连接防火墙的具体操作如下。

① 打开"网络连接"窗口，使用以下任意一种方法打开"本地连接 属性"对话框。

◈ 通过菜单命令：选择本地连接，在窗口中选择【文件】→【属性】菜单命令，如图 6-13 所示。

图 6-13 选择菜单命令

◈ 通过任务窗格：选择本地连接，在窗口左侧的"网络任务"窗格中单击"更改此连接的设置"超级链接。

◈ 通过双击：双击本地连接，在打开该连接的"状态"对话框中单击 属性(P) 按钮。

◈ 通过右键菜单：用鼠标右键单击本地连接，在弹出的菜单中选择【属性】菜单命令。

② 打开"本地连接属性"对话框，选中"连接后在通知区域显示图标"复选框，如图 6-14 所示。

图 6-14 "本地连接 属性"对话框

③ 单击"高级"选项卡，在"Windows 防火墙"栏中单击 设置(E)... 按钮，如图 6-15 所示。

图 6-15 单击"高级"选项卡

④ 打开"Windows 防火墙"对话框，选中"启用（推荐）"单选按钮，单击 确定 按钮返回"高级"选项卡，继续单击 确定 按钮完成操作，如图 6-16 所示。

考场点拨

考试中所有涉及的连接都应该是"**本地连接**"，所有的操作都应该围绕它来进行。

图 6-16 选中"启用（推荐）"单选按钮

6.1.5 设置TCP/IP属性

设置 TCP/IP 主要包括修改或添加 IP 地址、子网掩码、默认网关、DNS 服务器等，下面分别进行介绍。

1. 常规设置

打开"**本地连接 属性**"对话框，选中"Internet 协议（TCP/IP）"复选框，单击 属性(R) 按钮，即可在打开的对话框中进行 TCP/IP 的属性设置，通常有两种方式。

方法 1：自动设置。

选中"自动获取 IP 地址"单选按钮，可由 DHCP 服务器负则分配 IP 地址，通常使用 ADSL 宽带接入 Internet 就采用这种方式。

方法 2：手动设置。

选中"使用下面的 IP 地址"单选按钮，就可以在下面激活的各个文本框输入相应的信息。

下面为局域网中的一台计算机用手动方法设置 TCP/IP 属性，其具体操作如下。

① 打开"**本地连接 属性**"对话框，选中"Internet 协议（TCP/IP）"复选框，然后单击 属性(R) 按钮，如图 6-17 所示。

图 6-17 "本地连接属性"对话框

2 打开"Internet 协议（TCP/IP）属性"
对话框，选中"使用下面的 IP 地址"单选按钮，
在"IP 地址"文本框中输入本台计算机在局域
网中的 IP 地址，这里输入"192.168.0.2"，在
"子网掩码"文本框中输入"255.255.255.0"，
在"默认网关"和"首选 DNS 服务器"文
本框中输入局域网中主机或路由器的 IP 地址
"192.168.0.1"，单击 确定 按钮，完成操作，
如图 6-18 所示。

图 6-18 进行常规设置

2．高级设置

如果还需要添加或修改另外的 TCP/IP 属
性，可以进行高级设置，主要有以下一些设置
内容。

◆ IP 设置：在"Internet 协议（TCP/IP）
属性"对话框中单击 高级(V)... 按钮，打
开如图 6-19 所示的"高级 TCP/IP 设置"
对话框，在该对话框中可进行添加、修
改或删除 IP 地址和默认网关等操作。

图 6-19 IP 设置

◆ TCP/IP 筛选：在"高级 TCP/IP 设置"
对话框中单击"选项"选项卡，在"可
选的设置"栏中选择"TCP/IP 筛选"选
项，单击 属性(E) 按钮，即可打开如
图 6-20 所示的"TCP/IP 筛选"对话框，
在其中可打开或关闭 TCP/IP 筛选功能。
默认情况下的 TCP、UDP 所有端口和
IP 的所有协议均允许。如果选中"只允
许"单选按钮，可以通过单击 添加...
按钮添加相应的端口和协议，当然也可
以单击 删除(M) 按钮删除相应的选项。

图 6-20 TCP/IP 筛选

◈ WINS 设置：在"高级 TCP/IP 设置"对话框中单击"WINS"选项卡，对 NetBIOS 进行相应的设置，可以启用和禁用 TCP/IP 上的 NetBIOS，如图 6-21 所示。

图 6-21 WINS 设置

6.1.6 自测练习及解题思路

1．测试题目

第 1 题 打开"Internet 协议（TCP/IP）属性"设置界面，把备用 DNS 修改为 192.168.4.1。

第 2 题 设置 TCP/IP 属性手工分配 IP 地址 192.168.1.8，设置 TCP/IP 属性的子网掩码为 255.255.255.0。

第 3 题 设置 TCP/IP 属性筛选 TCP/IP 只允许 TCP 的 80 端口（网页浏览）数据通过。

第 4 题 查看本地连接属性。

第 5 题 设置 TCP/IP 属性筛选 TCP/IP 不允许 UDP 端口的数据通过。

第 6 题 从当前界面开始，打开 TCP/IP 属性设置界面，进行相关设置，让本机通过 DHCP 协议自动获取 IP 地址。

第 7 题 打开"本地连接"的"Internet 协议（TCP/IP）属性"对话框，将 DNS 服务器地址、首选 DNS 服务器地址设置为 "192.168.0.1"，备用 DNS 服务器地址设置为 "192.168.0.55"。

第 8 题 从当前界面开始，打开相应的设置界面，对相关选项进行设置，使得 TCP/IP 上的 NetBIOS 协议被禁用。

2．解题思路

第 1 题 在本地连接属性界面中，打开"Internet 协议（TCP/IP）属性"的"常规"设置界面，在该界面上把备用 DNS 修改为 192.168.4.1。

第 2 题 打开"Internet 协议（TCP/IP）属性"对话框，选中"使用下面的 IP 地址"单选按钮。

第 3 题 打开"TCP/IP 筛选"对话框，选中"只允许"单选按钮，单击 添加… 按钮。

第 4 题 打开"网络连接"窗口，用鼠标右键单击该连接，在弹出的菜单中选择【状态】菜单命令。

第 5 题 打开"TCP/IP 筛选"对话框，选中"只允许"单选按钮。

第 6 题 选中"Internet 协议（TCP/IP）"复选框，然后单击"属性"按钮或按【Alt+R】组合键，在打开的对话框中选中"自动获得

IP 地址"单选按钮。

第7题 在本地连接属性界面中，打开"Internet 协议（TCP/IP）属性"的"常规"设置界面，选中"使用下面的 DNS 服务器地址"单选按钮，激活下面的文本框，然后在其中进行设置。

第8题 在"Internet 协议（TCP/IP）属性"对话框的"常规"选项卡中单击"高级"按钮，在打开的"高级 TCP/IP 设置"对话框中单击"WINS"选项卡，在"NetBIOS 设置"栏中选中"禁用 TCP/IP 上的 NetBIOS（S）"单选按钮。

6.2 共享文件或文件夹

考点分析：共享文件或文件夹是常考知识点，共享网络驱动器在近几年的考试中也较多出现，查找共享的计算机资源并访问其中的文件夹或文件更是出题者较喜欢考查的重点，出题几率很大。

学习建议：本章都是重点，但也是日常中经常使用的操作，所以学习和使用都较简单，建议掌握所有知识点。

6.2.1 共享文件

共享文件的方法很简单，只需将需要共享的文件通过复制操作，粘贴到操作系统的"共享文档"文件夹中，其具体操作如下。

1 选择需要共享的文档，单击鼠标右键，在弹出的快捷菜单中选择【复制】菜单命令。

2 选择【开始】→【我的电脑】菜单命令，打开"我的电脑"窗口，双击"共享文档"文件夹，如图 6-22 所示。

图 6-22 "我的电脑"窗口

3 打开"共享文档"窗口，单击鼠标右键，在弹出的快捷菜单中选择【粘贴】菜单命令，即可将该文件共享。

6.2.2 共享文件夹

计算机中的文件夹作为各种数据存储的基础单位，也能将其设置为共享。下面将 E 盘中的"Job"文件夹设置为共享，其具体操作如下。

1 打开需要共享的文件夹所在的位置，执行以下任意一种操作打开文件夹的属性设置对话框。

◆ 选择需共享的文件夹，单击左侧任务窗格的"共享此文件夹"超级链接。

◆ 选择需共享的文件夹，选择【文件】→【共享和安全】菜单命令。

◆ 在需要共享的文件夹上单击鼠标右键，在弹出的快捷菜单中选择【共享和安全】菜单命令。

2 打开该文件夹的属性对话框，在"网络共享和安全"栏中单击"如果您知道在安全方面的风险，但又不想运行向导就共享文件，请单击此处"超级链接，如图 6-23 所示。

3 打开"启用文件共享"对话框，选中"只启用文件共享"单选按钮，单击 确定 按钮，如图 6-24 所示。

图 6-23　设置共享

图 6-24　"启用文件共享"对话框

④ 返回该文件夹的属性对话框，在"网络共享和安全"栏中选中"在网络上共享这个文件夹"复选框，单击 确定 按钮，如图 6-25 所示。

图 6-25　在网络上共享这个文件夹

操作提示

在"网络共享和安全"栏中选中"允许网络用户更改我的文件"复选框，则局域网中其他用户不仅可以查看共享的文件夹，还可以对其进行编辑，否则不能编辑共享文件夹。

⑤ 共享成功后，可看到该文件夹下方出现一个手形图标，如图 6-26 所示。

图 6-26　共享成功

6.2.3　共享驱动器

共享驱动器的方法与共享文件夹的方法相同，也需要打开驱动器对应的属性设置对话框，其方法有如下两种。

方法 1：选择需共享的驱动器，选择【文件】→【共享和安全】菜单命令。

方法 2：在需要共享的驱动器上单击鼠标右键，在弹出的快捷菜单中选择【共享和安全】菜单命令。

打开如图 6-27 所示的对话框后，单击"如果您知道风险，但还要共享驱动器的根目录，请单击此处"超级链接，在打开对话框的"网络共享和安全"栏中选中"在网络上共享这个文件夹"复选框。

图 6-27　共享驱动器

6.2.4　映射网络驱动器

在网络中直接映射本地驱动器中的某个共享文件夹，将其设置为网络驱动器。如将 F 盘中的"backup"文件夹映射为网络驱动器，其具体操作如下。

1 在"我的电脑"窗口中选择【工具】→【映射网络驱动器】菜单命令，如图 6-28 所示。

图 6-28　选择菜单命令

2 打开"映射网络驱动器"对话框，在"文件夹"下拉列表框中输入网络驱动器指向的共享文件夹位置，单击 完成 按钮，如图 6-29 所示。

图 6-29　共享网络驱动器

3 此时在"我的电脑"窗口中出现了该网络驱动器图标，双击该图标可打开相应的共享文件夹，如图 6-30 所示。

图 6-30　完成映射

6.2.5　查找共享的计算机或资源

查找共享的计算机或资源主要有以下两种方法。

方法 1：通过工作组查找。

在 开始 按钮上单击鼠标右键，在弹出的快捷菜单中选择【资源管理器】菜单命令，打开如图 6-31 所示的窗口，在左侧的窗格中双击相应的选项，展开"Microsoft Windows

Network"目录中所有的工作组，通过它即可进行查找。

图6-31 "资源管理器"窗口

方法2：通过"搜索助理"窗格查找。

打开"资源管理器"窗口，单击工具栏中的🔍搜索按钮（或者在 🏁开始 按钮上单击鼠标右键，在弹出的快捷菜单中选择【搜索】菜单命令），打开"搜索助理"窗格，在其中进行查找。

下面通过"搜索助理"窗格查找IP为"192.168.0.33"的计算机，其具体操作如下。

1 在 🏁开始 按钮上单击鼠标右键，在弹出的快捷菜单中选择【资源管理器】菜单命令，如图6-32所示。

图6-32 选择菜单命令

2 打开"「开始」菜单"窗口，单击工具栏中的🔍搜索按钮，在左侧打开的窗格中单击"计算机或人"超级链接，如图6-33所示。

图6-33 "「开始」菜单"窗口

3 继续单击左侧窗格中的"网络上的一个计算机"超级链接，如图6-34所示。

图6-34 单击超级链接

4 在"计算机名"文本框中输入需查找的计算机的IP地址，单击 搜索(R) 按钮即可搜索到相应的计算机，如图6-35所示。

图6-35 完成搜索

6.2.6 访问共享的文件或文件夹

访问共享的文件或文件夹主要有以下几种方法。

方法1：通过"网上邻居"窗口访问。

双击桌面上的"网上邻居"图标，打开其窗口，从所有与本机连接的计算机名称列表中选择需要访问的文件或文件夹所在的计算机，双击进入其资源窗口。

方法2：通过"我的电脑"窗口访问。

在"我的电脑"窗口的地址栏中直接输入需要访问计算机的计算机名和共享目录名，如图6-36所示。

图6-36 访问共享的文件夹

方法3：通过"运行"对话框访问。

打开"运行"对话框，输入计算机的IP地址和共享目录名。

下面访问IP地址为"192.168.0.36"的计算机中的"资料"文件夹。

1 选择【开始】→【运行】菜单命令。

2 打开"运行"对话框，在"打开"下拉列表框中输入"\\192.168.0.36"，单击 确定 按钮，如图6-37所示。

图6-37 输入IP地址

3 在打开的窗口中可以看到共享的文件夹，如图6-38所示。

图6-38 访问文件夹

操作提示

在"运行"对话框中输入对方的主机名，也可以进行访问。

6.2.7 自测练习及解题思路

1．测试题目

第1题 把D盘中的某个文件夹中的一张图片放到共享文件夹中共享。

第2题 在D盘中使用鼠标右键方式操作，将"热门电影"文件夹设置为共享，设置共享权限为"允许网络用户更改我的文件"。

第3题 一台计算机的"流行音乐"为共享文件，搜索该文件夹。

第4题 通过网上邻居查找 Leo 计算机上共享的文件。

第5题 已知一台计算机的 IP 地址是"192.168.1.55"，通过"我的电脑"窗口的地址栏访问该计算机。

第6题 把 D 盘中的"音乐"文件夹进行网络共享并设置其他网络用户能够读写。

第7题 在 D 盘中使用菜单方式，打开并设置"资料"文件夹在"共享和安全"中本地使用权限的"应用程序权限"为"执行（包括脚本）"。

第8题 通过"搜索助理"，查找 IP 地址为"196.168.0.5"的计算机，并访问"工具软件(D)"。

2. 解题思路

第1题 选择需要共享的文档，单击鼠标右键，在弹出的快捷菜单中选择【复制】菜单命令，到"共享"文件夹中粘贴。

第2题 在"热门电影"文件夹上单击鼠标右键，在弹出的快捷菜单中选择【共享和安全】菜单命令，在打开的对话框中单击"共享"选项卡，在其中进行设置。

第3题 打开"资源管理器"窗口，单击工具栏中的 🔍搜索按钮，输入"流行音乐"。

第4题 双击桌面上的"网上邻居"图标，打开其窗口，从所有与本机连接的计算机名称列表中选择需要访问的文件或文件夹所在的计算机 Leo，双击进入其资源窗口。

第5题 在"我的电脑"窗口的地址栏中直接输入"192.168.1.55"。

第6题 鼠标右键单击"音乐"文件夹，在弹出的快捷菜单中选择【共享与安全】菜单命令，在打开的对话框中选中"在网络上共享这个文件夹"复选框和"允许网络用户更改我的文件"复选框。

第7题 选择"资料"文件夹，选择【文件】→【共享和安全】菜单命令，在打开的"资料 属性"对话框中，进入"Web 共享"选项卡，选中"共享文件夹"单选按钮，在弹出对话窗中的"应用程序权限"栏中选中"执行（包括脚本）"单选按钮。

第8题 进入搜索助理界面，单击"计算机或人"超级链接，单击"网络上的一个计算机"超级链接，然后进行设置。

6.3 共享网络打印机

考点分析：共享网络打印机经常考查的知识点不多，历次考试中出现过的只有两个，考生应该争取得到相应的分数。

学习建议：熟练掌握共享本地打印机和添加网络打印机的方法。

6.3.1 共享本地打印机

共享本地打印机的具体操作如下。

1 选择【开始】→【打印机和传真】菜单命令，打开"打印机和传真"窗口，在其中可看到安装的本地打印机，如图 6-39 所示。执行以下任意一种操作共享打印机。

图6-39 "打印机和传真"窗口

◆ 在已安装的打印机图标上单击鼠标右键，在弹出的快捷菜单中选择【共享】菜单命令。

◆ 选择需共享的打印机，单击左侧任务窗格的"共享此打印机"超级链接。

◆ 选择需共享的打印机，选择【文件】→【共享】菜单命令。

◆ 选择需共享的打印机，选择【文件】→【属性】菜单命令，在打开的对话框中单击"共享"选项卡。

操作提示

如果在"打印机和传真"窗口中有多台打印机，也可将其全部设置为共享。

[2] 打开该打印机对应的共享设置对话框，选中"共享这台打印机"单选按钮，然后在"共享名"文本框中输入共享名称，这里输入"打印机"，单击 其他驱动程序(D)... 按钮，如图6-40所示。

[3] 打开"其他驱动程序"对话框，在其中选中"Windows 95、98和ME"复选框，单击

确定 按钮，如图6-41所示。

图6-40 设置打印机属性

操作提示

因为局域网中的各台计算机使用的操作系统可能不同，所以要为打印机设置其他驱动程序。

图6-41 选择其他驱动程序

[4] 在打开的对话框中单击 浏览(B)... 按钮选择驱动程序文件位置，单击 确定 按钮开始安装驱动程序，如图6-42所示。

图 6-42　安装驱动程序

⑤ 安装完成后单击 确定 按钮，这时打印机图标下方出现一个手形图标，表示该打印机在网络上已经共享，如图 6-43 所示。

图 6-43　共享本地打印机

6.3.2　添加网络打印机

局域网中的打印机，可对其进行添加，从而使本地计算机即使没有连接打印机，也能拥有打印的功能。下面添加"WALLACE"用户共享的网络打印机，其具体操作如下。

① 选择【开始】→【打印机和传真】菜单命令，如图 6-44 所示。

② 打开"打印机和传真"窗口，在左侧的窗格中单击"添加打印机"超级链接，如图 6-45 所示。

图 6-44　选择菜单命令

图 6-45　"打印机和传真"窗口

③ 打开"添加打印机向导"对话框，单击 下一步(N) > 按钮，如图 6-46 所示。

④ 打开"本地或网络打印机"对话框，选中"网络打印机或连接到其他计算机的打印机"单选按钮，单击 下一步(N) > 按钮，如图 6-47 所示。

图 6-46　添加打印机向导

图 6-47　"本地或网络打印机"对话框

5 打开"指定打印机"对话框，单击
下一步(N)>按钮，如图 6-48 所示。

图 6-48　"指定打印机"对话

6 打开"浏览打印机"对话框，选择需要添

加的网络打印机，单击 下一步(N)> 按钮，如图 6-49
所示。

图 6-49　"浏览打印机"对话框

7 在打开的对话框中单击 是(Y) 按钮，
如图 6-50 所示。

图 6-50　确认打印机

8 打开"正在完成添加打印机向导"对话
框，单击 完成 按钮，如图 6-51 所示。

图 6-51　完成添加

9 完成添加网络打印机后，可在"打印机
和传真"窗口中看到添加的网络打印机，如
图 6-52 所示。

图 6-52 完成添加

6.3.3 自测练习及解题思路

1．测试题目

第 1 题 已知本地计算机上有一台惠普打

印机，共享该打印机。

第 2 题 已知计算机 leo 上有一台惠普共享打印机，添加该共享打印机。

第 3 题 从当前"打印机和传真"窗口界面开始，使用左侧选项按钮，设置本地打印机"惠普打印机"为网络打印机。

2．解题思路

第 1 题 按照共享本地打印机的方法进行操作。

第 2 题 按照添加网络打印机的方法进行操作。

第 3 题 选择打印机后，单击左侧窗口中的"共享此打印机"超级链接，在打开的对话框中进行设置。

6.4 管理局域网中的用户

考点分析：这一考点在考试中所占题量为 1 ～ 2 道，需要掌握的知识点不多。考生应认真学习，争取拿到这个考点的全部分数，冲击高分。

学习建议：熟练掌握如何添加用户账号、删除用户账号、创建和更改密码、设置账号类型以及管理用户组的方法。

6.4.1 管理用户账号

对于用户账号的管理主要包括添加用户账号和更改用户账号两个方面的内容。

1．添加用户账号

添加用户账号主要有两种方法。

方法 1：通过右键菜单添加。

在"我的电脑"图标上单击鼠标右键，在弹出的快捷菜单中选择【管理】菜单命令，打

开"计算机管理"窗口，在左侧的窗格中展开"本地用户和组"选项，选择"用户"选项，如图 6-53 所示。选择【操作】→【新用户】菜单命令，打开"新用户"对话框，输入新用户的相关信息，单击 创建(E) 按钮。

图 6-53 "计算机管理"窗口

方法2：通过"控制面板"窗口添加。

通过"控制面板"窗口中的"用户账号"选项，根据创建向导添加。下面通过控制面板添加一个名为"飓风"的计算机管理员账户。

1 选择【开始】→【控制面板】菜单命令，单击"用户账户"超级链接，如图6-54所示。

图 6-54　控制面板

2 打开"用户账户"窗口，单击"创建一个新账户"超级链接，如图6-55所示。

图 6-55　"用户账户"窗口

3 打开"为新账户起名"窗口，在"为新账户键入一个名称"文本框中输入新账户的名称，这里输入"飓风"，单击 下一步(N) > 按钮，如图6-56所示。

4 打开"挑选一个账户类型"窗口，选中"计算机管理员"单选按钮，单击 创建帐户(C) 按钮，如图6-57所示。

图 6-56　"为新账户起名"窗口

图 6-57　"挑选一个账户类型"窗口

5 设置的账户被创建，同时返回"用户账户"窗口主页中，在"或挑一个账户做更改"栏中显示添加的账户的名称及其账户类型，如图6-58所示。

图 6-58　完成添加

2. 更改用户账号

打开"用户账户"窗口，在"或挑一个账户做更改"栏中单击需要修改的账户，通过单击相应的超级链接，在打开的窗口中即可进行相应的更改。主要可以更改以下几方面内容。

◆ 创建密码：单击"创建密码"超级链接，在打开的窗口的文本框中输入密码和密码提示后，单击 创建密码(C) 按钮，如图6-59所示。

图 6-59　创建密码

◆ 更改名称：单击"更改名称"超级链接，在打开的窗口的文本框中输入新的名称后，单击 改变名称(C) 按钮，如图6-60所示。

图 6-60　更改名称

◆ 更改账户权限：单击"更改账户类型"

超级链接，在打开的窗口中可更改该账户的管理员或受限权限，如图6-61所示。

图 6-61　更改账户权限

◆ 删除账户：单击"删除账户"超级链接，在打开的窗口中单击 删除文件(N) 按钮，如图6-62所示。

图 6-62　删除账户

◆ 更换账户图片：单击"更改图片"超级链接，在打开的窗口中选择所需的图片后单击 更改图片(C) 按钮。

更换账户的图片的具体操作如下。

1 打开"用户账户"窗口，单击"飓风"账户打开"您想更改"飓风"的账户的什么?"窗口，单击"更改图片"超级链接，如图6-63所示。

图 6-63　选择操作

2 打开"为 飓风 的账户挑选一个新图像"窗口，在列表框中选择所需的图片"beach.bmp"，单击 更改图片(C) 按钮，如图 6-64 所示，完成更换账户图片的操作。

图 6-64　更换图片

 操作提示

单击该窗口下方的"浏览图片"超级链接，在打开的对话框中可以选择保存在计算机中的任意一幅图片作为账户头像。

6.4.2　管理用户组

管理用户组主要是添加与删除用户，这里以添加组中的用户为例，其具体操作如下。

1 单击"开始"按钮，在"我的电脑"图标上单击鼠标右键，在弹出的快捷菜单中选择【管理】菜单命令，如图 6-65 所示。

图 6-65　选择菜单命令

2 打开"计算机管理"窗口，在左侧的窗格中单击"本地用户和组"选项前的 + 按钮，展开该组，再选择其中的"组"选项。

3 在右侧的窗格中选择一个用户组，这里选择"Users"组，在其上单击鼠标右键，在弹出的快捷菜单中选择【属性】菜单命令，如图 6-66 所示。

图 6-66　选择快捷菜单

4 打开"Users 属性"对话框，单击 添加(D) 按钮，如图 6-67 所示。

图 6-67 "User 属性"对话框

⑤ 打开"选择用户"对话框，单击 [高级(A)...] 按钮，如图 6-68 所示。

图 6-68 "选择用户"对话框

⑥ 展开"选择用户"对话框，单击 [立即查找(N)] 按钮，即可显示本地用户列表，选择一个用户，单击 [确定] 按钮，如图 6-69 所示。

⑦ 连续单击 [确定] 按钮，即可将该用户添加到该用户组中。

📖 **考场点拨**

针对这个考点的题型通常为在某个用户管理组中添加或者删除某个用户。考试时，应该先选择指定的用户管理组，接着打开该组的属性对话框，然后再进行添加或删除操作。

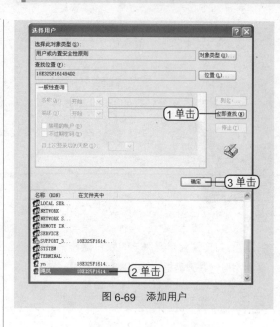

图 6-69 添加用户

6.4.3 自测练习及解题思路

1．测试题目

第 1 题 添加一个类型是计算机管理员的用户 Tom。

第 2 题 更改计算机管理员用户 Tom 类型为受限用户，并设置密码。

第 3 题 在用户管理组中删除 Tom 用户。

第 4 题 打开"计算机管理"窗口，为"Users"组添加用户"Huanghaibo"。

第 5 题 通过控制面板的经典视图，更改用户"Huanglong"的账户类型为计算机管理员。

2．解题思路

第 1 题 在"我的电脑"图标上单击鼠标右键，在弹出的快捷菜单中选择【管理】菜单命令，打开"计算机管理"窗口，在左侧的窗格中展开"本地用户和组"选项，选择"用户"选项，选择【操作】→【新用户】菜单命令。

打开"新用户"对话框，输入新用户的相关信息，单击 创建(E) 按钮。

第2题 打开"用户账户"窗口，在"或挑一个账户做更改"栏中单击 Tom 账户，单击"更改账户类型"超级链接，在打开的窗口中可更改该账户的权限。单击"创建密码"超级链接，在打开的窗口的文本框中输入密码和密码提示。

第3题 在"我的电脑"图标上单击鼠标右键，在弹出的快捷菜单中选择【管理】菜单命令，打开"计算机管理"窗口，双击"本地用户和组"目录，再单击"组"选项，在 Administrators 组中单击鼠标右键，在弹出的快捷菜单中选择【属性】菜单命令，打开"属性"对话框。在"属性"对话框中，选择需要删除的 Tom，再单击 删除(R) 按钮。

第4题 在"我的电脑"图标上单击鼠标右键，在弹出的快捷菜单中选择【管理】菜单命令，打开"计算机管理"窗口，双击"本地用户和组"目录，再单击"组"选项，在 Users 组中单击鼠标右键，在弹出的快捷菜单中选择【属性】菜单命令，打开"属性"对话框，在该对话框中参见 6.4.2 小节中的内容进行设置。

第5题 选择【开始】→【控制面板】菜单命令，打开"控制面板"窗口，切换到经典视图。双击"用户账户"选项，在打开的"用户账户"窗口中选择"Huanglong"用户，在打开的窗口中单击"更改我的账户类型"超级链接，在打开的窗口选中"计算机管理员"单选按钮。

第 7 章 ·Windows安全设置·

随着计算机技术的快速发展，在日常生活和工作中，用户可以使用计算机来完成的工作种类也越来越多，因此，许多用户开始重视计算机在使用中的安全问题。本章将主要介绍 Windows 的安全设置，包括 Windows 防火墙和 Windows 自动更新的设置及使用方法。

本章考点

☑ **要求掌握的知识**
  ▣ Windows 防火墙的设置
☑ **要求熟悉的知识**
  ▣ Windows 自动更新的设置和使用
☑ **要求了解的知识**
  ▣ 密码策略的设置
  ▣ 账户锁定策略的设置

7.1 Windows防火墙

考点分析：Windows 防火墙考查的知识点不多，操作也比较简单，考试中一般会出现 2～3 道题。考生应该争取得到所有题目的分数。

学习建议：熟练掌握设置 Windows 防火墙的相关操作。

7.1.1 启用Windows防火墙

防火墙是计算机与外界（如 Internet）之间的一个保护屏障。为了保证计算机的安全，任何信息的进入或流出，都必须经过防火墙的过滤。

为了帮助用户维护计算机的安全，Windows XP 提供了 Windows 防火墙。下面通过"Windows 防火墙"对话框启用 Windows 防火墙，其具体操作如下。

1 单击 按钮，在弹出的"开始"菜单中选择【控制面板】菜单命令，打开 Windows "控制面板"窗口。

2 在经典视图中双击"安全中心"选项，打开"Windows 安全中心"窗口，如图 7-1 所示。

图 7-1 "控制面板"窗口

3 单击"Windows 防火墙"超级链接，打开"Windows 防火墙"对话框，如图 7-2 所示。

图 7-2　"Windows 安全中心"窗口

4 单击"常规"选项卡，选中"启用（推荐）"单选按钮，单击 [确定] 按钮，启用 Windows 防火墙，如图 7-3 所示。

图 7-3　启用 Windows 防火墙

☀ **操作提示**

"不允许例外"复选框的含义是不允许有任何"例外"程序能够通过 Windows 防火墙。因此，一般情况下在启用 Windows 防火墙时，不需要选中该复选框，如果选中会导致某些程序无法正常工作。如果要设置允许通过 Windows 防火墙的程序，可以参见本章后面的内容进行设置。

7.1.2　关闭Windows防火墙

当计算机中安装有其他防火墙软件时，可以选择关闭 Windows 防火墙。

通过"Windows 防火墙"对话框关闭 Windows 防火墙的方法是：在"Windows 防火墙"对话框的"常规"选项卡中选中"关闭（不推荐）"单选按钮，然后单击 [确定] 按钮，如图 7-4 所示。

图 7-4　关闭 Windows 防火墙

7.1.3　允许程序通过Windows防火墙

启用 Windows 防火墙后，在默认情况下，它将阻止除基本网页浏览和邮件收发之外的任何程序访问 Internet。

如"QQ2011"程序在第一次访问计算机网络时，Windows 防火墙将打开"Windows 安全警报"提示对话框，提示用户是否阻止该程序访问网络，如图 7-5 所示。

"Windows 安全警报"提示对话框中包含了 3 个按钮，其含义分别如下。

◈ 保持阻止：表示阻止该程序访问计算机网络。

◆ 解除阻止：表示允许该程序访问计算机网络，同时将此程序设置为允许通过 Windows 防火墙。解除阻止后，在"Window 防火墙"对话框的"例外"选项卡中将列出该程序。

◆ 稍后询问：表示暂时保持阻止状态，稍后将再次询问用户。

图 7-5　Windows 安全警报

用户可根据需要自定义设置允许程序和服务通过 Windows 防火墙。下面以将"腾讯QQ2011"程序设置为例外为例，其具体操作如下。

1 打开"Windows 防火墙"对话框，进入"例外"选项卡，单击 添加程序(R)... 按钮，打开"添加程序"对话框，如图 7-6 所示。

图 7-6　"例外"选项卡

2 在"程序"列表框中选择"腾讯QQ2011"选项，单击 确定 按钮，如图 7-7 所示。

图 7-7　选择需添加的程序

3 返回"Windows 防火墙"对话框的"例外"选项卡，在"程序和服务"列表框中即可查看到"腾讯 QQ2011"已被设置为例外程序，如图 7-8 所示。

图 7-8　查看"例外"程序和服务

4 单击 按钮，应用设置。

☀ **操作提示**

在"添加程序"对话框中列出了计算机中的应用程序，若需要添加的应用程序未出现在列表中，可单击 浏览(B)... 按钮，在打开的"浏览"对话框中查找需要添加的程序。

7.1.4　使用安全日志

安全日志用于记录计算机的成功连接尝试和不成功连接尝试等内容，它可以作为故障排除工具，为用户维护计算机的安全提供依据。

下面是设置 Windows 防火墙安全日志记录的具体操作。

1 打开"Windows 防火墙"对话框，单击"高级"选项卡，单击"安全日志记录"栏中的 设置(S)... 按钮，打开"日志设置"对话框，如图 7-9 所示。

图 7-9　选择设置选项

2 在"记录选项"栏中选中"记录成功的连接"复选框，在"大小限制（KB）"数值框中输入"1024"，如图 7-10 所示。

图 7-10　"日志设置"对话框

3 单击 确定 按钮，返回"Windows 防火墙"对话框，单击 确定 按钮，应用设置。

7.1.5　自测练习及解题思路

1．测试题目

第 1 题　启用 Windows 防火墙。

第 2 题　关闭 Windows 防火墙。

第 3 题　将计算机中的"迅雷"程序设置为允许 Windows 防火墙通过的程序。

第 4 题　在当前的"安全中心"窗口中，设置 Windows 防火墙的日志记录成功的连接，并将日志记录大小限制为 2 048KB。

2．解题思路

第 1 题　打开"Windows 防火墙"对话框，选中"启用（推荐）"单选按钮。

第 2 题　打开"Windows 防火墙"对话框，选中"关闭（不推荐）"单选按钮。

第 3 题　打开"Windows 防火墙"对话框，切换到"例外"选项卡，在"程序和服务"列表框中选中"Thunder"复选框。。

第 4 题　在"安全中心"窗口中单击"Windows 防火墙"超级链接，在打开的"Windows 防火墙"对话框中单击"高级"选项卡，在"安全日志记录"栏中单击 设置(S)... 按钮，在打开的"日志设置"对话框中进行设置。

7.2　Windows自动更新

考点分析：这是一个常考的知识点，但题量较少，一般有 1～2 道题，操作也比较简单，主要考查设置 Windows 自动更新的操作。

学习建议：重点掌握设置 Windows 自动

更新的相关操作。

7.2.1 设置Windows自动更新

为了帮助用户随时更新操作系统，保持系统的安全状态，Windows XP 提供了自动更新工具。

设置 Windows 自动更新可通过"自动更新"对话框进行，其打开方法为：单击"控制面板"窗口中的"安全中心"选项，再在"Windows 安全中心"窗口中单击"自动更新"超级链接，即可打开该对话框，如图 7-11 所示。

图 7-11 "自动更新"对话框

在"自动更新"对话框中提供了 4 个设置 Windows 自动更新的选项，其中各选项的含义如下。

◈ 自动（建议）：Windows 自动检查更新，并自动下载和安装更新。若设置为该种方式自动更新 Windows 系统，计算机接入 Internet 后，系统将自动检查是否有最新的更新，并按照设置的日期和时间自动安装更新。

◈ 下载更新，但是由我来决定什么时候安装：Windows 自动检查并下载可用更新，下载完成后询问用户是否需要安装更新。

◈ 有可用下载时通知我，但是不要自动下载或安装更新：Windows 自动检查更新，若有可用更新时，询问用户是否下载和安装，并可根据需要具体选择下载和安装哪些更新。

◈ 关闭自动更新：Windows 不会自动检查更新，也不会自动下载和安装更新。

7.2.2 自动更新系统

下面以选择"下载更新，但是由我来决定什么时候安装"为 Windows 自动更新的方式为例，自动更新 Windows 系统，其具体操作如下。

1 系统自动更新检测到更新程序后在后台自动下载，并显示图标 🛡️，如图 7-12 所示。

图 7-12 自动下载更新程序

2 下载完成后将鼠标指针移至图标 🛡️ 上将弹出消息框："已经为您的计算机准备好更新。单击此处安装这些更新。"，此时单击图标 🛡️，如图 7-13 所示。

图 7-13 完成下载

3 打开"自动更新"对话框，选择安装方式，默认选中"快速安装（推荐）"单选按钮，单击 安装 按钮，如图 7-14 所示。

图 7-14　快速安装

④ 打开接受许可协议对话框，单击 我接受(A) 按钮，如图 7-15 所示。

图 7-15　接受许可协议

⑤ 此时将开始安装更新，并显示安装进度，完成后将打开"自动更新"提示对话框，提示用户更新安装完成，并询问是否重启计算机，根据需要单击相应的按钮即可。

☀ **操作提示**

在选择安装更新方式的对话框中，"自定义安装（高级）"单选按钮表示用户可以具体选择安装哪些更新。选择该方式后，用户可查看当前可用更新，每个更新的大小、概述和链接等相关信息。

7.2.3　自测练习及解题思路

1．测试题目

第1题　在当前"安全中心"窗口中，开启 Windows 自动更新。

第2题　将 Windows 自动更新设置为"自动更新"。

第3题　在当前窗口中，开启 Windows 自动更新，设置在有可用下载时通知用户，但是不自动下载或安装更新。

2．解题思路

第1题　选择系统推荐的自动更新方式。

第2题　在"自动更新"对话框中选中"自动（建议）"单选按钮。

第3题　单击"自动更新"超级链接，打开"自动更新"对话框，选中"有可用下载时通知我，但是不要自动下载或安装更新。"单选按钮。

7.3　密码策略和账户锁定策略

考点分析：本节内容为常考考点，主要考查密码策略和账户锁定策略的设置，题量较少，一般有 1～2 道题，操作较为简单。

学习建议：熟练掌握设置密码策略和账户锁定策略的方法。

7.3.1　设置密码策略

密码策略用于域和本地用户账户，用来

确定密码设置策略。密码策略包括强制密码历史、密码最长存留期、密码最短存留期、密码长度最小值、密码必须符合复杂性和为域中的所有使用可还原的加密来存储密码。

下面对"密码策略"进行设置，其具体操作如下。

1 打开 Windows"控制面板"窗口，切换至经典视图，双击"管理工具"选项，打开"管理工具"窗口，如图 7-16 所示。

图 7-16　打开"管理工具"窗口

2 双击"本地安全策略"选项，打开"本地安全设置"窗口，如图 7-17 所示。

图 7-17　打开"本地安全设置"窗口

3 单击左侧列表中"账户策略"选项前的加号，展开"账户策略"选项，选择"密码策略"选项，如图 7-18 所示。

图 7-18　选择"密码策略"选项

4 在右侧的列表中选择需要设置的密码策略项目，这里选择"密码最长存留期"选项，然后选择【操作】→【属性】菜单命令，打开"密码最长存留期 属性"对话框，如图 7-19 所示。

图 7-19　选择设置项目

5 单击"本地安全设置"选项卡，在"密码过期时间"数值框中输入"10"，如图 7-20所示。

☀ **操作提示**

打开项目属性对话框还可通过如下几种方式实现：选择设置项目后，单击工具栏中的"属性"按钮；在需设置的项目上单击鼠标右键，在弹出的快捷菜单中选择【属性】菜单命令；用鼠标直接双击需要设置的项目。

图 7-20　设置密码最长存留期

⑥ 单击 "解释此设置" 选项卡，在其中可查看设置该项目的注意事项和该项目的设置含义，单击 确定 按钮应用设置，如图7-21所示。用相同的方法即可设置其他密码策略项目。

图 7-21　完成设置

7.3.2　设置账户锁定策略

账户锁定策略用于域或本地账户，确定某个账户被锁定在系统之外的情况和时间长短。

账户锁定策略包括账户锁定阈值、账户锁定时间和复位账户锁定计数器。

下面对 "账户锁定策略" 进行设置，具体操作如下。

① 打开 "本地安全设置" 窗口，单击左侧列表中 "账户策略" 选项前的加号 +，展开 "账户策略" 选项，选择 "账户锁定策略" 选项，如图 7-22 所示。

图 7-22　选择 "账户锁定策略" 选项

② 在右侧的列表中选择需要设置的账户锁定策略项目，这里选择 "账户锁定阈值" 选项，然后在其上单击鼠标右键，在弹出的快捷菜单中选择【属性】菜单命令，打开 "账户锁定阈值 属性" 对话框，如图7-23 所示。

图 7-23　选择设置项目

③ 单击 "本地安全设置" 选项卡，在 "次无效登录" 前的数值框中输入 "3"，如图7-24所示。

图 7-24　设置账户锁定阈值

4 单击"解释此设置"选项卡，在其中可查看设置该项目的注意事项和该项目的设置含义，单击 确定 按钮应用设置，如图 7-25 所示。用相同的方法可设置其他账户锁定策略项目。

图 7-25　完成设置

📖 **考场点拨**

在考试中，有时会出现关于 Internet 安全选项设置的题目，实际上就是考查设置 IE 浏览器的相关操作，考生可以参见前面第 2 章 2.6 节的讲解进行练习。

7.3.3　自测练习及解题思路

1．测试题目

第 1 题　在当前"管理工具"窗口中，设置 Windows 密码策略，将密码最长存留期设置为 30 天。

第 2 题　在当前"本地安全设置"窗口中，通过工具栏设置 Windows 密码策略，停用密码必须符合复杂性要求。

第 3 题　从当前界面开始，设置 Windows 账户锁定策略，将账户锁定阈值设置为 5 次。

第 4 题　在当前"管理工具"窗口中，通过右键菜单设置 Windows 账户锁定策略，将账户锁定时间设置为 40 分钟。

2．解题思路

第 1 题　打开"本地安全设置"窗口，选择"密码策略"选项中的"密码最长存留期"选项，双击打开其属性对话框，在其中的"密码过期时间"数值框中输入"30"。

第 2 题　选择"密码策略"下的"密码必须符合复杂性要求"选项，单击工具栏中的"属性"按钮📇，在打开的"密码必须符合复杂性要求 属性"对话框中选中"已禁用"单选按钮。

第 3 题　在"本地安全设置"窗口中选择"账户锁定策略"选项下的"账户锁定阈值"选项，打开其属性对话框，在"次无效登录"前的数值框中输入"5"。

第 4 题　打开"本地安全设置"窗口，右键单击"账户锁定策略"选项中的"账户锁定时间"选项，在弹出的快捷菜单中选择【属性】菜单命令，在打开的对话框中的"账户锁定时间"数值框中输入"40"。

第 **8** 章 ▸使用杀毒软件◂

杀毒软件是常用的安全工具软件，正确使

本章考点

☑ **要求掌握的知识**

　　▪ 手动杀毒、右键杀毒和在线
　　　杀毒的方法

　　▪ 定时杀毒、文件实时防毒和高
　　　级防御等综合设置的设置方法

　　▪ 为系统打分的方法

　　▪ 扫描并修补漏洞的方法

　　▪ 文件粉碎器、垃圾文件清理和历
　　　史痕迹清理安全工具的使用方法

☑ **要求熟悉的知识**

　　▪ 应急 U 盘的创建方法、可疑
　　　文件扫描和病毒隔离系统的
　　　应用方法

　　▪ 反垃圾邮件的设置

　　▪ 恶意软件查杀的方法

　　▪ U 盘病毒免疫工具的使用方法

☑ **要求了解的知识**

　　▪ 屏保杀毒和毒霸精灵的使用方法

　　▪ 日志查看器的使用方法

　　▪ 综合设置中的屏保杀毒、嵌
　　　入式防毒、隐私保护和其他
　　　设置的设置方法

　　▪ 反垃圾邮件设置中关键字过
　　　滤和语言过滤的设置方法

　　▪ 在线系统诊断的方法

用杀毒软件可有效地查杀和防止各种病毒、木马和恶意程序。本章将主要介绍金山毒霸2008 杀毒软件的使用。

■ **8.1** 　使用金山毒霸软件查杀病毒

　　考点分析：使用金山毒霸软件查杀病毒是考查的重点，应重点掌握各种查杀病毒的操作方法，争取在考试中得到相应的分数。

　　学习建议：熟练掌握手动查杀、右键查杀和在线查杀病毒的操作方法。

　　计算机病毒是用户在日常使用计算机时所面临的主要威胁之一。对于绝大多数用户而言，使用杀毒软件是处理计算机病毒的主要方法。本节将主要介绍使用不同的方法查杀计算机病毒的方法。

8.1.1　手动查杀及其设置

1．手动查杀

　　下面是使用金山毒霸手动查杀计算机病毒的具体操作。

　　❶ 用鼠标双击桌面上的"金山毒霸"快捷图标，启动金山毒霸 2008，进入其操作界面，在"快捷方式"栏中选择查杀范围，如选择"我的文档"选项，如图 8-1 所示，然后执行以下任一操作，即可对选择的目标进行杀毒。

◈ 单击 按钮。

◈ 选择【操作】→【查杀病毒木马】菜单
命令。

图 8-1　选择查杀范围

2 此时将打开提示框提示"正在扫描您计
算机中的恶意软件…",如图 8-2 所示。

图 8-2　打开提示框

3 扫描完成后程序将自动切换到全面杀毒
界面,并进行杀毒,如图 8-3 所示。

图 8-3　进入病毒查杀状态

4 扫描结束后将打开查杀结果界面,在
其中将显示扫描的结果,如图 8-4 所示。单击
按钮,完成手动查杀病毒。

图 8-4　完成病毒查杀

☀ 操作提示

除了可以通过"快捷方式"方式选择手动查杀病毒
的范围外,还可以通过"指定路径"来查杀病毒,
其方法是在启动金山毒霸后,单击"安全起点站"
选项卡中的"指定路径"选项卡,在其中可指定查
杀病毒的对象,如图 8-5 所示。

图 8-5　指定查杀病毒路劲

2．设置手动查杀

下面是设置手动查杀的具体操作。

1 启动金山毒霸杀毒软件后，选择【工具】→【综合设置】菜单命令，打开"综合设置 - 杀毒设置"对话框，如图8-6所示。

图8-6　选择"综合设置"命令

2 在左侧窗格中选择"手动杀毒"选项，在窗口右侧的"发现病毒时的处理方式"栏中选中"自动清除（推荐）"单选按钮，在"清除失败后的动作"下拉列表框中选择"隔离"选项，如图8-7所示。

图8-7　设置手动查杀

3 单击 高级(V)... 按钮，打开"手动杀毒 - 高级设置"对话框，在该对话框中可对手动杀毒进

行高级设置，这里保持默认设置不变，如图8-8所示。依次单击 确定 按钮，应用设置。

图8-8　手动查杀高级设置

8.1.2　右键查杀

右键方式杀毒是金山毒霸中一种比较快捷的杀毒方法。使用金山毒霸右键杀毒的方法是，选中需要查杀病毒的文件或文件夹后，在其上单击鼠标右键，在弹出的快捷菜单选择中【使用金山毒霸进行扫描】菜单命令，如图8-9所示，此时即可对选择的文件或文件夹进行杀毒操作。

图8-9　使用右键杀毒

8.1.3　在线查杀

下面介绍使用金山毒霸在线杀毒的功能查杀病毒，其具体操作如下。

1 启动金山毒霸杀毒软件后，选择【操作】→【金山毒霸在线查毒】菜单命令，此时将打开金山在线杀毒页面并弹出控件安装框，如图8-10所示。

图 8-10　选择【金山毒霸在线查毒】命令

2 单击控件安装框，在弹出的菜单中选择【为此计算机上的所有用户安装此加载项】菜单命令，如图 8-11 所示。

图 8-11　选择安装控件

3 此时将打开"安全警告"对话框，单击 安装(I) 按钮，如图 8-12 所示。

图 8-12　安装控件

4 页面刷新后，单击"快速查杀"按钮，如图 8-13 所示。

图 8-13　选择查杀方式

5 此时系统开始自动杀毒病毒，并显示查杀进度，如图 8-14 所示。

图 8-14　在线快速扫描系统

8.1.4　设置定时查杀

金山毒霸的"定时查杀"功能能自动执行用户定制的查杀任务。下面介绍设置定时查杀的方法，其具体操作如下。

1 启动金山毒霸软件，然后选择【工具】→【综合设置】菜单命令，打开"综合设置 - 杀毒设置"对话框，在左侧窗格中选择"定时杀毒"选项。

2 在右侧窗格中选中"加载设置"栏中的"启动定时杀毒"复选框，此时将激活"方案设置"栏，用于选择查杀间隔周期，或设置具体的开始日期及时间，如图 8-15 所示。

图 8-15　设置定时杀毒

3 单击 确定 按钮，应用设置后，金山毒霸将从 2011 年 3 月 4 日开始，在每天的 17 点 30 分开始进行定时杀毒操作。

8.1.5　设置屏保查杀

金山毒霸的"屏保查杀"功能可充分利用计算机的空闲时间，在不影响用户工作的情况下自动扫描，以确保计算机免受病毒的危害。

下面介绍设置屏保查杀的方法，其具体操作如下。

1 选择【工具】→【综合设置】菜单命令，在打开对话框左侧窗格中选择"屏保杀毒"选项。

2 在右侧窗格中的"自动防护"栏中选中"将毒霸专用屏保作为系统当前屏保"复选框，此时将激活"发现病毒时的处理方式"栏，选中"通知并让用户选择处理"单选按钮，如图 8-16 所示。

3 单击 高级(V) 按钮，打开"屏保杀毒 - 高级设置"对话框，这里保持默认设置，依次

单击 确定 按钮，应用屏保杀毒设置。

图 8-16　设置屏保杀毒

8.1.6　自测练习及解题思路

1．测试题目

第 1 题　在金山毒霸 2008 中进行设置，使手动杀毒时扫描注册表。

第 2 题　对金山毒霸进行设置，设置在清除病毒前将文件备份至隔离区，处理压缩包内的病毒，启用精细查毒模式。

第 3 题　使用金山毒霸的右键杀毒功能，扫描 D 盘中的"软件工具"文件夹。

第 4 题　设置金山毒霸从当前日期开始，在每周日 12 点准时查杀病毒。

2．解题思路

第 1 题　打开"综合设置 - 杀毒设置"对话框，在左侧窗格中选择"手动杀毒"选项，在右侧窗格中"需要扫描的其他内容"栏中选中"注册表（推荐）"复选框。

第 2 题　打开"综合设置 - 杀毒设置"对话框，在左侧窗格中选择"手动杀毒"选项，

单击右侧窗格中的 高级(V)... 按钮，在打开的对话框选中选中"清除病毒设置"栏中的所有复选框，然后选中"扩展扫描设置"栏中的"启用精细查毒模式"复选框。

第3题 进入D盘，找到"软件工具"文件夹，在其上单击鼠标右键，在弹出的快捷菜单中选择【使用金山毒霸进行扫描】菜单命令。

第4题 打开"综合设置 - 杀毒设置"对话框，在左侧窗格中选择"定时杀毒"选项，在右侧的窗格中选中"加载设置"栏中的"启动定时杀毒"复选框，在"方案设置"栏中选中"每周"单选按钮，在其后的下拉列表框中选择"周日"选项，在"开始时间"数值框中输入"12:00"。

8.2 使用金山毒霸软件预防病毒

考点分析：本节内容为常考知识点，题量较大，知识点也较多，涉及金山毒霸软件的防毒设置，包括文件实时防毒、高级防御、邮件监控和网页防挂马等内容。

学习建议：仔细学习本节内容，掌握所有知识点。

8.2.1 使用文件实时防毒

"金山毒霸文件实时防毒"功能可以在后台监控对文件的所有操作，发现并拦截带病毒文件的访问并停止对该文件访问的进程活动。

1. 启动文件实时防毒

启动金山毒霸文件实时防毒主要有以下几种方法。

方法1：通过开机自动启动。

打开"金山毒霸 - 综合设置"对话框，在左侧窗格中选择"文件实时防毒"选项，在右侧的"自动防护"栏中选中"开机自动运行文件实时防毒"复选框，单击 确定 按钮应用设置，如图8-17所示。

方法2：通过金山毒霸软件启动。

打开金山毒霸软件主界面，单击"监控和防御"选项卡，在"监控"栏中选择"文件实时防毒"选项，在右侧的"文件实时防毒"栏中单击"启动"超级链接，启动文件实时防毒，

如图8-18所示。

图8-17 设置开机启动文件实时防毒

图8-18 启动文件实时防毒

方法3：通过金山毒霸最小化图标启动

右键单击 Windows 任务栏中状态区的程序图标，在弹出的快捷菜单中选择【打开文件实时防毒】菜单命令即可，如图 8-19 所示。

图 8-19　通过最小化图标启动

2. 退出文件实时防毒

退出金山毒霸文件实时防毒主要有以下几种方法。

方法1：通过金山毒霸最小化图标停止

右键单击 Windows 任务栏状态区的程序图标，在弹出的快捷菜单中选择【关闭文件实时防毒】菜单命令即可，如图 8-20 所示。

图 8-20　通过最小化图标退出

方法2：通过金山毒霸软件退出

打开金山毒霸软件的主界面，单击"监控和防御"选项卡，在"监控"栏中选择"文件实时防毒"选项，在右侧的"文件实时防毒"栏中单击"关闭"超级链接，关闭文件实时防毒，如图 8-21 所示。

图 8-21　关闭文件实时防毒

3. 设置文件实时防毒

下面介绍设置文件实时防毒的方法，其具体操作如下。

❶ 执行以下任一操作，打开"综合设置 - 防毒设置"对话框。

◈ 打开金山毒霸软件的主界面，选择【工具】→【综合设置】菜单命令，在打开对话框的左侧窗格中选择"文件实时防毒"选项。

◈ 打开金山毒霸软件的主界面，单击"监控和防御"选项卡，在"监控"栏中选择"文件实时防毒"选项，在右侧的"文件实时防毒"栏中单击"详细设置"超级链接。

❷ 在"需要检查的文件类型"栏中选中"所有文件"单选按钮，在"发现病毒时的处理方式"栏中选中"自动清除（推荐）"单选按钮，在其下的"清除失败后的动作"下拉列表中选择"隔离"选项，如图 8-22 所示。

❸ 单击 高级(V)... 按钮，打开"文件实时防毒 - 高级设置"对话框，在"清除病毒设置"栏中选中"清除前将文件备份至隔离区（推荐）"复选框，依次单击 确定 按钮应用设置，如图 8-23 所示。

图 8-22　设置文件实时防毒

图 8-24　启动高级防御功能

下面是设置高级防御的具体操作。

1 打开"综合设置 - 防毒设置"对话框，在左侧窗格中选择"高级防御"选项。

2 在"自我防护"栏中选中"开机自动运行自我防护（推荐）"复选框，在"恶意行为拦截"栏中选中"开机自动运行恶意行为拦截（推荐）"复选框，单击 确定 按钮应用设置，如图 8-25 所示。

图 8-23　文件实时防毒高级设置

8.2.2　使用高级防御

金山毒霸的自我保护及恶意行为检测功能对网络黑客传播的一些专门针对杀毒软件的病毒及相关恶意技术能作出准确监测，保护金山毒霸的病毒查杀和监控程序的正常运行，防止计算机受到侵袭。

启动金山毒霸的高级防御功能的方法是：打开金山毒霸软件的主界面，单击"监控和防御"选项卡，在"防御"栏中选择"恶意行为拦截"选项，在右侧的"恶意行为拦截"栏中单击"启动"超级链接，如图 8-24 所示。

图 8-25　设置高级防御

8.2.3　使用邮件监控

金山毒霸邮件监控功能具有双重过滤机

制，可以双向拦截邮件病毒，从而实现高效过滤垃圾邮件。

启动金山毒霸邮件监控有如下两种方法。

方法1：通过"综合设置"对话框启动。

在"综合设置 - 防毒设置"对话框左侧的窗格中选择"邮件监控"选项，然后选中"开机自动运行邮件监控（推荐）"复选框。

方法2：通过金山毒霸软件启动。

在"监控和防御"选项卡中的"邮件监控"栏中单击"启动"超级链接。

下面介绍设置邮件监控的方法，其具体操作如下。

1 打开"综合设置 - 防毒设置"对话框，在左侧窗格中选择"邮件监控"选项。

2 在"扫描选项"栏中可设置扫描的邮件类型和范围。如选中"扫描接收邮件中的病毒邮件"复选框和"扫描接收邮件的垃圾邮件"复选框，单击 确定 按钮，如图8-26所示。

图8-26　设置邮件监控

8.2.4　使用垃圾邮件过滤

金山毒霸反垃圾邮件组件可以和Outlook Express 6.0结合使用，实现自动分类垃圾邮件

和正常邮件。

1．使用垃圾邮件过滤

当在计算机中安装金山毒霸软件后，在首次启动Outlook Express 6.0程序时，将自动进入金山毒霸反垃圾邮件的设置向导。下面介绍垃圾邮件过滤的安装方法，其具体操作如下。

1 双击桌面上的快捷图标 ，启动Outlook Express，此时将自动打开"金山毒霸反垃圾邮件设置向导"对话框，单击 下一步(N) 按钮，如图8-27所示。

图8-27　设置向导对话框

2 打开"导入邮件地址"对话框，这里保持默认设置，单击 下一步(N) 按钮，如图8-28所示。

图8-28　设置导入邮件地址

3 稍后将自动开始导入邮件地址，完成后打开"向导设置完成"对话框，单击 完成 按钮，完成垃圾邮件过滤的安装。

4 打开 Outlook Express 的主界面，可查看到文件夹列表中出现名为"金山毒霸识别的垃圾邮件"的文件夹，同时在工具栏上出现"垃圾邮件"、"正常邮件"和"过滤选项"3 个按钮，如图 8-29 所示。

图 8-29　反垃圾邮件过滤组件

下面分别介绍反垃圾邮件过滤组件在 Outlook Express 中的作用。

◆"金山毒霸识别的垃圾邮件"文件夹：该文件夹用于存放被金山毒霸识别出的垃圾邮件。

◆"垃圾邮件"按钮：选中"收件箱"文件夹中的一封邮件后，单击该按钮即可将该邮件移至"金山毒霸识别的垃圾邮件"文件夹中。

◆"正常邮件"按钮：选中"金山毒霸识别的垃圾邮件"文件夹中一封邮件，单击该按钮即可将该邮件移至"收件箱"文件夹中。

◆"过滤选项"按钮：单击该按钮即可打开"金山毒霸反垃圾邮件设置"对话框，如图 8-30 所示。

2．设置反垃圾邮件

金山毒霸反垃圾邮件的设置主要有以下几个方面的内容。

图 8-30　金山毒霸反垃圾邮件设置

◆"常规"选项：在其中可设置自动启动金山毒霸反垃圾邮件功能并默认启动自动更新。另外，还可对反垃圾邮件的级别进行设置，推荐设置为中等级别。

◆"安全发件人"选项：在其中可添加允许接收邮件的发件人地址和域名，并进行编辑或删除；还可以从地址簿或指定的文件夹发件人或收件人地址导入安全发件人地址，如图 8-31 所示。

图 8-31　添加安全发件人地址

◆"禁止的地址"选项：在其中可添加认为是垃圾邮件的发件人地址和域名，并进行编辑或删除；还可从指定的邮件文件发件人或收件人地址导入禁止的地址，并选择当 Outlook Express 退出时清空金山毒霸反垃圾邮件文件夹。

◆"关键字过滤"选项：在其中可设定允许或禁止的关键字，根据邮件中的标题和正文分别作自定义，来添加、编辑或删除关键字列表项。

◆ "语言过滤"选项：在其中可根据邮件使用的语言进行垃圾邮件的设置，当接收到未被选中的语言的电子邮件时，该邮件将被视为垃圾邮件。

◆ "其它"选项：在其中可根据需要进行其他处理选项及弹出窗口设置，并设置端口。

◆ "备份和恢复"选项：在其中可根据需要备份和恢复所做的各种设置。

8.2.5　使用网页防挂马

正常网页有可能被黑客利用添加非法代码，并利用浏览器的漏洞进行传播，当使用浏览器浏览此类网页时，浏览器便会自动下载木马程序、病毒和其他恶意程序等到用户的计算机中。网页防挂马作用就是在浏览器访问这类挂马网页时，有效地拦截并阻止病毒下载和创建病毒进程的过程，从而保护浏览器的安全。

打开"监控和防御"选项卡，单击"网页防挂马"栏中的"详细设置"超级链接，即可打开"综合设置 - 防毒设置"窗口，单击 网页防挂马设置(T) 按钮，在进入的金山清理专家的网页防挂马页面中即可对其进行设置，如图 8-32 所示。

图 8-32　设置网页防挂马

8.2.6　使用嵌入式防毒

金山毒霸的嵌入式防毒功能可嵌入到 Office 应用程序和用户使用的聊天工具中，防止病毒入侵，确保工作和交流的安全。

下面介绍嵌入式防毒的综合设置，其具体操作如下。

1 打开金山毒霸主界面，选择【工具】→【综合设置】菜单命令，打开"金山毒霸 - 综合设置"对话框。

2 选择"嵌入式防毒"选项，选中"扫描下载运行的 ActiveX 控件"复选框，选中"聊天工具嵌入防毒"栏中的所有复选框，如图 8-33 所示。

图 8-33　设置嵌入式防毒

3 单击 确定 按钮，应用设置后嵌入防毒将自动运行，保护应用程序的运行免受病毒侵袭。

8.2.7　设置隐私保护

金山毒霸的隐私保护功能可以阻止病毒、木马、间谍软件或其他恶意程序未经认证而使用电子邮件来盗取或收集的隐私数据，如网游账号、密码、电话号码和银行账号等重要的数据，从而保障用户隐私数据的安全性。

下面介绍设置隐私保护的方法，其具体操作如下。

1 打开金山毒霸主界面，选择【工具】→【综合设置】菜单命令，打开"金山毒霸 - 综合设置"对话框。

2 选择"隐私保护"选项，选中"采用密码保护隐私数据和选项设置"复选框，单击"设置密码"超级链接，打开"设置密码"对话框，如图 8-34 所示。

图 8-34　开启密码保护

3 在"新密码"和"确认新密码"文本框中输入需要设置的密码，单击 确定 按钮，如图 8-35 所示。

图 8-35　设置密码

4 返回综合设置对话框，选中"开启隐私保护功能"复选框，并添加需要保护的数据后，单击 应用(A) 按钮，界面将变为如图 8-36 所示。

此后每次设置隐私保护选项时都需要输入密码。

图 8-36　设置密码

☀ **操作提示**

设置隐私保护的内容后，当发送邮件时程序会自动监测，发现邮件中包含了设置的保护内容时，将弹出气泡窗口提示，用户可决定是否继续发送该邮件。另外，在设置时要注意先启动邮件监控，才能使用隐私保护功能。

8.2.8　自测练习及解题思路

1．测试题目

第 1 题　在金山毒霸邮件监控的反垃圾邮件设置中，添加安全发件人"abc@xx.com"。

第 2 题　在金山毒霸中适当设置，将安全邮件发件人的邮箱 abc@xx.com 更改为"123@test.com"。

第 3 题　从当前界面开始，关闭金山毒霸的 ICQ 聊天防毒，开启 MSN 的聊天防毒，扫描下载运行的 ActiveX 控件。

第 4 题　在金山毒霸中定义反垃圾邮件级别为最高，并在 Outlook Express 工具栏中显示反垃圾邮件工具条。

第5题 从当前界面开始，为金山毒霸开启密码保护隐私数据和选项设置，并设置密码为"123456"。

第6题 在金山毒霸2008中启动文件实时防毒和网页防挂马防御功能。

2．解题思路

第1题 在"综合设置"对话框中选择"邮件监控"选项，单击 反垃圾邮件设置(T) 按钮，在打开的"金山毒霸反垃圾邮件设置"对话框中选择"安全发件人"选项，然后单击 添加... 按钮，在打开的对话框中进行设置。

第2题 选择"金山毒霸反垃圾邮件设置"对话框中"安全发件人"选项，在列表框中选择"abc@xx.com"选项，然后单击 编辑... 按钮，在打开的对话框中进行修改。

第3题 选择"嵌入式防毒"选项，然后

选中"扫描下载运行的ActiveX控件"复选框，取消选中"开启ICQ聊天防毒"复选框，选中"开启MSN聊天防毒"复选框。

第4题 选择"金山毒霸反垃圾邮件设置"对话框中的"常规"选项，选中"在Microsoft Outlook Express工具栏上显示金山反垃圾邮件工具条。"复选框，用鼠标向上拖动"级别设置"栏的滑块 至"最高级别"。

第5题 选择【工具】→【综合设置】菜单命令，打开"综合设置"对话框，选择"隐私保护"选项，然后选中"采用密码保护隐私数据和选项设置"复选框，单击其后的"设置密码"超级链接，在打开的"设置密码"对话框中设置密码。

第6题 在金山毒霸软件的主界面中单击"监控和防御"选项卡，在"监控"栏中选择"文件实时防毒"选项，然后在"文件实时防毒"栏中单击"启动"超级链接。用相同的方法开启网页防挂马功能。

8.3 金山毒霸软件中工具软件的使用

考点分析：该考点在考试中一般不会过多地考查，题量较少，一般有1～2道题，操作也比较简单，因此比较容易得分。

学习建议：仔细学习本节内容，熟悉所有知识点。

8.3.1 使用日志查看器

利用金山毒霸的"日志记录"功能可以准确地记录每天查杀病毒操作的详细信息，包括查杀时间、查杀类型、记录信息、病毒名称和处理方式等。

打开"金山毒霸日志查看器"窗口主要有如下两种方法。

方法1：选择【开始】→【金山毒霸2008

杀毒套装】→【金山毒霸工具】→【日志查看器】菜单命令。

方法2：在金山毒霸软件的主界面中选择【工具】→【日志查看器】菜单命令，打开"金山毒霸日志查看器"窗口，如图8-37所示。

图8-37 金山毒霸日志查看器

下面介绍设置金山毒霸日志查看器的方法，其具体操作如下。

1 在"金山毒霸日志查看器"窗口中选择【文件】→【设置】菜单命令，打开"设置"对话框。

2 单击"设置"选项卡，在该选项卡中可设置最大日志文件的大小，以及日志达到设置的最大值时金山毒霸对日志的操作。如在"最大日志文件大小"数值框中输入"20"，选中"用新日志覆盖旧日志"单选按钮，如图8-38所示。

图8-38 "设置"对话框

3 单击"显示"选项卡，在"请选择日志查看器每页显示的日志条数"下拉列表框中选择"全部"选项，如图8-39所示。

图8-39 设置日志显示条数

4 单击 确定 按钮，应用金山毒霸日志查看器的设置。

8.3.2 创建应急U盘

金山毒霸的"应急U盘"功能可帮助系统进入一个安全无毒的环境进行杀毒。若Windows系统被病毒感染造成不能启动时，或

计算机系统文件被破坏时，便可以使用"应急U盘"来对Windows系统进行杀毒。

下面介绍创建金山毒霸应急U盘的方法，其具体操作如下。

1 执行以下任一操作，打开"金山毒霸应急U盘创建程序"对话框，如图8-40所示。

◆ 在金山毒霸软件的主界面中选择【工具】→【创建应急U盘】菜单命令。

◆ 选择【开始】→【所有程序】→【金山毒霸2008杀毒套装】→【金山毒霸工具】→【创建应急U盘】菜单命令。

图8-40 "金山毒霸应急U盘创建程序"对话框

2 单击 下一步(N) 按钮，打开"制作声明"对话框，选中"我已经仔细阅读了这份声明"复选框，单击 下一步(N) 按钮，如图8-41所示。

图8-41 接受制作声明

3 打开"制作参数"对话框，这里保持默认设置，单击 下一步(N) 按钮，如图8-42所示。

图 8-42 设置制作参数

4 此时将开始创建应急 U 盘，并显示创建进度，完成后打开创建完成对话框，单击 完成 按钮完成创建，如图 8-43 所示。

图 8-43 完成应急 U 盘的创建

8.3.3 使用病毒隔离系统

金山毒霸"病毒隔离系统"功能可隔离 3 类文件：第 1 种是在杀毒软件过程中，发现病毒，但不能查杀的染毒文件；第 2 种是感染了未知病毒的文件；第 3 种是高度怀疑但不确定是否含有病毒的可疑文件。

启动病毒隔离系统工具有如下几种方法。

方法 1：选择【开始】→【所有程序】→【金山毒霸 2008 杀毒套装】→【金山毒霸工具】→【病毒隔离系统】菜单命令。

方法 2：在金山毒霸软件的主界面中选择【工具】→【病毒隔离系统】菜单命令，打开"金

山毒霸病毒隔离系统"窗口，如图 8-44 所示。

图 8-44 "金山毒霸病毒隔离系统"窗口

下面介绍工具栏中各按钮的作用。

◆ "添加文件"按钮：单击该按钮，可在打开的"添加文件到隔离区"对话框中选择需要隔离的文件，然后将其添加到隔离系统中。

◆ "属性"按钮：选择隔离的文件后，单击该按钮，可查看该隔离文件的属性。

◆ "还原文件"按钮：选择隔离的文件后，单击该按钮，可将该隔离文件还原到原来的目录中。

◆ "删除文件"按钮：选择隔离的文件后，单击该按钮，可将该隔离文件从磁盘中彻底删除。

◆ "刷新"按钮：单击该按钮，可刷新隔离文件目录列表。

☀ **操作提示**

双击或右键单击被隔离的文件，可打开有关该文件的属性对话框。病毒隔离区的最大容量是 128MB，当文件体积超过 128MB 时，隔离时间最长的文件将自动被删除。

8.3.4 使用可疑文件扫描

金山毒霸"可疑文件扫描"功能可搜索计算机中可能是病毒的可疑程序，同时记录该可疑程序的详细情况，包括文件名、文件大小、时间日期和存储路径等，便于用户及时处理。

使用可疑文件扫描的方法是：在金山毒霸软件的主界面中选择【工具】→【可疑文件扫描】菜单命令，打开"金山毒霸 - 可疑文件扫描工具"窗口，单击 开始扫描 按钮即可开始扫描，在扫描时将显示扫描的路径，完成后将显示扫描到的可疑文件的详细信息，如图 8-45 所示。

图 8-45 金山毒霸可疑文件扫描工具

操作提示

扫描完成后单击 立即上报 按钮，打开选择上报方式的对话框，可以通过网络将可疑文件直接上报给北京金山软件有限公司，也可选择先保存在磁盘中，以后通过其他途径提供给北京金山软件有限公司。

8.3.5 自测练习及解题思路

1．测试题目

第 1 题 将金山毒霸日志查看器每页显示

的日志条数设置为 200。

第 2 题 将金山毒霸日志查看器最大日志文件大小设置为 36MB，当达到最大日志大小时改写久于 5 天的日志。

第 3 题 在金山毒霸中创建应急 U 盘，应急 U 盘盘符为 H，并设置不格式化直接制作应急 U 盘。

第 4 题 从当前界面开始，将 D 盘中的"Test"文件夹添加到金山毒霸病毒隔离系统中。

第 5 题 使用金山毒霸的可疑文件扫描工具扫描磁盘中的可疑文件，并将扫描到的可疑文件上报给北京金山软件有限公司。

2．解题思路

第 1 题 打开"金山毒霸日志查看器"窗口，选择【文件】→【设置】菜单命令，在打开的"设置"对话框中进行设置。

第 2 题 解题思路同第 1 题。

第 3 题 选择【工具】→【创建应急 U 盘】菜单命令，在"金山毒霸应急 U 盘创建程序"对话框中设置制作参数时，选中"不格式化直接制作应急 U 盘"单选按钮。

第 4 题 打开"金山毒霸病毒隔离系统"窗口，单击工具栏中的"添加文件"按钮，在打开的对话框中选择需要隔离的文件。

第 5 题 打开"金山毒霸 - 可疑文件扫描工具"窗口，在该窗口中进行设置。

8.4 升级金山毒霸软件

考点分析：升级金山毒霸软件在考试当中一般不会过多考查，题量也较少，主要考查升级设置这一知识点，因此考生需掌握该知识点

的相关操作。

学习建议：重点掌握升级设置这部分的内容，其他知识点可作适当了解，避免考试时遇

到该类题目而不会解答。

8.4.1　快速升级

金山毒霸 2008 在大部分情况下升级过程都无需干涉，当计算机连接到 Internet 时，自动实时升级会自动帮助病毒库更新。

下面介绍金山毒霸快速升级的方法，其具体操作如下。

1 打开金山毒霸主界面，选择【工具】→【在线升级】菜单命令，打开"金山毒霸在线升级程序"对话框，选中"快速升级模式（推荐）"单选按钮，单击 下一步(N)> 按钮，如图 8-46 所示。

图 8-46　选择升级模式

2 打开分析并下载升级文件对话框，在分析完升级信息文件后，将开始下载升级的文件，并显示下载进度，如图 8-47 所示。

图 8-47　下载升级文件

3 完成后将打开完成更新对话框，单击 完成(C) 按钮可完成升级过程，也可根据需要单击 升级报告(R) 按钮，查看升级报告，如图 8-48 所示。

图 8-48　完成快速升级

8.4.2　自定义升级

金山毒霸 2008 软件同时也提供了自定义升级的途径。自定义升级的方法是：在"金山毒霸在线升级程序"对话框中选中"自定义升级模式"单选按钮，然后单击 下一步(N)> 按钮，在打开的对话框中选择"从 Internet 上升级"或"从本地、局域网上升级"。

下面分别介绍"从 Internet 上升级"和"从本地、局域网上升级"模式升级金山毒霸软件的具体操作。

◇ 从 Internet 上升级：选择该选项后单击 下一步(N)> 按钮，下载并分析升级信息，后面的步骤可参见"快速升级"中的相关内容。

◇ 从本地、局域网上升级：选择该选项后单击 下一步(N)> 按钮，选择最新的升级文件夹的路径，后面的步骤可参见"快速升级"中的相关内容。

8.4.3　设置升级

下面介绍设置升级的方法，其具体操作如下。

1 在金山毒霸软件的主界面单击"监控和防御"选项卡，在"主动实时升级"栏中单击"详细设置"超级链接，打开"金山毒霸 - 综合设置"对话框，如图 8-49 所示。

图 8-49　打开"金山毒霸 - 综合设置"对话框

2 选择"升级设置"选项，在右侧的"自动升级"栏中可设置金山毒霸升级的方式，这里选中"检测到有可用更新时通知我，由我选择是否下载升级数据"单选按钮，如图 8-50 所示。

图 8-50　设置升级方式

3 单击 确定 按钮，应用升级设置。

☀ **操作提示**

根据需要，用户还可以设置通过代理服务器升级金山毒霸软件。选择使用代理服务器时，默认情况是使用 IE 浏览器中的代理服务器设置升级。

8.4.4　自测练习及解题思路

1. 测试题目

第 1 题　使用快速升级模式升级金山毒霸软件。

第 2 题　设置金山毒霸 2008 在每周日的 8:00 ~ 10:00 自动升级。

第 3 题　在金山毒霸中进行设置，使其能自动实时升级并在升级完成后通知我。

第 4 题　在金山毒霸中进行设置，使其在检测到有可用更新时通知用户，由用户选择是否下载升级数据。

2. 解题思路

第 1 题　参见 8.4.1 中的内容。

第 2 题　打开"金山毒霸 - 综合设置"对话框，选择"升级设置"选项，然后在右侧的"自动升级"栏中进行设置。

第 3 题　解题思路同第 2 题。

第 4 题　解题思路同第 2 题。

8.5　使用金山清理专家

考点分析：这是一个常考知识点，题量也较大，知识点也较多。建议考生多进行上机操作，熟悉操作步骤，争取得到这类题目的分数。

学习建议：掌握所有知识点。

8.5.1　启动金山清理专家

启动金山清理专家主要有以下两种方法。

方法 1：通过桌面快捷图标启动。

直接双击桌面上的"金山清理专家"快捷图标，可启动金山清理专家。

方法2：通过"开始"菜单启动。

单击任务栏中的"开始"按钮，在弹出的"开始"菜单中选择【所有程序】→【金山毒霸2008杀毒套装】→【金山清理专家】菜单命令，也可启动金山清理专家。

执行以上任一方法都可启动金山清理专家，并打开其主界面，如图8-51所示。

图 8-51　金山清理专家

下面介绍金山清理专家主界面中各组成部分的作用。

◆ 工具栏：包括"健康指数"、"恶意软件查杀"、"漏洞修补"、"在线系统诊断"、"网页安全防护"、"安全百宝箱"和"安全资评"7个活动标签，可根据需要单击切换活动标签，但同一时间只能有一个活动标签。

◆ 活动页面：根据标签的不同而更换的模块则为活动页面，在页面中可以进行各项功能的详细设置。

◆ 提示栏：主界面的右上方提供可疑文件上报、毒霸官网和爱毒霸论坛链接按钮，主界面的下侧显示当前系统是否已安装杀毒软件、最新新闻和版本信息等。

8.5.2　使用健康指数

启动金山清理专家后，程序将自动扫描计算机中的各个模块，包括恶意软件、漏洞、杀毒软件和可疑文件等进行全面检测，然后综合评估计算机系统的健康指数。

在工具栏中选择"健康指数"选项，单击活动页面中的按钮，此时金山清理专家将开始扫描系统，完成后得出计算机系统的分数，如图8-52所示。

图 8-52　健康指数打分

根据计算机健康指数的得分，可划分为4个安全性能级别，下面分别进行介绍。

◆ 100 ～ 86 分：表示计算机处于很"健康"的状态，当前系统只有一些小问题，如存在未知文件等。

◆ 85 ～ 70 分：表示系统没有受到显著的威胁，但是仍然存在一些影响系统健康的因素，如系统中存在未被信任的风险程序、系统盘剩余磁盘空间不足等情况。

◆ 69 ～ 60 分 黄色警报：表示系统存在显著的风险，可能感染病毒或遇到严重故障，如系统存在可疑文件、严重漏洞等情况。

◆ 59 ～ 0 分 红色警报：表示系统处于危

险当中，有系统崩溃、数据损害或重要信息泄露的危险，如系统内存在病毒、紧急漏洞等情况。

8.5.3 使用恶意软件查杀

金山清理专家的恶意软件查杀功能可以帮助用户搜索和清理在没有提示或经过用户许可的情况下，自动安装和运行在用户计算机上，侵害用户合法利益的恶意软件。同时该功能还会进一步管理系统中多余的插件和信任插件。

下面介绍使用金山清理专家的恶意软件查杀功能，其具体操作如下。

1 在金山清理专家的主界面中，选择工具栏中的"恶意软件查杀"选项，此时将开始扫描系统的恶意软件，完成后将在活动页面显示系统中已安装的恶意软件及详细说明，如图8-53所示。

图 8-53 查杀恶意软件

2 选中要清除的恶意软件后单击 清除选定项 按钮，金山清理专家将立即进行清除操作，如图8-54所示。

☀ **操作提示**

对于确定为没有危害的软件，可选中该软件，单击 按钮，该软件将不会再被认为是恶意软件。

图 8-54 清除恶意软件

8.5.4 使用漏洞修补

为了避免因没有及时修补系统漏洞而造成损失，可使用金山清理专家的漏洞修补功能及时扫描计算机的安全漏洞，并安装补丁程序。

下面介绍扫描并修补漏洞的方法，其具体操作如下。

1 打开金山清理专家的主界面，选择工具栏中的"漏洞修补"选项，此时开始扫描计算机中的漏洞，如图8-55所示。

图 8-55 扫描系统漏洞

2 选择"系统漏洞"选项，在活动页面中选择需要修补的系统漏洞，单击 修补选中的漏洞 按钮，在打开的对话框将对选择的漏洞进行下载并安装，如图8-56所示。

图 8-56　修补系统漏洞

❸ 选择工具栏中的"共享漏洞"选项，在活动页面中选择需要修补的共享漏洞，单击 取消共享 按钮，在打开的对话框中单击 是(Y) 按钮，如图 8-57 所示。

图 8-57　修补共享漏洞

8.5.5　使用在线系统诊断

金山清理专家的在线系统诊断功能提供了多个维护系统的使用工具，包括启动项管理、浏览器修复和全面诊断。

下面介绍在线系统诊断的使用方法，其具体操作如下。

❶ 选择工具栏中的"在线系统诊断"选项，选择其下的"启动项管理"选项，在活动页面中可全面且综合地查看系统中是否存在危险性的启动项，如图 8-58 所示。

图 8-58　查看系统启动项

❷ 选择需要管理的启动项后，单击 禁用选中项 按钮或 启用选中项 按钮，即可禁用或启动该启动项，如图 8-59 所示。

图 8-59　管理启动项

❸ 选择工具栏中的"浏览器修复"选项，在活动页面中可结合金山清理专家的安全评估及推荐操作，选择所需修复的选项，然后单击 修复选中项 按钮，如图 8-60 所示。

❹ 选择工具栏中的"全面诊断"选项，在活动页面中可查看金山清理专家对计算机的全面诊断信息，如图 8-61 所示。

图 8-60　修复 IE 浏览器

图 8-61　全面诊断系统

操作提示

如果需要导出扫描报告，可单击 [导出诊断报告] 按钮，在弹出的对话框中选择要获得的诊断报告的项目，如图 8-62 所示。

图 8-62　导出诊断报告

8.5.6　使用网页安全防护

金山清理专家的网页安全防护功能可以监控计算机的 IE 浏览器，防止因浏览利用 IE 漏洞注入恶意代码的网页造成损失，对已知及未知的漏洞均能有效地防范。当遇到非正常网页时，金山清理专家的浏览器保护功能会自动拦截并给出提示。

网页安全防护功能需要在用户的浏览器中安装插件，一些安全修复工具在扫描浏览器插件时也会将本插件扫描出来。为了保障知情权，在计算机中开启该项功能之前会首先获取确认。另外，目前该功能仅支持 IE 浏览器。

在工具栏中选择"网页安全防护"选项，在活动页面中单击 [安装开启] 按钮，即可激活并开启网页防挂马功能；开启后单击 [关闭并卸载] 按钮即可关闭该功能。在"日志查看"栏中详细地记录了每次该功能的操作情况，用户还可根据需要单击"刷新日志"、"清空日志"或"导出日志"超级链接，进行相应的操作，如图 8-63 所示。

图 8-63　网页安全防护页面

8.5.7　使用安全百宝箱

金山清理专家的安全百宝箱中包含了许多

实用且方便操作的计算机安全工具，包括文件
粉碎器、LSP 修复工具、历史痕迹清理和垃圾
文件清理。

1. 使用 U 盘病毒免疫工具

U 盘病毒免疫工具可以帮助用户轻松管理
U 盘、光盘和移动硬盘等设置的自动播放，从
而避免被病毒利用进而感染和传播。

下面介绍使用 U 盘病毒免疫工具的方法，
其具体操作如下。

1 在金山清理专家的主界面中选择"安全
百宝箱"选项，然后在活动页面选择"U 盘病毒
免疫工具"选项，如图 8-64 所示。

图 8-64　选择"U 盘病毒免疫工具"选项

2 打开"U 盘病毒免疫工具"窗口，在
其中选择一项或多项，单击 禁用选中项 按钮或
启用选中项 按钮即可，如图 8-65 所示。

图 8-65　U 盘病毒免疫工具

操作提示

在"U 盘病毒免疫工具"窗口中单击 高级设置 按钮，
在打开的"高级设置"对话框中可指定特定的驱动
器是否允许自动运行功能。

2. 使用文件粉碎器

Windows 中的文件在大多数情况下都不
能彻底被删除，因为删除后可以通过一些磁
盘工具进行恢复。对于一些想彻底删除的文
件，可以使用金山清理专家的文件粉碎器进
行彻底删除。

下面介绍使用文件粉碎器的方法，其具体
操作如下。

1 选择工具栏中的"安全百宝箱"选项，
在活动页面中选择"文件粉碎器"选项，打开
"文件粉碎器"窗口，如图 8-66 所示。

图 8-66　选择"文件粉碎器"选项

2 单击 添加文件(F) 按钮，打开"打开"对话
框，在其中选择需要粉碎的文件，如 C 盘中的
"Test.exe"文件，单击 打开(O) 按钮，如图 8-67
所示。

3 此时选择的文件将被添加到"文件粉碎
器"窗口中，单击 彻底删除(D) 按钮，在打开的"请
注意"提示对话框中单击 是(Y) 按钮，该文件将
被彻底删除，如图 8-68 所示。

图 8-67　选择需要彻底删除的文件

图 8-68　彻底删除文件

图 8-69　LSP 修复工具

3．使用 LSP 修复工具

LSP（Layerd Service Provider，分层服务提供程序）是 TCP/IP 等的接口，网络管理员可利用它来更好地监视系统网络通信情况。但目前很多恶意程序利用 LSP 劫持浏览器，如 New.Net 插件，在访问网站时经常被重定向到其他恶意网页。此时可使用金山清理专家的 LSP 修复工具来修复。

使用 LSP 修复工具的方法是在活动页面中选择"LSP 修复工具"选项，打开"LSP 修复工具"窗口，单击 自动修复(A) 按钮，即可自动检测并修复存在的问题，如图 8-69 所示。

4．使用历史痕迹清理工具

上网冲浪、看电影和网络下载等计算机工作过程中总会产生相应的历史记录和临时文件，在占用磁盘空间的同时也存在信息泄露的风险。历史痕迹清理工具可以帮助用户全面清理这些内容，特有的多种清理模式能满足不同用户的需要。

下面介绍使用历史痕迹清理工具的方法，其具体操作如下。

1 选择工具栏中的"安全百宝箱"选项，在活动页面中选择"历史痕迹清理"选项，打开"历史痕迹清理"窗口，如图 8-70 所示。

图 8-70　选择"历史痕迹清理"选项

2 在列表中列出了可以清理的历史记录选项，在"清理模式选择"栏中选中"默认清理（推荐）"单选按钮，单击 云清理 按钮即可，如图 8-71 所示。

图 8-71　清理历史记录

5．使用垃圾文件清理工具

在使用计算机的过程中会产生许多临时文件和历史记录文件，若长时间不清理这些文件，就会耗费很多磁盘空间。使用金山清理专家的垃圾文件清理工具，可以有效地清除这些垃圾文件。

下面介绍使用垃圾清理工具的方法，其具体操作如下。

1 选择工具栏中的"安全百宝箱"选项，在活动页面中单击"垃圾文件清理"选项，打开"垃圾文件清理"窗口，如图 8-72 所示。

图 8-72　选择"垃圾文件清理"选项

2 在"选择文件夹"栏中选中需要清理的文件夹，单击 清除文件 按钮，如图 8-73 所示。清理完成后将打开提示对话框，提示成功清理的垃圾文件数量和释放磁盘空间的大小信息，单击 确定 按钮即可。

图 8-73　清理垃圾文件

8.5.8　使用安全咨讯工具

为了更好地捍卫计算机和互联网的安全环境，用户可通过金山清理专家的安全资讯选项获得最新的安全信息，下载热门的病毒专杀工具和倍受好评的反流氓软件。

在金山清理专家的工具栏中选择"安全咨讯"选项，将显示"病毒木马周刊"、"产品更新信息"和"安全工具推荐"3 个选项，下面分别介绍 3 个选项的作用。

◈ 病毒木马周刊：在选项的活动页面中，用户可以浏览最新的安全话题、最近的流行病毒以及计算机安全操作技巧，并可在此页面中链接到金山毒霸购买地址进行购买。

◈ 产品更新信息：在选项的活动页面中，用户不但可以查看到金山清理专家的最新版本信息以及最新金山产品动向，还可提示用户恶意软件预警。

◈ 安全工具推荐：面对突如其来的病毒
爆发和恶意软件的袭击，根据用户计算
机的实际情况，可使用针对不同病毒的
专杀工具和反流氓软件进行处理。通过
安全工具推荐的活动页面，可免费下载
到相关软件工具。

8.5.9　自测练习及解题思路

1．测试题目

第1题　使用金山清理专家的在线系统诊
断功能，将"启动项管理"中所有不安全的项
导出诊断报告（要求导出诊断报告时不对任何
选项进行设置）。

第2题　使用金山清理专家清理 Google
工具栏搜索记录。

第3题　通过金山清理专家的漏洞修补功
能，删除补丁管理工具中编号为"MS04-028"
的补丁，之后退出补丁管理工具。

第4题　通过金山清理专家的安全百宝
箱，利用 U 盘病毒免疫工具，打开其中的所
有的免疫项。

第5题　先打开 D 盘中的"Test.doc"文
件并浏览其中的内容，然后关闭这个文件，最
后使用金山清理专家中的文件粉碎器将"Test.
doc"进行粉碎。

第6题　使用金山清理专家的垃圾文件清

理功能清除"用户临时文件夹"文件夹中的垃
圾文件。

2．解题思路

第1题　在金山清理专家主界面中的工具
栏中选择"在线系统诊断"，选择其下的"启
动项管理"选项，在活动页面中单击"点击这
里隐藏所有已知为安全的项。"超级链接，选
中不安全的启动项后，单击 导出诊断报告 按钮。

第2题　单击"健康指数"活动页面中的
"历史痕迹清理"超级链接，或选择"安全百
宝箱"活动页面中的"历史痕迹清理"选项，
在打开的"历史痕迹清理"窗口中进行设置。

第3题　在"漏洞修补"选项下的"系统
漏洞"活动页面中单击 补丁管理 按钮，在打
开的"备份补丁管理工具"窗口中进行设置。

第4题　在"安全百宝箱"选项的活动页
面中选择"U 盘病毒免疫工具"选项，在打开
的"U 盘病毒免疫工具"窗口中进行设置。

第5题　根据题目要求的顺序进行操作，
首先打开 D 盘中"Test.doc"文件并进行浏览，
然后关闭该文件，最后在"文件粉碎器"窗口
中添加该文件，并进行粉碎。

第6题　打开"垃圾文件清理"窗口，在
"选择文件夹"栏中选择需要清理的文件夹，
然后进行清理操作。

第 **9** 章 ·使用金山网镖防火墙·

网络防火墙可以提供对病毒、木马和间谍软件以及其他恶意程序的拦截查杀，对网络进行全方位的安全防护，同时提供了网络监控、共享目录管理、不良网站过滤等多种网络安全使用功能。本章将主要介绍金山网镖防火墙的使用，包括金山网镖的基本操作、查看监控状态、设置与使用应用程序规则、网络状态和综合设置等。

本章考点

☑ **要求掌握的知识**
- 监控状态下的安全级别设置
- 综合设置中的常规设置、木马设置和区域级别设置

☑ **要求熟悉的知识**
- 查看与更改应用程序规则
- 添加、删除或清空规则列表

☑ **要求了解的知识**
- 查看当前网络活动和网络活动日志
- 查看当前网络状态及打开程序所在目录和结束可疑进程
- 开启和使用自定义 IP 规则编辑器
- 开启和使用端口过滤设置

9.1 金山网镖的基本操作

考点分析：本考点在考试中考查的内容不多，题量较少，考题数量在一套试题中有 1～3 道，操作也比较简单，因此得分比较容易。

学习建议：掌握系统安全状态的查看方法，包括当前网络活动状态和网络活动日志的查看方法。

9.1.1 启动金山网镖防火墙

在计算机中安装金山毒霸 2008 杀毒套装之后，金山网镖 2008 将自动启用保护计算机功能，并且在 Windows 任务栏的状态区中显示"金山网镖 2008"的图标 。

根据需要用户也可以手动启动金山网镖 2008 防火墙，启动金山网镖防火墙主要有以下几种方法。

方法 1：通过桌面快捷图标。

安装金山毒霸 2008 杀毒套装之后，将在 Windows 桌面上创建一个"金山网镖"快捷图标 ，直接双击该图标即可启动金山网镖 2008 防火墙。

方法 2：通过"开始"菜单启动。

在 Windows 任务栏中单击"开始"按钮 ，在弹出的"开始"菜单中选择【所有程序】→【金山毒霸 2008 杀毒套装】→【金山网镖】菜单命令，即可启动金山网镖 2008

防火墙。

方法 3：通过任务栏图标启动。

在 Windows 任务栏的状态区中用鼠标双击金山网镖图标或在其上单击鼠标右键，在弹出的快捷菜单中选择【打开金山网镖】菜单命令，也可启动金山网镖。

执行以上任一操作都将启动金山网镖 2008 防火墙，并打开其主界面，如图 9-1 所示。默认激活"安全状态"选项卡，另外还包括"监控状态"、"应用规则"和"网络状态"选项卡，可根据需要切换选项卡。

图 9-1　金山网镖 2008 主界面

下面分别介绍 4 个选项卡的作用。

◆ 安全状态：该状态是指当前网络活动状态、网络活动日志和用户目前网络安全状态。

◆ 监控状态：该状态包括互联网监控和局域网监控，用户可在此页面调整网络安全级别，默认安全级别为"中"。

◆ 应用规则：用户可在此查看电脑中曾经运行过的应用程序和权限规则的详细信息及用户的设定。

◆ 网络状态：该状态显示的是用户计算机网络连接状态的详细信息。

9.1.2　查看系统安全状态

查看系统安全状态可以确保升级及实时防毒是否已经开启。

将金山网镖的主界面切换至"安全状态"页面，便可查看系统安全状态，如图 9-2 所示。

图 9-2　系统安全状态

在"当前网络活动状态"栏中的右侧包含 3 个图标，下面分别介绍各图标的含义。

◆ 跳转到详细信息：单击该图标可直接跳转到网络状态下，详细列出网络的活动状态。

◆ 打开程序所在文件夹：选择一个程序后再单击该图标，可以查看该程序位于磁盘中的哪个文件夹中。

◆ 关闭程序：选择一个程序后再单击该图标，可以结束该程序。

在"网络活动日志"栏中可根据需要断开或恢复当前网络的连接。方法是单击"断开网络"超级链接，终止计算机和网络的连接，从而有效地保护计算机的安全；恢复连接时只需单击"恢复网络"超级链接即可。

☀ 操作提示

查看金山网镖的组件信息也可确保升级及实时防毒是否已经开启。方法是选择【帮助】→【关于金山网镖】菜单命令，在打开的浮动面板中即可查看组件信息，包括金山网镖2008程序版本、木马库版本、许可协议、客服信息及毒霸信息安全网的链接。

9.1.3 设置在线升级

通过在线升级可以为金山网镖2008提供最新信息，将程序更新和防护更新下载到计算机中。

打开金山网镖在线升级程序的方法有以下几种。

方法1：通过菜单命令。

启动金山网镖2008后，在其主界面中选择【工具】→【在线升级】菜单命令。

方法2：通过任务栏图标。

在Windows任务栏的状态区中，用鼠标右键单击金山网镖图标，在弹出的菜单中选择【在线升级】菜单命令。

金山毒霸2008杀毒套装中金山毒霸和金

山网镖的升级是统一的，因此金山网镖与金山毒霸的升级操作相同，这里就不再赘述了。

9.1.4 自测练习及解题思路

1．测试题目

第1题 通过"开始"菜单启动金山网镖2008防火墙。

第2题 结束当前网络活动状态中的QQ2011程序。

第3题 在金山网镖防火墙中进行相应的设置，断开电脑与当前网络的连接。

2．解题思路

第1题 选择【开始】→【所有程序】→【金山毒霸2008杀毒套装】→【金山网镖】菜单命令。

第2题 进入金山网镖的"安全状态"页面，在"当前网络活动状态"栏中进行设置。

第3题 进入金山网镖的"安全状态"页面，在"网络活动日志"栏中单击"断开网络"超级链接。

9.2 查看监控状态

考点分析：该考点是一个常考知识点，主要考查安全级别的设置，操作比较简单。考生应认真学习，争取拿到这个考点的全部分数。

学习建议：熟练掌握监控状态下安全级别的设置，以及自定义IP规则编辑器的开启和使用的相关操作。

在金山网镖2008的"监控状态"页面可查看互联网监控状态和局域网监控状态。用户可设置互联网和局域网的安全级别，还可以自定义IP规则，包括添加、修改和删除IP规则等。

9.2.1 设置安全级别

进入金山网镖的"监控状态"页面，可用鼠标通过拖动其中的滑块□来设置互联网和局域网的安全级别，如图9-3所示。

下面介绍各安全级别的含义。

◈『高』安全级别：对访问网络的应用程序进行权限控制；对常见的木马和黑客攻击进行拦截；提供严格控制的网络访问权限，禁止别人探测、访问本机。

图 9-3　设置安全级别

图 9-4　自定义 IP 规则编辑器

◆『中』安全级别：对访问网络的应用程序进行权限控制；对常见的木马和黑客攻击进行拦截；提供用户日常使用的网络访问权限，如浏览网页和收发邮件等。

◆『低』安全级别：对访问网络的应用程序进行权限控制；对常见的木马和黑客攻击进行拦截；提供自由的网络访问权限。

9.2.2　自定义设置IP规则

熟悉网络协议的用户可以自主添加、删除和修改 IP 规则，也可对所有的编辑条目进行保存和清空，并根据需要设置 IP 规则优先级。

进入金山网镖的"监控状态"页面，单击其中的"详细设置"超级链接，打开"自定义 IP 规则编辑器"对话框，在该对话框中可对 IP 规则进行添加、修改、删除、保存和清空以及导入和导出等操作，如图 9-4 所示。

下面介绍在"自定义 IP 规则编辑器"对话框中自定义 IP 规则的具体操作。

◆ 添加 IP 规则：单击"添加"按钮，在打开的"添加 IP 数据包过滤规则"对话框中可设置规则名称、对方的 IP 地址和 TCP 标志等，如图 9-5 所示。

图 9-5　添加 IP 规则

◆ 修改 IP 规则：选择需要修改的 IP 规则后单击"修改"按钮，在打开的"修改 IP 数据包过滤规则"对话框中可修改 IP 规则，包括规则名称、规则描述和对方的 IP 地址等，如图 9-6 所示。

图9-6 修改IP规则

◆ 删除IP规则：选择需要删除的IP规则后，单击"删除"按钮，在打开的"确认"对话框中单击 确定 按钮即可删除选择的IP规则。

◆ 启用或禁用：选中需要启用的IP规则前的复选框即可启用该IP规则，取消选中则表示禁用该IP规则。

◆ 调整IP规则优先级：选择IP规则后，单击↑按钮或↓按钮，即可提高或降低该IP规则的优先级。

◆ 保存和清空：完成对IP规则的编辑后，单击"保存"按钮，返回金山网镖主界面的网络安全级别中选择"自定义级别"，即可应用此设置。当需要清除所有的IP规则时，单击"清空"按钮即可。

◆ 导入或导出：单击"导入"按钮，则可以导入对应防火墙产品的IP数据包过滤规则；单击"导出"按钮，可将当前的IP规则列表保存为新的金山网镖自定义IP规则，默认规则的文件类型为"*.dat"。

9.2.3 自测练习及解题思路

1. 测试题目

第1题 在金山网镖中将局域网区域的安全级别设置为"低"。

第2题 在金山网镖中打开"自定义IP规则编辑器"。

第3题 在金山网镖中将互联网监控区域的安全级别恢复为默认设置。

2. 解题思路

第1题 进入金山网镖的"监控状态"页面，通过拖动滑块来设置。

第2题 进入金山网镖的"监控状态"页面，单击"详细设置"超级链接。

第3题 进入金山网镖的"监控状态"页面，单击"默认设置"超级链接。

9.3 设置与使用应用程序规则

考点分析：这一考点在考试中所占题量为1～2道，虽然需要掌握的知识点较多，但是操作较为简单，考生应仔细学习本节的内容。

学习建议：掌握查看应用程序规则和更改应用程序规则的方法，以及应用程序规则列表的管理，包括添加、删除和清空操作。

9.3.1 使用弹出气泡窗口

启动金山网镖2008后，当计算机中的应用程序对网络进行访问时，金山网镖将弹出提示窗口，询问是否允许该程序访问网络，如图9-7所示。

图9-7 金山网镖提示窗口

此时对该应用程序可进行如下几种操作。

◆ 如果该程序每次使用都需要访问网络，那么可选中"总是允许"单选按钮。

◆ 如果该程序不是每次使用都需要访问网络，那么可根据实际需要选中"本次允许"或"本次禁止"单选按钮。

◆ 如果该程序为可疑程序而需要访问网络，那么可以选中"总是禁止"单选按钮。

9.3.2 查看应用程序权限

当应用程序提出访问网络请求时，金山网镖会弹出询问窗口，并且将用户操作的结果自动添加到"应用规则"的列表中。在该列表中将显示出所有已启动应用程序的详细信息，包括开始运行的时间和程序所在地址等。

在金山网镖的主界面中单击"应用规则"选项卡，在"应用程序规则列表"中可查看到曾经提出访问网络请求的应用程序的版本、名称、开始运行时间、大小和安装路径等详细信息，同时还能查看到当前金山网镖对该程序提出访问网络请求时所采取的操作，如图9-8所示。

图9-8 查看应用程序规则

9.3.3 更改应用程序规则

当在"应用程序规则列表"栏中选择一个应用程序时，其右侧有"允许"、"禁止"和"询问"3个选项，分别表示该应用程序提出访问局域网、Internet和发送邮件请求时金山网镖所采取的操作。

更改应用程序规则的方法是选中需要修改其应用规则的应用程序，单击右侧的选项，在弹出的菜单中选择"允许"、"禁止"或"询问"选项，如图9-9所示。

图9-9 更改应用程序规则

☀ 操作提示

"允许"和"禁止"的含义分别指允许访问网络和禁止访问网络;"询问"的含义是当应用程序访问网络时,金山网镖询问用户是否允许其访问。

9.3.4 添加规则列表

下面以在金山网镖 2008 中添加"腾讯QQ2011"应用程序到应用规则列表中为例,介绍添加规则列表的方法,其具体操作如下。

1 打开金山网镖 2008 的主界面,并进入"应用规则"选项卡页面,单击 ➕添加 按钮,如图 9-10 所示。

图 9-10　应用程序规则列表

2 打开"添加应用程序权限"对话框,选择"QQ.exe"选项,如图 9-11 所示。

图 9-11　选择添加的应用程序

3 单击 打开(0) 按钮,即可看到在"应用程序规则列表"中已将 QQ2011 添加到列表中,如图 9-12 所示。

图 9-12　查看添加的应用程序

9.3.5 删除规则列表

用户根据需要还可将应用规则中的程序从"应用程序规则列表"中删除。其方法是在"应用程序规则列表"中选择需要删除的应用程序,然后单击 删除 按钮,打开是否确认删除该应用程序访问权限的对话框,单击 确定 按钮即可将其删除,如图 9-13 所示。返回"应用程序规则列表"中,可查看到刚删除访问权限的应用程序已经不在列表中。

图 9-13　删除应用程序访问权限

9.3.6 清空规则列表

若需要将应用规则中所有程序的访问权限都删除,可在"应用程序规则列表"中单击按钮，在打开的是否确认删除全部应用程序访问权限的对话框中单击 确定 按钮，在应用程序权限规则列表中的所有程序都将被清空，如图 9-14 所示。

图 9-14　清空所有应用程序访问权限

9.3.7　自测练习及解题思路

1．测试题目

第 1 题　在金山网镖的应用规则列表中，将迅雷的互联网访问权限设置为"允许"。

第 2 题　将暴风影音的网络访问权限添加到金山网镖的应用规则列表中。

第 3 题　将飞鸽传书的网络访问权限从金山网镖的应用规则列表中删除。

2．解题思路

第 1 题　在"应用规则"列表中选择"迅雷"选项后，单击其后的超级链接进行设置。

第 2 题　在"应用规则"选项卡页面中单击 添加 按钮，在打开的对话框中进行设置。

第 3 题　进入"应用规则"选项卡页面中，选择"飞鸽传书"选项后，单击 删除 按钮。

9.4　网络状态

考点分析：这一考点在考试中考查的概率不是很大，需要掌握的知识点不多，但考生还是要认真学习，以避免在遇到这方面的题目时丢分。

学习建议：掌握所有知识点。

使用金山网镖的网络状态，可以查看当前计算机上连接到外部网络的应用程序的名称、安装路径、使用的 TCP 端口或 UDP 端口，并结束可疑应用程序的进程。

9.4.1　查看当前网络活动状态列表

打开金山网镖 2008 的主界面，单击"网络状态"选项卡，在该页面中可查看当前计算机上连接到外部网络的应用程序的名称、安装路径、使用的 TCP 端口及 UDP 端口，如图 9-15 所示。

图 9-15　查看当前网络状态列表

9.4.2　打开程序所在目录

若需要在"网络状态"选项卡页面中对某一个连接到外部网络的应用程序进行查看，可以打开该应用程序所在的目录进行查看。

其方法是在 网络状态 选项卡页面中选择需要查看的应用程序，然后单击 状态列表 栏中的 打开程序所在目录 按钮 🔲，即可将该应用程序的所在目录打开。

9.4.3 结束可疑进程

在 网络状态 列表中，若对某个连接到外部网络的应用程序感到可疑，可以结束该应用程序的进程。

其方法是在 网络状态 列表中选择可疑的应用程序后，单击 状态列表 栏中的 关闭程序 按钮 🔲，在打开的 确认 对话框中单击 确定 按钮，如图 9-16 所示。

图 9-16　结束可疑进程

9.4.4 自测练习及解题思路

1．测试题目

第 1 题　在金山网镖的 网络状态 列表中查看当前网络活动状态列表。

第 2 题　在金山网镖的 网络状态 列表中打开应用程序 QQ2011 所在的目录。

第 3 题　在金山网镖的 网络状态 列表中结束应用程序 QQ2011 的进程。

2．解题思路

第 1 题　参见 9.4.1 小节中的内容。

第 2 题　进入 网络状态 选项卡页面，选择 QQ2011 选项后，单击 打开程序所在目录 按钮 🔲。

第 3 题　进入 网络状态 选项卡页面，选择 QQ2011 选项后，单击 关闭程序 按钮 🔲。

9.5 综合设置

考点分析：本考点为常考知识点，在考试中出现的题量为 1～3 道，操作比较简单。主要考查金山网镖综合设置中常规设置、木马防火墙设置和区域级别设置。

学习建议：重点掌握综合设置中常规设置、木马防火墙设置和区域级别设置的方法，以及对高级设置的相关操作应有所了解。

9.5.1 使用常规设置

打开金山网镖主界面，选择【工具】→【综合设置】菜单命令，打开 金山网镖 2008 对话框，如图 9-17 所示。

图 9-17　综合设置 - 常规

在常规选项中可进行以下几种设置。

◆ 启动设置：设置开机自动运行金山网镖。

◆ 报警设置：可设置受到攻击时发声报警表示当前网络出现异常，将会使用设置的声音文件报警。

9.5.2 设置木马防火墙

使用木马防火墙可以帮助用户阻止木马访问网络，提高系统的安全性。

开启金山网镖木马防火墙的方法是在金山网镖主界面中选择【工具】→【综合设置】菜单命令，打开"金山网镖2008"对话框，选择"木马防火墙"选项，然后选中"开启防火墙（推荐使用）"单选按钮，如图9-18所示。

图9-18　开启木马防火墙

9.5.3 设置区域安全级别

使用金山网镖时，除了可以在"监控状态"选项卡页面设置区域安全级别外，还可以通过选择【工具】→【综合设置】菜单命令，在打开的对话框中选择"区域级别设置"选项，如图9-19所示。其设置方法与前面介绍的9.2小节中的操作方法类似，这里就不再赘述了。

图9-19　设置区域安全级别

9.5.4 设置端口过滤

IP包过滤技术是防火墙技术的基础。在"金山网镖2008"对话框中选择"高级"选项，如图9-20所示，在其中可使用IP包过滤技术，手动添加IP过滤包规则，对符合条件的IP数据包进行允许或禁止的设置。

图9-20　设置端口过滤

下面介绍添加端口过滤的方法，其具体操作如下。

1 在"金山网镖2008"对话框中选择"高级"选项，单击右侧的 添加(A) 按钮，打开"端口"对话框。

2 在"端口"文本框中输入"1030"，在"操作"下拉列表框中选择"禁止"选项，其他保持默认设置，如图9-21所示。

图9-21　添加端口

3 单击 确定 按钮，返回"金山网镖2008"对话框中即可查看到新添加的端口过滤，如图9-22所示。

图9-22　查看新添加的端口过滤

9.5.5　自测练习及解题思路

1．测试题目

第1题　在金山网镖 2008 中进行适当设置，使受到攻击时发声报警。

第2题　在金山网镖 2008 中进行适当设置，使其自动放行金山可信认证服务识别为安全的程序。

第3题　开启金山网镖的木马防火墙功能，并将其设置为开机自动运行金山网镖防火墙。

第4题　通过"综合设置 - 区域级别设置"对话框，设置局域网区域的安全级别为"高"。

第5题　在金山网镖中添加一个端口过滤规则，其中端口号为 8000、协议为 TCP、类型为本地、操作为允许。

2．解题思路

第1题　在"综合设置 - 常规"对话框中取消选中"关闭网镖的报警发声功能"复选框。

第2题　在"综合设置 - 常规"对话框中选中"自动放行金山可信认证服务识别为安全的程序（推荐）"复选框。

第3题　进入"综合设置 - 木马防火墙"对话框，在其中进行设置开启金山网镖木马防火墙，然后切换至"综合设置 - 常规"对话框，在其中设置开机自动运行金山网镖。

第4题　打开"综合设置 - 区域级别设置"对话框，选择"局域网"选项后，拖动滑块至"『高』安全级别"。

第5题　进入"综合设置 - 高级"对话框，单击 添加(A) 按钮，在打开的对话框中进行设置。